Zu diesem Buch

Walter Faber, ein Ingenieur von 50 Jahren, hat sich daran gewöhnt, Menschliches als technisch regulierbar zu sehen und zu handhaben. Doch eines Tages gerät er in eine Serie von zunächst noch technischen Pannen, die dazu führen, daß er seinen Freund Joachim, der sich auf eine Plantage in Mexiko zurückgezogen hat, nicht vor dem Selbstmord retten kann. Dieser Zwischenfall gibt Faber Anlaß, sich an Hanna zu erinnern, die einmal seine Braut war und danach – vorübergehend – Joachims Frau. Auf der Überfahrt nach Europa begegnet Faber dem Mädchen Sabeth, das später – wie Faber sich eingestehen muß – auf Grund kaum noch rationalisierbarer Regungen seine Geliebte wird. Sabeth begleitet Faber auf seiner Urlaubsreise durch Italien und Griechenland, und beide erleben eine Zeit der Gemeinsamkeit, die Faber bisher nicht eingesehene Aspekte des Menschlichen öffnet. Doch erst als Sabeth durch einen Unglücksfall jäh ums Leben kommt, erfährt Faber, daß sie seine Tochter war. Schuldlos schuldig geworden als einer, der sehend, doch ohne Einsicht mit Menschen lebte, der Ordnungsmechanismen organisierte und die fundamentalen Risiken der Unordnung nicht erkannte, muß er nun sein eigenes Ende ins Auge fassen.

Max Frisch, am 15. Mai 1911 in Zürich geboren, begann nach sieben Semestern Studium der Germanistik als freier Journalist zu arbeiten und bereiste Südosteuropa. 1936 bis 1941 studierte er Architektur und schloß diese Ausbildung mit Diplom ab. 1942 erhielt er den ersten Preis in seiner Architektenlaufbahn, gründete sein eigenes Büro und arbeitete die Pläne für ein Zürcher Schwimmbad aus. Zehn Jahre lang war er zugleich als Architekt und als Schriftsteller tätig. Nach dem Ende des Zweiten Weltkriegs bereiste er Europa, die USA und Mittelamerika. 1955 beendete er seine Arbeit als Architekt und wandte sich ganz der schriftstellerischen Arbeit zu. Der mit zahlreichen internationalen Preisen ausgezeichnete Autor gewann in den fünfziger Jahren als Dramatiker und Romancier internationales Ansehen bei der Kritik und beim Publikum. Er lebt heute in Zürich und Rom.

Seine bekanntesten dramatischen Werke sind: «Graf Öderland» (1951), «Biedermann und die Brandstifter» (1956), «Andorra» (1962), «Biografie» (1967/68). Das epische Werk umfaßt die Romane: «Stiller» (1954), «Homo faber» (1957), «Mein Name sei Gantenbein» (1964).

Max Frisch

Homo faber

Ein Bericht

rororo

Rowohlt

Umschlagentwurf Werner Rebhuhn

1.– 35.	Tausend	Oktober 1969
36.– 55.	Tausend	Oktober 1969
56.– 85.	Tausend	Januar 1970
86.–100.	Tausend	April 1970
101.–130.	Tausend	April 1970
131.–155.	Tausend	November 1970
156.–190.	Tausend	Juni 1971

Ungekürzte Ausgabe
Veröffentlicht im Rowohlt Taschenbuch Verlag GmbH,
Reinbek bei Hamburg, Oktober 1969
Lizenzausgabe mit freundlicher Genehmigung des Suhrkamp Verlages

Gesetzt aus der Linotype-Aldus-Buchschrift
und der Palatino (D. Stempel AG)
Gesamtherstellung Clausen & Bosse, Leck/Schleswig
Printed in Germany
ISBN 3 499 11197 7

Erste Station

Wir starteten in La Guardia, New York, mit dreistündiger Verspätung infolge Schneestürmen. Unsere Maschine war, wie üblich auf dieser Strecke, eine Super-Constellation. Ich richtete mich sofort zum Schlafen, es war Nacht. Wir warteten noch weitere vierzig Minuten draußen auf der Piste, Schnee vor den Scheinwerfern, Pulverschnee, Wirbel über der Piste, und was mich nervös machte, so daß ich nicht sogleich schlief, war nicht die Zeitung, die unsere Stewardeß verteilte, *First Pictures Of World's Greatest Air Crash In Nevada*, eine Neuigkeit, die ich schon am Mittag gelesen hatte, sondern einzig und allein diese Vibration in der stehenden Maschine mit laufenden Motoren – dazu der junge Deutsche neben mir, der mir sogleich auffiel, ich weiß nicht wieso, er fiel auf, wenn er den Mantel auszog, wenn er sich setzte und sich die Bügelfalten zog, wenn er überhaupt nichts tat, sondern auf den Start wartete wie wir alle und einfach im Sessel saß, ein Blonder mit rosiger Haut, der sich sofort vorstellte, noch bevor man die Gürtel geschnallt hatte. Seinen Namen hatte ich überhört, die Motoren dröhnten, einer nach dem andern auf Vollgasprobe –

Ich war todmüde.

Ivy hatte drei Stunden lang, während wir auf die verspätete Maschine warteten, auf mich eingeschwatzt, obschon sie wußte, daß ich grundsätzlich nicht heirate.

Ich war froh, allein zu sein.

Endlich ging's los –

Ich habe einen Start bei solchem Schneetreiben noch nie erlebt, kaum hatte sich unser Fahrgestell von der weißen Piste gehoben, war von den gelben Bodenlichtern nichts mehr zu sehen, kein Schimmer, später nicht einmal ein Schimmer von Manhattan, so schneite es. Ich sah nur das grüne Blinklicht an unsrer Tragfläche, die heftig schwankte, zeitweise wippte; für Sekunden verschwand sogar dieses grüne Blinklicht im Nebel, man kam sich wie ein Blinder vor.

Rauchen gestattet.

Er kam aus Düsseldorf, mein Nachbar, und so jung war er auch wieder nicht, anfangs Dreißig, immerhin jünger als ich; er reiste, wie er mich sofort unterrichtete, nach Guatemala, geschäftlich, soviel ich verstand –

Wir hatten ziemliche Böen.

Er bot mir Zigaretten an, mein Nachbar, aber ich bediente mich von meinen eignen, obschon ich nicht rauchen wollte, und dankte, nahm nochmals die Zeitung, meinerseits keinerlei Bedürfnis nach Bekanntschaft. Ich war unhöflich, mag sein. Ich hatte eine strenge Woche hinter mir, kein Tag ohne Konferenz, ich wollte Ruhe haben, Menschen sind anstrengend. Später nahm ich meine Akten aus der Mappe, um zu arbeiten; leider gab es gerade eine heiße Bouillon, und der Deutsche (er hatte, als ich seinem schwachen Englisch entgegenkam mit Deutsch, sofort gemerkt, daß ich Schweizer bin) war nicht mehr zu stoppen. Er redete über Wetter, beziehungsweise über Radar, wovon er wenig verstand; dann machte er, wie üblich nach dem zweiten Weltkrieg, sofort auf europäische Brüderschaft. Ich sagte wenig. Als man die Bouillon gelöffelt hatte, blickte ich zum Fenster hinaus, obschon nichts andres zu sehen war als das grüne Blinklicht draußen an unsrer nassen Tragfläche, ab und zu Funkenregen wie üblich, das rote Glühen in der Motor-Haube. Wir stiegen noch immer –

Später schlief ich ein.

Die Böen ließen nach.

Ich weiß nicht, warum er mir auf die Nerven ging, irgendwie kannte ich sein Gesicht, ein sehr deutsches Gesicht. Ich überlegte mit geschlossenen Augen, aber vergeblich. Ich versuchte, sein rosiges Gesicht zu vergessen, was mir gelang, und schlief etwa sechs Stunden, überarbeitet wie ich war — kaum war ich erwacht, ging er mir wieder auf die Nerven.

Er frühstückte bereits.

Ich tat, als schliefe ich noch.

Wir befanden uns (ich sah es mit meinem rechten Auge) irgendwo über dem Mississippi, flogen in großer Höhe und vollkommen ruhig, unsere Propeller blinkten in der Morgensonne, die üblichen Scheiben, man sieht sie und sieht hindurch, ebenso glänzten die Tragflächen, starr im leeren Raum, nichts von Schwingungen, wir lagen reglos in einem wolkenlosen Himmel, ein Flug wie hundert andere zuvor, die Motoren liefen in Ordnung.

«Guten Tag!» sagte er –

Ich grüßte zurück.

«Gut geschlafen?» fragte er –

Man erkannte die Wasserzweige des Mississippi, wenn auch unter Dunst, Sonnenglanz drauf, Geriesel wie aus Messing oder Bronze; es war noch früher Morgen, ich kenne die Strecke, ich schloß die Augen, um weiterzuschlafen.

Er las ein Heftlein, rororo.

Es hatte keinen Zweck, die Augen zu schließen, ich war einfach wach, und mein Nachbar beschäftigte mich ja doch, ich sah ihn sozusagen mit geschlossenen Augen. Ich bestellte mein Frühstück ... Er war zum ersten Mal in den Staaten, wie vermutet, dabei mit seinem Urteil schon fix und fertig, wobei er das eine und andere (im ganzen fand er die

Amerikaner kulturlos) trotzdem anerkennen mußte, beispielsweise die Deutschfreundlichkeit der meisten Amerikaner.

Ich widersprach nicht.

Kein Deutscher wünsche Wiederbewaffnung, aber der Russe zwinge Amerika dazu, Tragik, ich als Schweizer (Schwyzzer, wie er mit Vorliebe sagte) könne alldies nicht beurteilen, weil nie im Kaukasus gewesen, er sei im Kaukasus gewesen, er kenne den Iwan, der nur durch Waffen zu belehren sei. Er kenne den Iwan! Das sagte er mehrmals. Nur durch Waffen zu belehren! sagte er, denn alles andere mache ihm keinen Eindruck, dem Iwan –

Ich schälte meinen Apfel.

Unterscheidung nach Herrenmenschen und Untermenschen, wie's der gute Hitler meinte, sei natürlich Unsinn; aber Asiaten bleiben Asiaten –

Ich aß meinen Apfel.

Ich nahm meinen elektrischen Rasierapparat aus der Mappe, um mich zu rasieren, beziehungsweise um eine Viertelstunde allein zu sein, ich mag die Deutschen nicht, obschon Joachim, mein Freund, auch Deutscher gewesen ist ... In der Toilette überlegte ich mir, ob ich mich nicht anderswohin setzen könnte, ich hatte einfach kein Bedürfnis, diesen Herrn näher kennenzulernen, und bis Mexico-City, wo mein Nachbar umsteigen mußte, dauerte es noch mindestens vier Stunden. Ich war entschlossen, mich anderswohin zu setzen; es gab noch freie Sitze. Als ich in die Kabine zurückkehrte, rasiert, so daß ich mich freier fühlte, sicherer – ich vertrage es nicht, unrasiert zu sein – hatte er sich gestattet, meine Akten vom Boden aufzuheben, damit niemand drauf tritt, und überreichte sie mir, seinerseits die Höflichkeit in Person. Ich bedankte mich, indem ich die Akten in meine Mappe versorgte, etwas zu herzlich, scheint es, denn er benutzte meinen Dank sofort, um weitere Fragen zu stellen.

Ob ich für die *Unesco* arbeite?

Ich spürte den Magen – wie öfter in der letzten Zeit, nicht schlimm, nicht schmerzhaft, ich spürte nur, daß man einen Magen hat, ein blödes Gefühl. Vielleicht war ich drum so unausstehlich. Ich setzte mich an meinen Platz und berichtete, um nicht unausstehlich zu sein, von meiner Tätigkeit, *technische Hilfe für unterentwickelte Völker*, ich kann darüber sprechen, während ich ganz anderes denke. Ich weiß nicht, was ich dachte. Die *Unesco*, scheint es, machte ihm Eindruck, wie alles Internationale, er behandelte mich nicht mehr als Schwyzzer, sondern hörte zu, als sei man eine Autorität, geradezu ehrfürchtig, interessiert bis zur Unterwürfigkeit, was nicht hinderte, daß er mir auf die Nerven ging.

Ich war froh um die Zwischenlandung.

Im Augenblick, als wir die Maschine verließen und vor dem Zoll uns trennten, wußte ich, was ich vorher gedacht hatte: Sein Gesicht (rosig und dicklich, wie Joachim nie gewesen ist) erinnerte mich doch an Joachim. –

Ich vergaß es wieder.

Das war in Houston, Texas.

Nach dem Zoll, nach der üblichen Schererei mit meiner Kamera, die mich schon um die halbe Welt begleitet hat, ging ich in die Bar, um einen Drink zu haben, bemerkte aber, daß mein Düsseldorfer bereits in der Bar saß, sogar einen Hocker freihielt – vermutlich für mich! – und ging gradaus in die Toilette hinunter, wo ich mir, da ich nichts andres zu tun hatte, die Hände wusch.

Aufenthalt: 20 Minuten.

Mein Gesicht im Spiegel, während ich Minuten lang die Hände wasche, dann trockne: weiß wie Wachs, mein Gesicht, beziehungsweise grau und gelblich mit violetten Adern darin, scheußlich wie eine Leiche. Ich vermutete, es kommt vom Neon-Licht, und trocknete meine Hände, die ebenso gelblich-violett sind, dann der übliche Lautsprecher, der alle Räume bedient, somit auch das Untergeschoß: *Your attention please, your attention please!* Ich wußte nicht, was los ist. Meine Hände schwitzten, obschon es in dieser Toilette geradezu kalt ist, draußen ist es heiß. Ich weiß nur soviel: – Als ich wieder zu mir kam, kniete die dicke Negerin neben mir, Putzerin, die ich vorher nicht bemerkt hatte, jetzt in nächster Nähe, ich sah ihr Riesenmaul mit den schwarzen Lippen, das Rosa ihres Zahnfleisches, ich hörte den hallenden Lautsprecher, während ich noch auf allen vieren war –

Plane is ready for departure.

Zweimal:

Plane is ready for departure.

Ich kenne diese Lautsprecherei.

All passengers für Mexico-Guatemala-Panama, dazwischen Motorenlärm, *kindly requested,* Motorenlärm, *gate number five, thank you.*

Ich erhob mich.

Die Negerin kniete noch immer –

Ich schwor mir, nie wieder zu rauchen, und versuchte, mein Gesicht unter die Röhre zu halten, was nicht zu machen war wegen der Schlüssel, es war ein Schweißanfall, nichts weiter, Schweißanfall mit Schwindel.

Your attention please –

Ich fühlte mich sofort wohler.

Passenger Faber, passenger Faber!

Das war ich.

Please to the information-desk.

Ich hörte es, ich tauchte mein Gesicht in die öffentliche Schüssel, ich hoffte, daß sie ohne mich weiterfliegen, das Wasser war kaum kälter als mein Schweiß, ich begriff nicht, wieso die Negerin plötzlich lachte – es schüttelte ihre Brust wie einen Pudding, so mußte sie lachen, ihr Riesenmaul, ihr Kruselhaar, ihre weißen und schwarzen Augen, Großaufnahme aus Afrika, dann neuerdings: *Plane is ready for departure.* Ich trocknete mein Gesicht mit dem Taschentuch, während die Negerin an meinen Hosen herumwischte. Ich kämmte mich sogar, bloß um Zeit zu verlieren, der Lautsprecher gab Meldung um Meldung, Ankünfte, Abflüge, dann nochmals:

Passenger Faber, passenger Faber –

Sie weigerte sich, Geld anzunehmen, es wäre ein Vergnügen (pleasure) für sie, daß ich lebe, daß der Lord ihr Gebet erhört habe, ich hatte ihr die Note einfach hingelegt, aber sie folgte mir noch auf die Treppe, wo sie als Negerin nicht weitergehen durfte, und zwang mir die Note in die Hand.

In der Bar war es leer –

Ich rutschte mich auf einen Hocker, zündete mir eine Zigarette an, schaute zu, wie der Barmann die übliche Olive ins kalte Glas wirft, dann aufgießt, die übliche Geste: mit dem Daumen hält er das Sieb vor dem silbernen Mischbecher, damit kein Eis ins Glas plumpst, und ich legte meine Note hin, draußen rollte eine Super-Constellation vorbei und auf die Piste hinaus, um zu starten. Ohne mich! Ich trank meinen Martini-Dry, als wieder der Lautsprecher mit seinem Knarren einsetzte: *Your attention please!* Eine Weile hörte man nichts, draußen brüllten gerade die Motoren der startenden Super-Constellation, die mit dem üblichen Dröhnen über uns hinwegflog – dann neuerdings:

Passenger Faber, passenger Faber –

Niemand konnte wissen, daß ich gemeint war, und ich sagte mir, lange können sie nicht mehr warten – ich ging aufs Observation-Dach, um unsere Maschine zu sehen. Sie stand, wie es schien, zum Start bereit; die Shell-Tanker waren weg, aber die Propeller liefen nicht. Ich atmete auf, als ich das Rudel unsrer Passagiere über das leere Feld gehen sah, um einzusteigen, mein Düsseldorfer ziemlich voran. Ich wartete auf das Anspringen der Propeller, der Lautsprecher hallte und schepperte auch hier:

Please to the information-desk!

Aber es geht nicht mich an.

Miss Sherbon, Mr. and Mrs. Rosenthal –

Ich wartete und wartete, die vier Propellerkreuze blieben einfach starr, ich hielt sie nicht aus, diese Warterei auf meine Person, und begab mich neuerdings ins Untergeschoß, wo ich mich hinter der geriegelten Tür eines Cabinets versteckte, als es nochmals kam:

Passenger Faber, passenger Faber.

Es war eine Frauenstimme, ich schwitzte wieder und mußte mich setzen, damit mir nicht schwindlig wurde, man konnte meine Füße sehen.

This is our last call.

Zweimal: *This is our last call.*

Ich weiß nicht, wieso ich mich eigentlich versteckte. Ich schämte mich;

es ist sonst nicht meine Art, der letzte zu sein. Ich blieb in meinem Versteck, bis ich festgestellt hatte, daß der Lautsprecher mich aufgab, mindestens zehn Minuten. Ich hatte einfach keine Lust weiterzufliegen. Ich wartete hinter der geriegelten Tür, bis man das Donnern einer startenden Maschine gehört hatte – eine Super-Constellation, ich kenne ihren Ton! – dann rieb ich mein Gesicht, um nicht durch Blässe aufzufallen, und verließ das Cabinet wie irgendeiner, ich pfiff vor mich hin, ich stand in der Halle und kaufte irgendeine Zeitung, ich hatte keine Ahnung, was ich in diesem Houston, Texas, anfangen sollte. Es war merkwürdig; plötzlich ging es ohne mich! Ich horchte jedes Mal, wenn der Lautsprecher ertönte – dann ging ich, um etwas zu tun, zur Western Union: um eine Depesche aufzugeben, betreffend mein Gepäck, das ohne mich nach Mexico flog, ferner eine Depesche nach Caracas, daß unsere Montage um vierundzwanzig Stunden verschoben werden sollte, ferner eine Depesche nach New York, ich steckte gerade meinen Kugelschreiber zurück, als unsere Stewardeß, die übliche Liste in der andern Hand, mich am Ellbogen faßte:

«There you are!»

Ich war sprachlos –

«We're late, Mister Faber, we're late!»

Ich folgte ihr, meine überflüssigen Depeschen in der Hand, mit allerlei Ausreden, die nicht interessierten, hinaus zu unsrer Super-Constellation; ich ging wie einer, der vom Gefängnis ins Gericht geführt wird – Blick auf den Boden beziehungsweise auf die Treppe, die sofort, kaum war ich in der Kabine, ausgeklinkt und weggefahren wurde.

«I'm sorry!» sagte ich. «I'm sorry.»

Die Passagiere, alle schon angeschnallt, drehten ihre Köpfe, ohne ein Wort zu sagen, und mein Düsseldorfer, den ich vergessen hatte, gab mir sofort den Fensterplatz wieder, geradezu besorgt: Was denn geschehen wäre? Ich sagte, meine Uhr sei stehengeblieben, und zog meine Uhr auf.

Start wie üblich –

Das Nächste, was mein Nachbar erzählte, war interessant – überhaupt fand ich ihn jetzt, da ich keine Magenbeschwerden mehr hatte, etwas sympathischer; er gab zu, daß die deutsche Zigarre noch nicht zur Weltklasse gehört, Voraussetzung einer guten Zigarre, sagte er, sei ein guter Tabak.

Er entfaltete eine Landkarte.

Die Plantage, die seine Firma auszubauen hoffte, lag allerdings, wie mir schien, am Ende der Welt, Staatsgebiet von Guatemala, von Flores nur mit Pferd zu erreichen, während man von Palenque (Staatsgebiet von Mexico) mit einem Jeep ohne weiteres hinkommt; sogar ein Nash, behauptete er, wäre schon durch diesen Dschungel gefahren.

Er selbst flog zum ersten Mal dahin.

Bevölkerung: Indios.

Es interessierte mich, insofern ich ja auch mit der Nutzbarmachung unterentwickelter Gebiete beschäftigt bin; wir waren uns einig, daß Straßen erstellt werden müssen, vielleicht sogar ein kleiner Flugplatz, alles nur eine Frage der Verbindungen. Einschiffung in Puerto Barrios – Ein kühnes Unternehmen, schien mir, jedoch nicht unvernünftig, vielleicht wirklich die Zukunft der deutschen Zigarre.

Er faltete die Karte zusammen –

Ich wünschte Glück.

Auf seiner Karte (1:500 000) war sowieso nichts zu erkennen, Niemandsland, weiß, zwei blaue Linien zwischen grünen Staatsgrenzen, Flüsse, die einzigen Namen (rot, nur mit Lupe zu lesen) bezeichneten Maya-Ruinen –

Ich wünschte Glück.

Ein Bruder von ihm, der schon seit Monaten da unten lebte, hatte offenbar Mühe mit dem Klima, ich konnte es mir vorstellen, Flachland, tropisch, Feuchte der Regenzeit, die senkrechte Sonne.

Damit war dieses Gespräch zu Ende.

Ich rauchte, Blick zum Fenster hinaus: unter uns der blaue Golf von Mexico, lauter kleine Wolken, und ihre violetten Schatten auf dem grünlichen Meer, Farbspiel wie üblich, ich habe es schon oft genug gefilmt – ich schloß die Augen, um wieder etwas Schlaf nachzuholen, den Ivy mir gestohlen hatte; unser Flug war nun vollkommen ruhig, mein Nachbar ebenso.

Er las seinen Roman.

Ich mache mir nichts aus Romanen – sowenig wie aus Träumen, ich träumte von Ivy, glaube ich, jedenfalls fühlte ich mich bedrängt, es war in einer Spielbar in Las Vegas (wo ich in Wirklichkeit nie gewesen bin), Klimbim, dazu Lautsprecher, die immer meinen Namen riefen, ein Chaos von blauen und roten und gelben Automaten, wo man Geld gewinnen kann, Lotterie, ich wartete mit lauter Splitternackten, um mich scheiden zu lassen (dabei bin ich in Wirklichkeit gar nicht verheiratet), irgendwie kam auch Professor O. vor, mein geschätzter Lehrer an der Eidgenössischen Technischen Hochschule, aber vollkommen sentimental, er weinte immerfort, obschon er Mathematiker ist, beziehungsweise Professor für Elektrodynamik, es war peinlich, aber das Blödsinnigste von allem: – Ich bin mit dem Düsseldorfer verheiratet! ... Ich wollte protestieren, aber konnte meinen Mund nicht aufmachen, ohne die Hand davor zu halten, da mir soeben, wie ich spürte, sämtliche Zähne ausgefallen sind, alle wie Kieselsteine im Mund –

Ich war, kaum erwacht, sofort im Bild:

Unter uns das offene Meer –

Es war der Motor links, der die Panne hatte; ein Propeller als starres Kreuz im wolkenlosen Himmel – das war alles.

Unter uns, wie gesagt, der Golf von Mexico.

Unsere Stewardeß, ein Mädchen von zwanzig Jahren, ein Kind mindestens ihrem Aussehen nach, hatte mich an der linken Schulter gefaßt, um mich zu wecken, ich wußte aber alles, bevor sie's erklärte, indem sie mir eine grüne Schwimmweste reichte; mein Nachbar war eben dabei, seine Schwimmweste anzuschnallen, humorig wie bei Alarm-Übungen dieser Art –

Wir flogen mindestens auf zweitausend Meter Höhe.

Natürlich sind mir keine Zähne ausgefallen, nicht einmal mein Stiftzahn, der Vierer oben rechts; ich war erleichtert, geradezu vergnügt.

Im Korridor, vorn, der Captain:

There is no danger at all –

Alles nur eine Maßnahme der Vorsicht, unsere Maschine ist sogar imstande mit zwei Motoren zu fliegen, wir befinden uns 8,5 Meilen von der mexikanischen Küste entfernt, Kurs auf Tampico, alle Passagiere freundlich gebeten, Ruhe zu bewahren und vorläufig nicht zu rauchen.

Thank you.

Alle saßen wie in einer Kirche, alle mit grünen Schwimmwesten um die Brust, ich kontrollierte mit meiner Zunge, ob mir wirklich keine Zähne wackelten, alles andere regte mich nicht auf.

Zeit: 10.25 Uhr.

Ohne unsere Verspätung wegen Schneesturm in den nördlichen Staaten wären wir jetzt in Mexico-City gelandet, ich sagte es meinem Düsseldorfer – bloß um zu reden. Ich hasse Feierlichkeit.

Keine Antwort.

Ich fragte nach seiner genauen Zeit –

Keine Antwort.

Die Motoren, die drei anderen, liefen in Ordnung, von Ausfall nichts zu spüren, ich sah, daß wir die Höhe hielten, dann Küste im Dunst, eine Art von Lagune, dahinter Sümpfe. Aber von Tampico noch nichts zu sehen. Ich kannte Tampico von früher, von einer Fischvergiftung, die ich nicht vergessen werde bis ans Ende meiner Tage.

«Tampico», sagte ich, «das ist die dreckigste Stadt der Welt, Ölhafen, Sie werden sehen, entweder stinkt's nach Öl oder nach Fisch –»

Er fingerte an seiner Schwimmweste.

«Ich rate Ihnen wirklich», sagte ich, «essen Sie keinen Fisch, mein Herr, unter keinen Umständen –»

Er versuchte zu lächeln.

«Die Einheimischen sind natürlich immun», sagte ich, «aber unsereiner –»

Er nickte, ohne zu hören. Ich hielt ganze Vorträge, scheint es, über Amöben, beziehungsweise über Hotels in Tampico. Sobald ich merkte, daß er gar nicht zuhörte, mein Düsseldorfer, griff ich ihn am Ärmel, was sonst nicht meine Art ist, im Gegenteil, ich hasse diese Manie, einander am Ärmel zu greifen. Aber anders hörte er einfach nicht zu. Ich erzählte ihm die ganze Geschichte meiner langweiligen Fischvergiftung in Tampico, 1951, also vor sechs Jahren – Wir flogen indessen, wie sich zeigte, gar nicht der Küste entlang, sondern plötzlich landeinwärts. Also doch nicht Tampico! Ich war sprachlos, ich wollte mich bei der Stewardeß erkundigen.

Rauchen wieder gestattet!

Vielleicht war der Flughafen von Tampico zu klein für unsere Super-Constellation (damals ist es eine DC-4 gewesen) oder sie hatten Weisung bekommen, trotz der Motorpanne nach Mexico-City durchzufliegen, was ich allerdings angesichts der Sierra Madre Oriental, die uns noch bevorstand, nicht begriff. Unsere Stewardeß – ich griff sie am Ellenbogen, was sonst, wie gesagt, nicht meine Art ist – hatte keine Zeit für Auskünfte, sie wurde zum Captain gerufen.

Tatsächlich stiegen wir.

Ich versuchte an Ivy zu denken –

Wir stiegen.

Unter uns immer noch Sümpfe, seicht und trübe, dazwischen Zungen von Land, Sand, die Sümpfe teilweise grün und dann wieder rötlich, Lippenstiftrot, was ich mir nicht erklären konnte, eigentlich keine Sümpfe, sondern Lagunen, und wo die Sonne spiegelt, glitzert es wie Lametta beziehungsweise wie Stanniol, jedenfalls metallisch, dann wieder himmelblau und wässerig (wie die Augen von Ivy) mit gelben Untiefen, Flecken wie violette Tinte, finster, vermutlich ein Unterwassergewächs, einmal eine Einmündung, braun wie amerikanischer Milchkaffee, widerlich, Quadratmeilen nichts als Lagunen. Auch der Düsseldorfer hatte das Gefühl, wir steigen.

Die Leute redeten wieder.

Eine anständige Landkarte wie bei der *Swissair* immer zur Hand, gab es hier nicht, und was mich nervös machte, war lediglich diese idiotische Information: Kurs nach Tampico, während die Maschine landeinwärts fliegt – steigend, wie gesagt, mit drei Motoren, ich beobachtete die drei glitzernden Scheiben, die manchmal zu stocken scheinen, was auf optischer Täuschung beruht, ein schwarzes Zucken wie üblich. Es war kein Grund, sich aufzuregen, komisch nur der Anblick: das starre Kreuz eines stehenden Propellers bei voller Fahrt.

Unsere Stewardeß tat mir leid.

Sie mußte von Reihe zu Reihe gehen, lächelnd wie Reklame, und fragen, ob jedermann sich wohl fühle in seiner Schwimmweste; sobald man ein Witzchen machte, verlor sie ihr Lächeln. Ob man im Gebirge schwimmen könne? fragte ich –

Order war Order.

Ich hielt sie am Arm, die junge Person, die meine Tochter hätte sein können, beziehungsweise am Handgelenk; ich sagte ihr (natürlich zum

Spaß!) mit erhobenem Finger, sie habe mich zu diesem Flug gezwungen, jawohl, niemand anders als sie – sie sagte:

«There is no danger, Sir, no danger at all. We're going to land in Mexico-City in about one hour and twenty minutes.»

Das sagte sie jedem.

Ich ließ sie los, damit sie wieder lächeln und ihre Pflicht erfüllen konnte, schauen, ob jedermann angeschnallt war. Kurz darauf hatte sie Order, Lunch zu bringen, obschon es noch nicht Lunchtime war ... Zum Glück hatten wir schönes Wetter auch über Land, fast keine Wolken, jedoch Böen wie üblich vor Gebirgen, die normale Thermik, so daß unsere Maschine sackte, schaukelte, bis sie sich wieder im Gleichgewicht hatte, und stieg, um neuerdings zu sacken mit schwingenden Tragflächen; Minuten lang flog man vollkommen ruhig, dann wieder ein Stoß, so daß die Tragflächen wippten, und wieder das Schlenkern, bis die Maschine sich fing und stieg, als wäre es für immer in Ordnung, und wieder sackte – wie üblich bei Böen.

In der Ferne die blauen Gebirge.

Sierra Madre Oriental.

Unter uns die rote Wüste.

Als kurz darauf – wir erhielten gerade unsren Lunch, mein Düsseldorfer und ich, das Übliche: Juice, ein schneeweißes Sandwich mit grünem Salat – plötzlich ein zweiter Motor aussetzte, war die Panik natürlich da, unvermeidlich, trotz Lunch auf dem Knie. Jemand schrie.

Von diesem Augenblick an ging alles sehr rasch –

Offenbar befürchtete man noch den Ausfall der anderen Motoren, so daß man sich zur Notlandung entschloß. Jedenfalls sanken wir, der Lautsprecher knackte und knarrte, so daß man von den Anweisungen, die gegeben werden, kaum ein Wort versteht.

Meine erste Sorge: wohin mit dem Lunch?

Wir sanken, obschon zwei Motoren, wie gesagt, genügen sollten, das reglose Pneu-Paar in der Luft, wie üblich vor einer Landung, und ich stellte meinen Lunch einfach auf den Boden des Korridors, dabei befanden wir uns noch mindestens fünfhundert Meter über dem Boden.

Jetzt ohne Böen.

No smoking.

Die Gefahr, daß unsere Maschine bei der Notlandung zerschellt oder in Flammen aufgeht, war mir bewußt – ich staunte über meine Ruhe.

Ich dachte an niemand.

Alles ging sehr geschwind, wie schon gesagt, unter uns Sand, ein flaches Tal zwischen Hügeln, die felsig zu sein schienen, alles vollkommen kahl, Wüste –

Eigentlich war man nur gespannt.

Wir sanken, als läge eine Piste unter uns, ich preßte mein Gesicht ans Fenster, man sieht ja diese Pisten immer erst im letzten Augenblick, wenn schon die Bremsklappen draußen sind. Ich wunderte mich, daß die Bremsklappen nicht kommen. Unsere Maschine vermied offensichtlich jede Kurve, um nicht abzusacken, und wir flogen über die günstige Ebene hinaus, unser Schatten flog immer näher, er sauste schneller als wir, so schien es, ein grauer Fetzen auf dem rötlichen Sand, er flatterte.

Dann Felsen –

Jetzt stiegen wir wieder.

Dann, zum Glück, neuerdings Sand, aber Sand mit Agaven, beide Motoren auf Vollgas, so flogen wir Minuten lang auf Haushöhe, das Fahrgestell wurde wieder eingezogen. Also Bauchlandung! Wir flogen, wie man sonst in großen Höhen fliegt, ziemlich ruhig und ohne Fahrgestell – aber auf Haushöhe, wie gesagt, und ich wußte, es wird keine Piste kommen, trotzdem preßte ich das Gesicht ans Fenster.

Plötzlich war unser Fahrgestell neuerdings ausgeschwenkt, ohne daß eine Piste kam, dazu die Bremsklappen, man spürte es wie eine Faust gegen den Magen, Bremsen, Sinken wie im Lift, im letzten Augenblick verlor ich die Nerven, so daß die Notlandung – ich sah nur noch die flitzenden Agaven zu beiden Seiten, dann beide Hände vors Gesicht! – nichts als ein blinder Schlag war, Sturz vornüber in die Bewußtlosigkeit.

Dann Stille.

Wir hatten ein Affenschwein, kann ich nur sagen, niemand hatte auch nur eine Nottüre aufgetan, ich auch nicht, niemand rührte sich, wir hingen in unseren Gurten.

«Go on», sagte der Captain, «go on!»

Niemand rührte sich.

«Go on!»

Zum Glück kein Feuer, man mußte den Leuten sagen, sie dürften sich abschnallen, die Türe war offen, aber es kam natürlich keine Treppe angerollt, wie man's gewohnt ist, bloß Hitze, wie wenn man einen Ofen aufmacht, Glutluft.

Ich war unverletzt.

Endlich die Strickleiter!

Man versammelte sich, ohne daß es eine Order brauchte, im Schatten unter der Tragfläche, alle stumm, als wäre Sprechen in der Wüste strengstens verboten. Unsere Super-Constellation stand etwas vornüber gekippt, nicht schlimm, nur das vordere Fahrgestell war gestaucht, weil eingesunken im Sand, nicht einmal gebrochen. Die vier Propeller-Kreuze glänzten im knallblauen Himmel, ebenso die drei Schwanzsteuer. Niemand rührte sich, wie gesagt, offenbar warteten alle, daß der Captain etwas sagte.

«Well», sagte er, «there we are!»

Er lachte.

Ringsum nichts als Agaven, Sand, die rötlichen Gebirge in der Ferne, ferner als man vorher geschätzt hat, vor allem Sand und nochmals Sand, gelblich, das Flimmern der heißen Luft darüber, Luft wie flüssiges Glas. –

Zeit: 11.05 Uhr.

Ich zog meine Uhr auf –

Die Besatzung holte Wolldecken heraus, um die Pneus vor der Sonne zu schützen, während wir in unseren grünen Schwimmwesten umherstanden, untätig. Ich weiß nicht, warum niemand die Schwimmweste auszog.

Ich glaube nicht an Fügung und Schicksal, als Techniker bin ich gewohnt mit den Formeln der Wahrscheinlichkeit zu rechnen. Wieso Fügung? Ich gebe zu: Ohne die Notlandung in Tamaulipas (2. IV.) wäre alles anders gekommen; ich hätte diesen jungen Hencke nicht kennengelernt, ich hätte vielleicht nie wieder von Hanna gehört, ich wüßte heute noch nicht, daß ich Vater bin. Es ist nicht auszudenken, wie anders alles gekommen wäre ohne diese Notlandung in Tamaulipas. Vielleicht würde Sabeth noch leben. Ich bestreite nicht: Es war mehr als ein Zufall, daß alles so gekommen ist, es war eine ganze Kette von Zufällen. Aber wieso Fügung? Ich brauche, um das Unwahrscheinliche als Erfahrungstatsache gelten zu lassen, keinerlei Mystik; Mathematik genügt mir.

Mathematisch gesprochen:

Das Wahrscheinliche (daß bei 6 000 000 000 Würfen mit einem regelmäßigen Sechserwürfel annähernd 1 000 000 000 Einser vorkommen) und das Unwahrscheinliche (daß bei 6 Würfen mit demselben Würfel einmal 6 Einser vorkommen) unterscheiden sich nicht dem Wesen nach, sondern nur der Häufigkeit nach, wobei das Häufigere von vornherein als glaubwürdiger erscheint. Es ist aber, wenn einmal das Unwahrscheinliche eintritt, nichts Höheres dabei, keinerlei Wunder oder Derartiges, wie es der Laie so gerne haben möchte. Indem wir vom Wahrscheinlichen sprechen, ist ja das Unwahrscheinliche immer schon inbegriffen, und zwar als Grenzfall des Möglichen, und wenn es einmal eintritt, das Unwahrscheinliche, so besteht für unsereinen keinerlei Grund zur Verwunderung, zur Erschütterung, zur Mystifikation.

Vergleiche hierzu:

Ernst Mally *Wahrscheinlichkeit und Gesetz*, ferner Hans Reichenbach *Wahrscheinlichkeitslehre*, ferner Whitehead und Russell *Principia Mathematica*, ferner v. Mises *Wahrscheinlichkeit, Statistik und Wahrheit*.

Unser Aufenthalt in der Wüste von Tamaulipas, Mexico, dauerte vier Tage und drei Nächte, total 85 Stunden, worüber es wenig zu berichten gibt – ein grandioses Erlebnis (wie jedermann zu erwarten scheint, wenn ich davon spreche) war es nicht. Dazu viel zu heiß! Natürlich dachte ich auch sofort an den Disney-Film, der ja grandios war, und nahm sofort meine Kamera; aber von Sensation nicht die Spur, ab und zu eine Eidechse, die mich erschreckte, eine Art von Sandspinnen, das war alles.

Es blieb uns nichts als Warten.

Das erste, was ich in der Wüste von Tamaulipas tat: ich stellte mich dem Düsseldorfer vor, denn er interessierte sich für meine Kamera, ich erläuterte ihm meine Optik.

Andere lasen.

Zum Glück, wie sich bald herausstellte, spielte er auch Schach, und da ich stets mit meinem Steck-Schach reise, waren wir gerettet; er organisierte sofort zwei leere Coca-Cola-Kistchen, wir setzten uns abseits, um das allgemeine Gerede nicht hören zu müssen, in den Schatten unter dem Schwanzsteuer – kleiderlos, bloß in Schuhen (wegen der Hitze des Sandes) und in Jockey-Unterhosen.

Unser Nachmittag verging im Nu.

Kurz vor Einbruch der Dämmerung erschien ein Flugzeug, Militär, es kreiste lange über uns, ohne etwas abzuwerfen, und verschwand (was ich gefilmt habe) gegen Norden, Richtung Monterrey.

Abendessen: ein Käse-Sandwich, eine halbe Banane.

Ich schätze das Schach, weil man Stunden lang nichts zu reden braucht. Man braucht nicht einmal zu hören, wenn der andere redet. Man blickt auf das Brett, und es ist keineswegs unhöflich, wenn man kein Bedürfnis nach persönlicher Bekanntschaft zeigt, sondern mit ganzem Ernst bei der Sache ist –

«Sie sind am Zug!» sagte er –

Die Entdeckung, daß er Joachim, meinen Freund, der seit mindestens zwanzig Jahren einfach verstummt war, nicht nur kennt, sondern daß er geradezu sein Bruder ist, ergab sich durch Zufall ... Als der Mond aufging (was ich ebenfalls gefilmt habe) zwischen schwarzen Agaven am Horizont, hätte man noch immer Schach spielen können, so hell war es, aber plötzlich zu kalt; wir waren hinausgestapft, um eine Zigarette zu rauchen, hinaus in den Sand, wo ich gestand, daß ich mir aus Landschaften nichts mache, geschweige denn aus einer Wüste.

«Das ist nicht Ihr Ernst!» sagte er.

Er fand es ein Erlebnis.

«Gehen wir schlafen!» sagte ich, «– Hotel Super-Constellation, Holiday In Desert With All Accommodations!»

Ich fand es kalt.

Ich habe mich schon oft gefragt, was die Leute eigentlich meinen, wenn sie von Erlebnis reden. Ich bin Techniker und gewohnt, die Dinge zu sehen, wie sie sind. Ich sehe alles, wovon sie reden, sehr genau; ich bin ja nicht blind. Ich sehe den Mond über der Wüste von Tamaulipas – klarer als je, mag sein, aber eine errechenbare Masse, die um unseren Planeten kreist, eine Sache der Gravitation, interessant, aber wieso ein

Erlebnis? Ich sehe die gezackten Felsen, schwarz vor dem Schein des Mondes; sie sehen aus, mag sein, wie die gezackten Rücken von urweltlichen Tieren, aber ich weiß: Es sind Felsen, Gestein, wahrscheinlich vulkanisch, das müßte man nachsehen und feststellen. Wozu soll ich mich fürchten? Es gibt keine urweltlichen Tiere mehr. Wozu sollte ich sie mir einbilden? Ich sehe auch keine versteinerten Engel, es tut mir leid; auch keine Dämonen, ich sehe, was ich sehe: die üblichen Formen der Erosion, dazu meinen langen Schatten auf dem Sand, aber keine Gespenster. Wozu weibisch werden? Ich sehe auch keine Sintflut, sondern Sand, vom Mond beschienen, von Wind gewellt wie Wasser, was mich nicht überrascht; ich finde es nicht fantastisch, sondern erklärlich. Ich weiß nicht, wie verdammte Seelen aussehen; vielleicht wie schwarze Agaven in der nächtlichen Wüste. Was ich sehe, das sind Agaven, eine Pflanze, die ein einziges Mal blüht und dann abstirbt. Ferner weiß ich, daß ich nicht (wenn es im Augenblick auch so aussieht) der erste oder letzte Mensch auf der Erde bin; und ich kann mich von der bloßen Vorstellung, der letzte Mensch zu sein, nicht erschüttern lassen, denn es ist nicht so. Wozu hysterisch sein? Gebirge sind Gebirge, auch wenn sie in gewisser Beleuchtung, mag sein, wie irgend etwas anderes aussehen, es ist aber die Sierra Madre Oriental, und wir stehen nicht in einem Totenreich, sondern in der Wüste von Tamaulipas, Mexico, ungefähr sechzig Meilen von der nächsten Straße entfernt, was peinlich ist, aber wieso ein Erlebnis? Ein Flugzeug ist für mich ein Flugzeug, ich sehe keinen ausgestorbenen Vogel dabei, sondern eine Super-Constellation mit Motor-Defekt, nichts weiter, und da kann der Mond sie bescheinen, wie er will. Warum soll ich erleben, was gar nicht ist? Ich kann mich auch nicht entschließen, etwas wie die Ewigkeit zu hören; ich höre gar nichts, ausgenommen das Rieseln von Sand nach jedem Schritt. Ich schlottere, aber ich weiß: in sieben bis acht Stunden kommt wieder die Sonne. Ende der Welt, wieso? Ich kann mir keinen Unsinn einbilden, bloß um etwas zu erleben. Ich sehe den Sand-Horizont, weißlich in der grünen Nacht, schätzungsweise zwanzig Meilen von hier, und ich sehe nicht ein, wieso dort, Richtung Tampico, das Jenseits beginnen soll. Ich kenne Tampico. Ich weigere mich, Angst zu haben aus bloßer Fantasie, beziehungsweise fanatisch zu werden aus bloßer Angst, geradezu mystisch.

«Kommen Sie!» sagte ich.

Herbert stand und erlebte noch immer.

«Übrigens», sagte ich, «sind Sie irgendwie verwandt mit einem Joachim Hencke, der einmal in Zürich studiert hat?»

Es kam mir ganz plötzlich, als wir so standen, die Hände in den Hosentaschen, den Rockkragen heraufgestülpt; wir wollten gerade in die Kabine steigen.

«Joachim?» sagte er, «das ist mein Bruder.»

«Nein!» sagte ich –

«Ja», sagte er, «natürlich – ich erzählte Ihnen doch, daß ich meinen Bruder in Guatemala besuche.»

Wir mußten lachen.

«Wie klein die Welt ist!»

Die Nächte verbrachte man in der Kabine, schlotternd in Mantel und Wolldecken; die Besatzung kochte Tee, solange Wasser vorhanden.

«Wie geht's ihm denn?» fragte ich. «Seit zwanzig Jahren habe ich nichts mehr von ihm gehört.»

«Danke», sagte er, «danke –»

«Damals», sagte ich, «waren wir sehr befreundet –»

Was ich erfuhr, war so das Übliche: Heirat, ein Kind (was ich offenbar überhört habe; sonst hätte ich mich nicht später danach erkundigt), dann Krieg, Gefangenschaft, Heimkehr nach Düsseldorf und so fort, ich staunte, wie die Zeit vergeht, wie man älter wird.

«Wir sind besorgt», sagte er –

«Wieso?»

«Er ist der einzige Weiße da unten», sagte er, «seit zwei Monaten keinerlei Nachrichten –»

Er berichtete.

Die meisten Passagiere schliefen schon, man mußte flüstern, das große Licht in der Kabine war lange schon gelöscht, und um die Batterie zu schonen, war man gebeten, auch das kleine Lämpchen über dem Sitz auszuknipsen; es war dunkel, nur draußen die Helligkeit des Sandes, die Tragflächen im Mondlicht, glänzend, kalt.

«Wieso Revolte?» fragte ich.

Ich beruhigte ihn.

«Wieso Revolte?» sagte ich, «vielleicht sind seine Briefe einfach verlorengegangen –»

Jemand bat uns, endlich zu schweigen.

Zweiundvierzig Passagiere in einer Super-Constellation, die nicht fliegt, sondern in der Wüste steht, ein Flugzeug mit Wolldecken um die Motoren (um sie vor Sand zu schützen) und mit Wolldecken um jeden Pneu, die Passagiere genau so, wie wenn man fliegt, in ihren Sesseln schlafend mit schrägen Köpfen und meistens offenen Mündern, aber dazu Totenstille, draußen die vier blanken Propeller-Kreuze, der weißliche Mondglanz auch auf den Tragflächen, alles reglos – es war ein komischer Anblick.

Jemand redete im Traum –

Beim Erwachen am Morgen, als ich zum Fensterchen hinausschaute und den Sand sah, die Nähe des Sandes, erschrak ich eine Sekunde lang, unnötigerweise.

Herbert las wieder ein rororo.

Ich nahm mein Kalenderchen:

3. IV. Montage in Caracas!

Zum Frühstück gab es Juice, dazu zwei Biscuits, dazu Versicherungen, daß Lebensmittel unterwegs sind, Getränke auch, kein Grund zu Besorgnis – sie hätten besser nichts gesagt; denn so wartete man natürlich den ganzen Tag auf Motorengeräusch.

Wieder eine Irrsinnshitze!

In der Kabine war's noch heißer –

Was man hörte: Wind, dann und wann Pfiffe von Sandmäusen, die man allerdings nicht sah, das Rascheln einer Eidechse, vor allem ein steter Wind, der den Sand nicht aufwirbelte, wie gesagt, aber rieseln ließ, so daß unsere Trittspuren immer wieder gelöscht waren; immer wieder sah es aus, als wäre niemand hier gewesen, keine Gesellschaft von zweiundvierzig Passagieren und fünf Leuten der Besatzung.

Ich wollte mich rasieren –

Zu filmen gab es überhaupt nichts.

Ich fühlte mich nicht wohl, wenn unrasiert; nicht wegen der Leute, sondern meinetwegen. Ich habe dann das Gefühl, ich werde etwas wie eine Pflanze, wenn ich nicht rasiert bin, und greife unwillkürlich an mein Kinn. Ich holte meinen Apparat und versuchte alles mögliche, beziehungsweise unmögliche, denn ohne elektrischen Strom ist mit diesem Apparat ja nichts zu machen, das weiß ich – das war es ja, was mich nervös machte: daß es in der Wüste keinen Strom gibt, kein Telefon, keinen Stecker, nichts.

Einmal, mittags, hörte man Motoren.

Alle, außer Herbert und mir, standen draußen in der brütenden Sonne, um Ausschau zu halten in dem violetten Himmel über dem gelblichen Sand und den grauen Disteln und den rötlichen Gebirgen, es war nur ein dünnes Summen, eine gewöhnliche DC-7, die da in großer Höhe glänzte, im Widerschein weiß wie Schnee, Kurs auf Mexico-City, wo wir gestern um diese Zeit hätten landen sollen.

Die Stimmung war miserabler als je.

Wir hatten unser Schach, zum Glück.

Viele Passagiere folgten unserem Vorbild, indem sie sich mit Schuhen und Unterhosen begnügten; die Damen hatten es schwieriger, einige saßen in aufgekrempelten Röcken und in Büstenhaltern, blau oder weiß oder rosa, ihre Bluse um den Kopf gewickelt wie einen Turban.

Viele klagten über Kopfschmerz.

Jemand mußte sich erbrechen –

Wir hockten wieder abseits, Herbert und ich, im Schatten unter dem Schwanzsteuer, das, wie die Tragflächen auch, im Widerschein des besonnten Sandes blendete, so daß man sogar im Schatten wie unter einem Scheinwerfer saß, und wir redeten wie üblich wenig beim Schach. Einmal fragte ich:

«Ist Joachim denn nicht mehr verheiratet?»

«Nein», sagte er.

«Geschieden?»

«Ja», sagte er.

«Wir haben viel Schach gespielt – damals.»

«So», sagte er.

Seine Einsilbigkeit reizte mich.

«Wen hat er denn geheiratet?»

Ich fragte zum Zeitvertreib, es machte mich nervös, daß man nicht rauchen durfte, ich hatte eine Zigarette im Mund, feuerlos, weil Herbert sich so lange besann, obschon er sehen mußte, daß es nichts mehr zu retten gibt; ich lag mit einem Pferdchen-Gewinn im sicheren Vorteil, als er nach langem Schweigen, dann so beiläufig, wie ich meinerseits gefragt hatte, den Namen von Hanna erwähnte.

«– Hanna Landsberg, Münchnerin, Halbjüdin.»

Ich sagte nichts.

«Sie sind am Zug!» sagte er.

Ich ließ nichts merken, glaube ich. Ich zündete versehentlich meine Zigarette an, was strengstens verboten war, und löschte sofort aus. Ich tat, als überlegte ich meine Züge, und verlor Figur um Figur –

«Was ist los?» lachte er, «was ist los?»

Wir spielten die Partie nicht zu Ende, ich gab auf und drehte das Brettchen, um die Figuren neuerdings aufzustellen. Ich wagte nicht einmal zu fragen, ob Hanna noch am Leben sei. Stundenlang spielten wir ohne ein Wort, von Zeit zu Zeit genötigt, unsere Coca-Cola-Kiste zu verrutschen, um im Schatten zu bleiben, das heißt: genötigt, immer wieder auf Sand zu sitzen, der gerade noch in der Sonne geglüht hatte. Wir schwitzten wie in der Sauna, wortlos über mein ledernes Steckschach gebeugt, das sich von unseren Schweißtropfen leider verfärbte.

Zu trinken gab es nichts mehr.

Warum ich nicht fragte, ob Hanna noch lebt, weiß ich nicht – vielleicht aus Angst, er würde mir sagen, Hanna sei nach Theresienstadt gekommen.

Ich errechnete ihr heutiges Alter.

Ich konnte sie mir nicht vorstellen.

Gegen Abend, kurz vor Dämmerung, kam endlich das versprochene Flugzeug, eine Sportmaschine, die lange kreiste, bis sie endlich den Fallschirmabwurf wagte: drei Säcke, zwei Kisten, die es im Umkreis von dreihundert Metern zu holen galt – wir waren gerettet: *Carta blanca, Cerveza Mexicana*, ein gutes Bier, das sogar Herbert, der Deutsche anerkennen mußte, als man mit Bierdosen in der Wüste stand, Gesellschaft in Büstenhaltern und Unterhosen, dazu wieder Sonnenuntergang, den ich auf Farbfilm nahm.

Ich träumte von Hanna.

Hanna als Krankenschwester zu Pferd!

Am dritten Tag endlich ein erster Helikopter, um wenigstens die argentinische Mama mit ihren zwei Kindern zu holen, Gott sei Dank, und um Post mitzunehmen; er wartete eine Stunde auf Post.

Herbert schrieb sofort nach Düsseldorf.

Jedermann saß und schrieb.

Man mußte fast schreiben, bloß damit die lieben Leute nicht fragten, ob man denn keine Frau habe, keine Mutter, keine Kinder – ich holte meine Hermes-Baby (sie ist heute noch voll Sand) und spannte einen Bogen ein, Bogen mit Durchschlag, da ich annahm, ich würde an Williams schreiben, tippte das Datum und schob — Platz für Anrede:

«My Dear!»

Ich schrieb also an Ivy. Lange schon hatte ich das Bedürfnis, einmal sauberen Tisch zu machen. Endlich einmal hatte ich die Ruhe und Zeit, die Ruhe einer ganzen Wüste.

«My Dear –»

Daß ich in der Wüste hocke, sechzig Meilen von der befahrbaren Welt entfernt, war bald gesagt. Daß es heiß ist, schönes Wetter, keine Spur von Verletzung und so weiter, dazu ein paar Details zwecks Anschaulichkeit: Coca-Cola-Kiste, Unterhosen, Helikopter, Bekanntschaft mit einem Schachspieler, all dies füllte noch keinen Brief. Was weiter? Die bläulichen Gebirge in der Ferne. Was weiter? Gestern Bier. Was weiter? Ich konnte sie nicht einmal um Zustellung von Filmen bitten und war mir bewußt, daß Ivy, wie jede Frau, eigentlich nur wissen möchte, was ich fühle, beziehungsweise denke, wenn ich schon nichts fühle, und das wußte ich zwar genau: Ich habe Hanna nicht geheiratet, die ich liebte, und wieso soll ich Ivy heiraten? – aber das zu formulieren, ohne daß es verletzte, war verdammt nicht leicht, denn sie wußte ja nichts von Hanna und war ein lieber Kerl, aber eine Art von Amerikanerin, die jeden Mann, der sie ins Bett nimmt, glaubt heiraten zu müssen. Dabei war Ivy durchaus verheiratet, ich weiß nicht zum wievielten Mal, und ihr Mann, Beamter in Washington, dachte ja nicht dran, sich scheiden zu lassen; denn er liebte Ivy. Ob er ahnte, warum Ivy regelmäßig nach New York flog, weiß ich nicht. Sie sagte, sie ginge zum Psychiater, und das ging sie nämlich auch. Jedenfalls klopfte es nie an meiner Türe, und ich sah nicht ein, wieso Ivy, sonst in ihren Ansichten modern, eine Ehe daraus machen wollte; sowieso hatten wir in letzter Zeit nur noch Krach, schien mir, Krach um jede Kleinigkeit. Krach wegen Studebaker-oder-Nash! Ich brauchte nur daran zu denken – und es tippte plötzlich wie von selbst, im Gegenteil, ich mußte auf die Uhr sehen, damit mein Brief noch fertig wird, bis der Helikopter startet.

Sein Motor lief bereits –

Nicht ich, sondern Ivy hatte den Studebaker gewollt; vor allem die

Farbe (Tomatenrot nach ihrer Meinung, Himbeerrot nach meiner Meinung) war ihr Geschmack, nicht meiner, denn das Technische kümmerte sie wenig. Ivy war Mannequin, sie wählte ihre Kleider nach der Wagenfarbe, glaube ich, die Wagenfarbe nach ihrem Lippenstift oder umgekehrt, ich weiß es nicht. Ich kannte nur ihren ewigen Vorwurf: daß ich überhaupt keinen Geschmack habe und daß ich sie nicht heirate. Dabei war sie, wie gesagt, ein lieber Kerl. Aber daß ich daran dachte, ihren Studebaker zu verkaufen, das fand sie unmöglich, beziehungsweise typisch für mich, daß ich nicht eine Sekunde lang an ihre Garderobe dächte, die mit dem Himbeer-Studebaker stand und fiel, typisch für mich, denn ich sei ein Egoist, ein Rohling, ein Barbar in bezug auf Geschmack, ein Unmensch in bezug auf die Frau. Ich kannte ihre Vorwürfe und hatte sie satt. Daß ich grundsätzlich nicht heirate, das hatte ich oft genug gesagt, zumindest durchblicken lassen, zuletzt aber auch gesagt, und zwar auf dem Flugplatz, als wir drei Stunden lang auf diese Super-Constellation hatten warten müssen. Ivy hatte sogar geweint, somit gehört, was ich sagte. Aber vielleicht brauchte Ivy es schwarz auf weiß. Wären wir bei dieser Notlandung verbrannt, könnte sie auch ohne mich leben! – schrieb ich ihr (zum Glück mit Durchschlag) deutlich genug, so meinte ich, um uns ein Wiedersehen zu ersparen.

Der Helikopter war startbereit –

Ich konnte meinen Brief nicht mehr durchlesen, nur in den Umschlag stecken, zukleben und geben – schauen, wie der Helikopter startete.

Langsam hatte man Bärte.

Ich sehnte mich nach elektrischem Strom –

Langsam wurde die Sache doch langweilig, eigentlich ein Skandal, daß die zweiundvierzig Passagiere und fünf Leute der Besatzung nicht längst aus dieser Wüste befreit waren, schließlich reisten die meisten von uns in dringenden Geschäften.

Einmal fragte ich doch:

«Lebt sie eigentlich noch?»

«Wer?» fragte er.

«Hanna – seine Frau.»

«Ach so», sagte er und überlegte nur, wie er meine Gambit-Eröffnung abwehren solle, dazu sein Pfeifen, das mir sowieso auf die Nerven ging, ein halblautes Pfeifen ohne jede Melodie, Gezisch wie bei einem Ventil, unwillkürlich – ich mußte nochmals fragen:

«Wo lebt sie denn heute?»

«Weiß ich nicht», sagte er.

«Aber sie lebt noch?»

«Ich nehme an.»

«Du weißt es nicht?»

«Nein», sagte er, «aber ich nehme an –» Er wiederholte alles wie sein eigenes Echo: «– ich nehme an.»

Unser Schach war ihm wichtiger.

«Vielleicht ist alles zu spät», sagte er später, «vielleicht ist alles zu spät.»

Damit meinte er das Schach.

«Hat sie denn noch emigrieren können?»

«Ja», sagte er, «das hat sie –»

«Wann?»

«1938», sagte er, «in letzter Stunde –»

«Wohin?»

«Paris», sagte er, «dann vermutlich weiter, denn ein paar Jahre später waren wir ja auch in Paris. – Übrigens meine schönste Zeit! Bevor ich in den Kaukasus kam. Sous les toits de Paris!»

Mehr war nicht zu erfragen.

«Du», sagte er, «das ist eine beschissene Sache, scheint mir, wenn ich jetzt nicht abtausche.»

Wir spielten immer lustloser.

Wie man später erfuhr, warteten damals acht Helikopter der US-Army an der mexikanischen Grenze auf die behördliche Bewilligung, uns zu holen.

Ich putzte meine Hermes-Baby.

Herbert las.

Es blieb uns nichts als Warten.

Was Hanna betrifft:

Ich hätte Hanna gar nicht heiraten können, ich war damals, 1933 bis 1935, Assistent an der Eidgenössischen Technischen Hochschule, Zürich, arbeitete an meiner Dissertation (Über die Bedeutung des sogenannten Maxwell'schen Dämons) und verdiente dreihundert Franken im Monat, eine Heirat kam damals nicht in Frage, wirtschaftlich betrachtet, abgesehen von allem anderen. Hanna hat mir auch nie einen Vorwurf gemacht, daß es damals nicht zur Heirat kam. Ich war bereit dazu. Im Grunde war es Hanna selbst, die damals nicht heiraten wollte.

Mein Entschluß, eine Dienstreise einfach zu ändern und einen privaten Umweg über Guatemala zu machen, bloß um einen alten Jugendfreund wiederzusehen, fiel auf dem neuen Flugplatz in Mexico-City, und zwar im letzten Augenblick; ich stand schon an der Schranke, nochmals Händeschütteln, ich bat Herbert, seinen Bruder zu grüßen von mir, sofern Joachim sich überhaupt noch an mich erinnerte – dazu wieder der übliche Lautsprecher: *Your attention please, your attention please,* es war wieder eine Super-Constellation, *all passengers for Panama – Caracas – Pernambuco,* es ödete mich einfach an, schon wieder in ein Flugzeug zu steigen, schon wieder Gürtel zu schnallen, Herbert sagte:

«Mensch, du mußt gehen!»

Und plötzlich hat man Zeit . . .

... und gerade dann und dort, wo sie gebraucht wird. Ein Defekt, Notlandung in der Wüste, und schon ist Zeit genug da. Woher? Das Flugzeug hat sie einem gespart, hier ein paar Minuten, dort ein paar Stunden, es summiert sich im Laufe der Zeit. All die gesparten Minuten, Stunden, Tage können nun verbraucht werden, keiner leidet in der Notzeit an Zeitnot. Wenn gesparte Zeit nun auch noch Zinsen trüge! «Könnte man die Zeit wie bares Geld beiseite legen, ohne sie zu benutzen ...» wünschte sich schon Goethe.

Ich gelte in beruflichen Dingen als äußerst gewissenhaft, geradezu pedantisch, jedenfalls ist es noch nicht vorgekommen, daß ich eine Dienstreise aus purer Laune verzögerte, geschweige denn änderte – eine Stunde später flog ich mit Herbert.

«Du», sagte er, «das ist flott von dir!»

Ich weiß nicht, was es wirklich war.

«Nun warten die Turbinen einmal auf mich», sagte ich, «ich habe auch schon auf Turbinen gewartet – nun warten sie einmal auf mich!»

Natürlich ist das kein Standpunkt.

Schon in Campeche empfing uns die Hitze mit schleimiger Sonne und klebriger Luft, Gestank von Schlamm, der an der Sonne verwest, und wenn man sich den Schweiß aus dem Gesicht wischt, so ist es, als stinke man selbst nach Fisch. Ich sagte nichts. Schließlich wischt man sich den Schweiß nicht mehr ab, sondern sitzt mit geschlossenen Augen und atmet mit geschlossenem Mund, Kopf an eine Mauer gelehnt, die Beine von sich gestreckt. Herbert war ganz sicher, daß der Zug jeden Dienstag fährt, laut Reiseführer von Düsseldorf, er hatte es sogar schwarz auf weiß – aber es war, wie sich nach fünfstündigem Warten plötzlich herausstellte, nicht Dienstag, sondern Montag.

Ich sagte kein Wort.

Im Hotel gibt es wenigstens eine Dusche, ein Handtuch, das nach Campfer riecht wie üblich in diesen Gegenden, und wenn man sich duschen will, fallen die fingerlangen Käfer aus dem schimmligen Vorhang – ich ersäufte sie, doch kletterten sie nach einer Weile immer wieder aus dem Ablauf hervor, bis ich sie mit der Ferse zertrat, um mich endlich duschen zu können.

Ich träumte von diesen Käfern.

Ich war entschlossen, Herbert zu verlassen und am andern Mittag zurückzufliegen, Kameradschaft hin oder her –

Ich spürte wieder meinen Magen.

Ich lag splitternackt –

Es stank die ganze Nacht.

Auch Herbert lag splitternackt –

Campeche ist immerhin noch eine Stadt, eine Siedlung mit elektrischem Strom, so daß man sich rasieren konnte, und mit Telefon; aber auf allen Drähten hocken schon Zopilote, die reihenweise warten, bis ein Hund verhungert, ein Esel verreckt, ein Pferd geschlachtet wird, dann flattern sie herab ... Wir kamen gerade hinzu, wie sie hin und her zerrten an einem solchen Geschlamp von Eingeweide, eine ganze Meute von schwarzvioletten Vögeln mit blutigen Därmen in ihren Schnäbeln, nicht zu vertreiben, auch wenn ein Wagen kommt; sie zerren das Aas anderswohin, ohne aufzufliegen, nur hüpfend, nur huschend, alles mitten auf dem Markt.

Herbert kaufte eine Ananas.

Ich war entschlossen, wie gesagt, nach Mexico-City zurückzufliegen Ich war verzweifelt. Warum ich es nicht tat, weiß ich nicht.

Plötzlich war's Mittag –

Wir standen draußen auf einem Damm, wo es weniger stank, aber um so heißer war, weil schattenlos, und aßen unsere Ananas, wir bückten uns vornüber, so tropfte es, dann über die Steine hinunter, um die zuckerigen Finger zu spülen; das warme Wasser war ebenfalls klebrig, nicht zuckerig, aber salzig, und die Finger stanken nach Tang, nach Motoröl, nach Muscheln, nach Fäulnis unbestimmbarer Art, so daß man sie sofort am Taschentuch abwischte. Plötzlich das Motorengeräusch! Ich stand gelähmt. Meine DC-4 nach Mexico-City, sie flog gerade über uns hinweg, dann Kurve aufs offene Meer hinaus, wo sie im heißen Himmel sich sozusagen auflöste wie in einer blauen Säure –

Ich sagte nichts.

Ich weiß nicht, wie jener Tag verging.

Er verging –

Unser Zug (Campeche–Palenque–Coatzocoalcos) war besser als erwartet: Eine Dieselmaschine und vier Wagen mit air-condition, so daß wir die Hitze vergaßen, mit der Hitze auch den Unsinn dieser ganzen Reise.

«Ob Joachim mich noch kennt?»

Ab und zu hielt unser Zug auf offener Strecke in der Nacht, man hatte keine Ahnung wieso, nirgends ein Licht, nur dank eines fernen Gewitters erkannte man, daß es durch Dschungel geht, teilweise Sumpf, Wetterleuchten hinter einem Geflecht von schwarzen Bäumen, unsere Lokomotive tutete und tutete in die Nacht hinaus, man konnte das Fenster nicht öffnen, um zu sehen, was los ist . . . Plötzlich fuhr er wieder: dreißig Stundenkilometer, obschon es topfeben ist, eine schnurgerade Strecke. Immerhin war man zufrieden, daß es weiterging.

Einmal fragte ich:

«Warum sind sie eigentlich geschieden?»

«Weiß ich nicht», sagte er, «sie wurde Kommunistin, glaube ich –»

«Drum?»

Er gähnte.

«Ich weiß es nicht», sagte er, «es ging nicht. Ich habe nie danach gefragt.»

Einmal, als unser Zug neuerdings hielt, ging ich zur Wagentür, um hinauszuschauen. Draußen die Hitze, die man vergessen hatte, eine feuchte Finsternis und Stille. Ich ging aufs Trittbrett hinunter, Stille mit Wetterleuchten, ein Büffel stand auf dem schnurgeraden Geleise vor uns, nichts weiter. Er stand wie ausgestopft, weil vom Scheinwerfer unserer Lokomotive geblendet, stur. Sofort hatte man wieder Schweiß auf der Stirne und am Hals. Es tutete und tutete. Ringsum nichts als Dickicht. Nach einigen Minuten ging der Büffel (oder was es war) langsam aus dem Scheinwerfer, dann hörte ich Rauschen im Dickicht, das Knicken von Ästen, dann ein Klatschen, sein Platschen im Wasser, das man nicht sah –

Dann fuhren wir wieder.

«Haben sie denn Kinder?» fragte ich.

«Eine Tochter –»

Wir richteten uns zum Schlafen, die Jacke unter den Nacken, die Beine gestreckt auf die leeren Sitze gegenüber.

«Hast du sie gekannt?»

«Ja», sagte ich, «warum?»

Kurz darauf schlief er –

Beim Morgengrauen noch immer Dickicht, die erste Sonne über dem flachen Dschungel-Horizont, viel Reiher, die in weißen Scharen aufflatterten vor unserem langsamen Zug, Dickicht ohne Ende, unabsehbar, dann und wann eine Gruppe indianischer Hütten, verborgen unter Bäumen mit Luftwurzeln, manchmal eine einzelne Palme, sonst meistens Laubhölzer, Akazien und Unbekanntes, vor allem Büsche, ein vorsintflutliches Farnkraut, es wimmelte von schwefelgelben Vögeln, die Sonne wieder wie hinter Milchglas, Dunst, man sah die Hitze.

Ich hatte geträumt – (Nicht von Hanna!)

Als wir neuerdings auf offener Strecke hielten, war es Palenque, ein Bahnhöflein irgendwo, wo niemand einsteigt und niemand aussteigt außer uns, ein kleiner Schopf neben dem Gleise, ein Signal, nichts weiter, nicht einmal eine Verdopplung des Geleises (wenn ich mich richtig erinnere), wir erkundigten uns dreimal, ob das Palenque ist.

Sofort rann wieder der Schweiß –

Wir standen mit unserem Gepäck, als der Zug weiterfuhr, wie am Ende der Welt, mindestens am Ende der Zivilisation, und von einem Jeep, der hier hätte warten sollen, um den Herrn aus Düsseldorf sofort zur Plantage hinüberzufahren, war natürlich keine Spur.

«There we are!»

Ich lachte.

Immerhin gab es ein Sträßlein, und nach einer halben Stunde, die uns ziemlich erschöpft hatte, kamen Kinder aus den Büschen, später ein Eseltreiber, der unser Gepäck nahm, ein Indio natürlich, ich behielt nur meine gelbe Aktenmappe mit Reißverschluß.

Fünf Tage hingen wir in Palenque.

Wir hingen in Hängematten, allzeit ein Bier in greifbarer Nähe, schwitzend, als wäre Schwitzen unser Lebenszweck, unfähig zu irgendeinem Entschluß, eigentlich ganz zufrieden, denn das Bier ist ausgezeichnet, *Yucateca*, besser als das Bier im Hochland, wir hingen in unseren Hängematten und tranken, um weiter schwitzen zu können, und ich wußte nicht, was wir eigentlich wollten.

Wir wollten einen Jeep!

Wenn man es nicht immer wieder sagte, so vergaß man es, und sonst sagten wir wenig den ganzen Tag, ein sonderbarer Zustand.

Ein Jeep, ja, aber woher?

Sprechen macht nur durstig.

Der Wirt unsres winzigen Hotels (*Lacroix*) hatte einen Landrover, offensichtlich das einzige Fahrzeug in Palenque, das er aber selber brauchte, um Bier und Gäste von der Bahn zu holen, Leute, die sich etwas aus indianischen Ruinen machen, Liebhaber von Pyramiden; zur Zeit war nur ein einziger da, ein junger Amerikaner, der zuviel redete, aber zum Glück war er tagsüber immer weg – draußen auf den Ruinen, die auch wir, meinte er, besichtigen sollten.

Ich dachte ja nicht daran!

Jeder Schritt löste Schweiß aus, der sofort mit Bier ersetzt werden mußte, und es ging nur, indem man in der Hängematte hing mit bloßen Füßen und sich nicht rührte, rauchend, Apathie als einzig möglicher Zustand – sogar das Gerücht, die Plantage jenseits der Grenze sei seit Monaten verlassen, regte uns nicht auf; wir blickten einander an, Herbert und ich, und tranken unser Bier.

Unsere einzige Chance: der Landrover.

Der stand tagelang vor dem Hotelchen –

Aber der Wirt, wie gesagt, brauchte ihn!

Erst nach Sonnenuntergang (die Sonne geht eigentlich nicht unter, sondern ermattet im Dunst) wurde es kühler, so daß man wenigstens blödeln konnte. Über die Zukunft der deutschen Zigarre! Ich fand es zum Lachen, nichts weiter, unsere ganze Reiserei und überhaupt. Revolte der Eingeborenen! Daran glaubte ich nicht einen Augenblick lang; dazu sind diese Indios viel zu sanft, zu friedlich, geradezu kindisch. Abende lang hockten sie in ihren weißen Strohhüten auf der Erde, reglos wie Pilze, zufrieden ohne Licht, still. Sonne und Mond sind ihnen Licht genug, ein weibisches Volk, unheimlich, dabei harmlos.

Herbert fragte, was ich denn glaube.

Nichts!

Was man denn machen solle, fragte er.

Duschen –

Ich duschte mich von morgens bis abends, ich hasse Schweiß, weil man sich wie ein Kranker vorkommt. (Ich bin in meinem Leben nie krank gewesen, ausgenommen Masern.) Ich glaube, Herbert fand es nicht gerade kameradschaftlich von mir, daß ich überhaupt nichts glaubte, aber es war einfach zu heiß, um etwas zu glauben, oder dann glaubte man geradezu alles – wie Herbert.

«Komm», sagte ich, «gehen wir ins Kino!»

Herbert glaubte im Ernst, daß es in Palenque, das aus lauter indianischen Hütten besteht, ein Kino gibt, und er war wütend, als ich lachte.

Zum Regnen kam es nie.

Es wetterleuchtete jede Nacht, unsere einzige Abendunterhaltung, Palenque besitzt einen Dieselmotor, der elektrischen Strom erzeugt, aber um 21.00 Uhr abgestellt wird, so daß man plötzlich in der Finsternis des Dschungels hing und nur noch das Wetterleuchten sah, bläulich wie Quarzlampenlicht, dazu die roten Leuchtkäfer, später Mond, schleimig, Sterne sah man nicht, dazu war es zu dunstig ... Joachim schreibt einfach keine Briefe, weil es zu heiß ist, ich konnte es verstehen; er hängt in seiner Hängematte wie wir, gähnend, oder er ist tot – da gab es nichts zu glauben, fand ich, bloß zu warten, bis wir einen Jeep bekommen, um über die Grenze zu fahren und zu sehen.

Herbert schrie mich an:

«Ein Jeep! – woher?»

Kurz darauf schnarchte er.

Sonst herrschte, sobald der Dieselmotor abgestellt war, meistens Stille; ein Pferd graste im Mondschein, im gleichen Gehege ein Reh, aber lautlos, ferner eine schwarze Sau, ein Truthahn, der das Wetterleuchten nicht vertrug und kreischte, ferner Gänse, die plötzlich, vom Truthahn aufgeregt, ebenfalls schnatterten, plötzlich ein Alarm, dann wieder Stille, Wetterleuchten über dem platten Land, nur das grasende Pferd hörte man die ganze Nacht.

Ich dachte an Joachim –

Aber was eigentlich?

Ich war einfach wach.

Nur unser Ruinen-Freund schwatzte viel, und wenn man zuhörte, sogar ganz interessant; von Tolteken, Zapoteken, Azteken, die zwar Tempel erbaut, aber das Rad nicht gekannt haben. Er kam aus Boston und war Musiker. Manchmal ging er mir auf die Nerven wie alle Künstler, die sich für höhere oder tiefere Wesen halten, bloß weil sie nicht wissen, was Elektrizität ist.

Schließlich schlief ich auch.

Am Morgen, jedesmal, weckte mich ein sonderbarer Lärm, halb Industrie, halb Musik, ein Geräusch, das ich mir nicht erklären konnte, nicht laut, aber rasend wie Grillen, metallisch, monoton, es mußte eine Mechanik sein, aber ich erriet sie nicht, und später, wenn wir zum Frühstück ins Dorf gingen, war es verstummt, nichts zu sehen. Wir waren die einzigen Gäste in der einzigen Pinte, wo wir immer das gleiche bestellten: Huevos à la mexicana, sauscharf, aber vermutlich gesund, dazu Tortilla, dazu Bier. Die indianische Wirtin, eine Matrone mit schwarzen Zöpfen, hielt uns für Forscher. Ihre Haare erinnern an Gefieder: schwarz mit einem bläulich-grünen Glanz darin; dazu ihre Elfenbein-Zähne, wenn sie einmal lächeln, ihre ebenfalls schwarzen und weichen Augen.

«Frag sie doch», sagte Herbert, «ob sie meinen Bruder kennt und wann sie ihn zuletzt gesehen hat.»

Viel war nicht zu erfahren.
«Sie erinnert sich an ein Auto», sagte ich, «das ist alles –»
Auch der Papagei wußte nichts.
Gracias, hihi!
Ich redete spanisch mit ihm.
Hihi, gracias, hihi!
Am dritten oder vierten Morgen, als wir wie üblich frühstückten, begafft von lauter Maya-Kindern, die übrigens nicht betteln, sondern einfach vor unserem Tisch stehen und von Zeit zu Zeit lachen, war Herbert von der fixen Idee besessen, es müßte irgendwo in diesem Hühnerdorf, wenn man es gründlich untersuchte, irgendeinen Jeep geben – irgendwo hinter einer Hütte, irgendwo im Dickicht von Kürbis und Bananen und Mais. Ich ließ ihn. Es war Blödsinn, schien mir, wie alles, aber es war mir einerlei, ich hing in meiner Hängematte, und Herbert zeigte sich den ganzen Tag nicht.
Sogar zum Filmen war ich zu faul.
Außer Bier, *Yucateca*, das ausgezeichnet war, aber ausgegangen, gab es in Palenque nur noch Rum, miserabel, und Coca-Cola, was ich nicht ausstehen kann –
Ich trank Rum und schlief.
Jedenfalls dachte ich stundenlang an nichts –
Herbert, der erst in der Dämmerung zurückkam, bleich vor Erschöpfung, hatte einen Bach entdeckt und gebadet, ferner zwei Männer entdeckt, die mit krummen Säbeln (so behauptete er) durch den Mais gingen, Indios mit weißen Hosen und weißen Strohhüten, genau wie die Männer im Dorf – aber mit krummen Säbeln in der Hand.
Von Jeep natürlich kein Wort!
Er hatte Angst, glaube ich.
Ich rasierte mich, solange es noch elektrischen Strom gab. Herbert erzählte wieder von seinem Kaukasus, seine Schauergeschichten vom Iwan, die ich kenne; später gingen wir, da es kein Bier mehr gab, ins Kino, geführt von unserem Ruinen-Freund, der sein Palenque kannte – es gab tatsächlich ein Kino, Schopf mit Wellblechdach, wir sahen als Vorfilm: Harald Lloyd, Fassadenkletterei in der Mode der Zwanzigerjahre; als Hauptfilm: Liebesleidenschaft in den besten Kreisen von Mexico, Ehebruch mit Cadillac und Browning, alles in Marmor und Abendkleid. Wir lachten uns krumm, während die vier oder fünf Indios reglos vor der verrumpften Leinwand hockten, ihre großen Strohhüte auf dem Kopf, vielleicht zufrieden, vielleicht auch nicht, man weiß es nie, undurchsichtig, mongolisch . . . Unser neuer Freund, Musiker aus Boston, wie gesagt, Amerikaner französischer Herkunft, war von Yucatan begeistert und konnte nicht fassen, daß wir uns nicht für Ruinen interessieren; er fragte, was wir hier machten.
Achselzucken unsrerseits –

Wir blickten uns an, Herbert und ich, indem es jeder dem andern überließ, zu sagen, daß wir auf einen Jeep warten. Ich weiß nicht, wofür der andere uns hielt.

Rum hat den Vorteil, daß man nicht einen Schweißausbruch hat wie nach jedem Bier, dafür Kopfschmerzen am anderen Morgen, wenn wieder der unverständliche Lärm losgeht, halb Klavier, halb Maschinengewehr, dazu Gesang – jedesmal zwischen 6.00 und 7.00 Uhr, jedesmal will ich der Sache nachgehen, vergesse es aber im Lauf des Tages.

Man vergißt hier alles.

Einmal – wir wollten baden, aber Herbert fand seinen sagenhaften Bach nicht wieder, und wir gerieten plötzlich zu den Ruinen – trafen wir unseren Künstler an seiner Arbeit. In dem Gestein, das einen Tempel vorstellen soll, glühte eine Höllenhitze. Seine einzige Sorge: kein Schweißtropfen auf sein Papier! Er grüßte kaum; wir störten ihn. Seine Arbeit: er spannte Pauspapier über die steinernen Reliefs, um dann stundenlang mit einer schwarzen Kreide darüber hinzustreichen, eine irrsinnige Arbeit, bloß um Kopien herzustellen; er behauptete steif und fest, man könne diese Hieroglyphen und Götterfratzen nicht fotografieren, sonst wären sie sofort tot. Wir ließen ihn.

Ich bin kein Kunsthistoriker –

Nach einiger Pyramidenkletterei aus purer Langweile (die Stufen sind viel zu steil, gerade das verkehrte Verhältnis von Breite und Höhe, so daß man außer Atem kommt) legte ich mich, schwindlig vor Hitze, irgendwo in den Schatten eines sogenannten Palastes, meine Arme und Beine von mir gestreckt, atmend.

Die feuchte Luft –

Die schleimige Sonne –

Ich war entschlossen, meinerseits umzukehren: wenn wir bis morgen keinen Jeep hätten ... Es war schwüler als je, moosig und moderig, es schwirrte von Vögeln mit langen blauen Schwänzen, jemand hatte den Tempel als Toilette benutzt, daher die Fliegen. Ich versuchte zu schlafen. Es schwirrte und lärmte wie im Zoo, wenn man nicht weiß, was da eigentlich pfeift und kreischt und trillert, Lärm wie moderne Musik, es können Affen sein, Vögel, vielleicht eine Katzenart, man weiß es nicht, Brunst oder Todesangst, man weiß es nicht. –

Ich spürte meinen Magen. (Ich rauchte zuviel!)

Einmal, im elften oder dreizehnten Jahrhundert, soll hier eine ganze Stadt gestanden haben, sagte Herbert, eine Maya-Stadt –

Meinetwegen!

Meine Frage, ob er eigentlich noch an die Zukunft der deutschen Zigarre glaube, beantwortete Herbert schon nicht mehr: er schnarchte, nachdem er eben noch von der Religion der Maya geredet hatte, von Kunst und Derartigem.

Ich ließ ihn schnarchen.

Ich zog meine Schuhe aus, Schlangen hin oder her, ich brauchte Luft, ich hatte Herzklopfen vor Hitze, ich staunte über unseren Pauspapier-Künstler, der in der prallen Sonne arbeiten konnte und dafür seine Ferien hergibt, seine Ersparnisse, um Hieroglyphen, die niemand entziffern kann, nach Hause zu bringen –

Menschen sind komisch!

Ein Volk wie diese Maya, die das Rad nicht kennen und Pyramiden bauen, Tempel im Urwald, wo alles vermoost und in Feuchtigkeit verbröckelt – wozu?

Ich verstand mich selbst nicht.

Vor einer Woche hätte ich in Caracas und heute (spätestens) wieder in New York landen sollen; statt dessen hockte man hier – um einen Jugendfreund, der meine Jugendfreundin geheiratet hat, Gutentag zu sagen.

Wozu!

Wir warteten auf den Landrover, der unseren Ruinen-Künstler täglich hierher bringt, um ihn gegen Abend wieder abzuholen mit seinen Pauspapierrollen ... Ich war entschlossen, Herbert zu wecken und ihm zu sagen, daß ich mit dem nächsten Zug, der dieses Palenque verläßt, meine Rückkehr antrete.

Die schwirrenden Vögel –

Nie ein Flugzeug!

Wenn man den Kopf zur Seite dreht, um nicht immer diesen Milchglashimmel zu sehen, meint man jedesmal, man sei am Meer, unsere Pyramide eine Insel oder ein Schiff, ringsum das Meer; dabei ist es nichts als Dickicht, uferlos, grün-grau, platt wie ein Ozean – Dickicht!

Drüber Vollmond lila im Nachmittag.

Herbert schnarchte nach wie vor.

Man staunt, wie sie diese Quader herbeigeschafft haben, wenn sie das Rad nicht kannten, also auch den Flaschenzug nicht. Auch das Gewölbe nicht! Abgesehen von den Verzierungen, die mir sowieso nicht gefallen, weil ich für Sachlichkeit bin, finde ich ja diese Ruinen sehr primitiv – im Widerspruch zu unserem Ruinen-Freund, der die Maya liebt, gerade weil sie keinerlei Technik hatten, dafür Götter, er findet es hinreißend, daß man alle zweiundfünfzig Jahre einfach ein neues Zeitalter startet, nämlich alles vorhandene Geschirr zerschmettert, alle Herdfeuer löscht, dann vom Tempel her das gleiche Feuer wieder ins ganze Land hinausträgt, die ganze Töpferei neuerdings herstellt; ein Volk, das einfach aufbricht und seine Städte (unzerstört) verläßt, einfach aus Religion weiterzieht, um nach fünfzig oder hundert Meilen irgendwo in diesem immergleichen Dschungel eine vollkommen neue Tempel-Stadt zu bauen – Er findet es sinnvoll, obschon unwirtschaftlich, geradezu genial, tiefsinnig (profond), und zwar im Ernst.

Manchmal mußte ich an Hanna denken –

Als ich Herbert weckte, schoß er auf. Was los sei? Als er sah, daß nichts los war, schnarchte er weiter – um sich nicht zu langweilen.

Von Motor kein Ton!

Ich versuche, mir vorzustellen, wie es wäre, wenn es plötzlich keine Motoren mehr gäbe wie zur Zeit der Maya. Irgend etwas mußte man ja denken. Ich fand es ein kindisches Staunen, betreffend die Herbeischaffung dieser Quader: – sie haben einfach Rampen erstellt, dann ihre Quader geschleift mit einem idiotischen Verschleiß an Menschenkraft, das ist ja gerade das Primitive daran. Anderseits ihre Astronomie! Ihr Kalender errechnete das Sonnenjahr, laut Ruinen-Freund, auf 365, 2420 Tage, statt 365, 2422 Tage; trotzdem brachten sie es mit ihrer Mathematik, die man anerkennen muß, zu keiner Technik und waren daher dem Untergang geweiht –

Endlich unser Landrover!

Das Wunder geschah, als unser Ruinen-Freund hörte, daß wir hinüber nach Guatemala müßten. Er war begeistert. Er zog sofort sein Kalenderchen, um die restlichen Tage seiner Ferien zu zählen. In Guatemala, sagte er, wimmle es von Maya-Stätten, teilweise kaum ausgegraben, und wenn wir ihn mitnähmen, wollte er alles versuchen, um den Landrover zu bekommen, den wir nicht bekommen, dank seiner Freundschaft mit dem *Lacroix*-Wirt – und er bekam ihn.

(Hundert Pesos pro Tag.)

Es war Sonntag, als wir packten, eine heiße Nacht mit schleimigem Mond, und der sonderbare Lärm, der mich jeden Morgen geweckt hatte, erwies sich als Musik, Geklimper einer altertümlichen Marimba, Gehämmer ohne Klang, eine fürchterliche Musik, geradezu epileptisch. Es war irgendein Fest, das mit dem Vollmond zu tun hat. Jeden Morgen vor der Feldarbeit hatten sie trainiert, um jetzt zum Tanz aufzuspielen, fünf Indios, die mit rasenden Hämmerchen auf ihr Instrument schlugen, eine Art hölzernes Xylophon, lang wie ein Tisch. Ich überholte den Motor, um uns eine Panne im Dschungel zu ersparen, und hatte keine Zeit, die Tanzerei anzuschauen; ich lag unter unserem Landrover. Die Mädchen saßen reihenweise um den Platz, die meisten mit einem Säugling an der braunen Brust, die Tänzer schwitzten und tranken Kokos-Milch. Im Lauf der Nacht kamen immer mehr, schien es, ganze Völkerstämme; die Mädchen trugen keine Trachten wie sonst, sondern amerikanische Konfektion zur Feier ihres Mondes, ein Umstand, worüber Marcel, unser Künstler, sich stundenlang aufregte. Ich hatte andere Sorgen! Wir besaßen keine Waffe, keinen Kompaß, nichts. Ich mache mir nichts aus Folklore. Ich packte unseren Landrover, jemand mußte es ja machen, und ich machte es gern, um weiterzukommen.

Hanna hatte Deutschland verlassen müssen und studierte damals Kunstgeschichte bei Professor Wölfflin, eine Sache, die mir ferne lag, aber sonst verstanden wir uns sofort, ohne an Heiraten zu denken. Auch Hanna dachte nicht an Heiraten. Wir waren beide viel zu jung, wie schon gesagt, ganz abgesehen von meinen Eltern, die Hanna sehr sympathisch fanden, aber um meine Karriere besorgt waren, wenn ich eine Halbjüdin heiraten würde, eine Sorge, die mich ärgerte und geradezu wütend machte. Ich war bereit, Hanna zu heiraten, ich fühlte mich verpflichtet gerade in Anbetracht der Zeit. Ihr Vater, Professor in München, kam damals in Schutzhaft, es war die Zeit der sogenannten Greuelmärchen, und es kam für mich nicht in Frage, Hanna im Stich zu lassen. Ich war kein Feigling, ganz abgesehen davon, daß wir uns wirklich liebten. Ich erinnere mich genau an jene Zeit, Parteitag in Nürnberg, wir saßen vor dem Radio, Verkündung der deutschen Rassengesetze. Im Grunde war es Hanna, die damals nicht heiraten wollte; ich war bereit dazu. Als ich von Hanna hörte, daß sie die Schweiz binnen vierzehn Tagen zu verlassen habe, war ich in Thun als Offizier; ich fuhr sofort nach Zürich, um mit Hanna zur Fremdenpolizei zu gehen, wo meine Uniform nichts ändern konnte, immerhin gelangten wir zum Chef der Fremdenpolizei. Ich erinnere mich noch heute, wie er das Schreiben betrachtete, das Hanna vorwies, und sich das Dossier kommen ließ, Hanna saß, ich stand. Dann seine wohlmeinende Frage, ob das Fräulein meine Braut sei, und unsere Verlegenheit. Wir sollten verstehen: die Schweiz sei ein kleines Land, kein Platz für zahllose Flüchtlinge, Asylrecht, aber Hanna hätte doch Zeit genug gehabt, ihre Auswanderung zu betreiben. Dann endlich das Dossier, und es stellt sich heraus, daß gar nicht Hanna gemeint war, sondern eine Emigrantin gleichen Namens, die bereits nach Übersee ausgewandert war. Erleichterung allerseits! Im Vorzimmer nahm ich meine Offiziershandschuhe, meine Offiziersmütze, als Hanna nochmals an den Schalter gerufen wurde, Hanna kreidebleich. Sie mußte noch zehn Rappen zahlen, Porto für den Brief, den man fälschlicherweise an ihre Adresse geschickt hatte. Ihre maßlose Empörung darüber! Ich fand es einen Witz. Leider mußte ich am selben Abend wieder nach Thun zu meinen Rekruten; auf jener Fahrt kam ich zum Entschluß, Hanna zu heiraten, falls ihr je die Aufenthaltsbewilligung entzogen werden sollte. Kurz darauf (wenn ich mich richtig erinnere) starb ihr alter Vater in Schutzhaft. Ich war entschlossen, wie gesagt, aber es kam nicht dazu. Ich weiß eigentlich nicht warum. Hanna war immer sehr empfindlich und sprunghaft, ein unberechenbares Temperament; wie Joachim sagte: manisch-depressiv. Dabei hatte Joachim sie nur ein- oder zweimal gesehen, denn Hanna wollte mit Deutschen nichts zu tun haben. Ich schwor ihr, daß Joachim, mein Freund, kein Nazi ist; aber vergeblich. Ich verstand ihr Mißtrauen, aber sie machte es mir nicht leicht, abgesehen davon, daß unsere Interessen sich nicht immer deckten. Ich nannte sie eine Schwärmerin und Kunstfee. Dafür nannte sie mich: Homo Faber. Manchmal hatten wir einen regelrechten Krach, wenn wir beispielsweise aus dem Schauspielhaus kamen, wohin sie mich immer wieder nötigte; Hanna hatte einerseits einen Hang zum Kommunistischen, was ich nicht vertrug, und andererseits zum Mystischen, um nicht zu sagen: zum Hysterischen. Ich bin nun einmal der Typ, der mit beiden Füßen auf der Erde steht. Nichtsdestoweniger waren wir sehr glücklich zusammen, scheint mir, und eigentlich weiß ich wirklich nicht, warum es damals nicht zur Heirat kam. Es kam einfach nicht dazu. Ich war, im Gegensatz zu meinem Vater, kein Antisemit, glaube ich; ich war nur zu jung wie die meisten Männer unter dreißig, zu unfertig, um Vater zu sein. Ich arbeitete noch an meiner Dissertation, wie gesagt, und wohnte bei meinen Eltern, was Hanna durchaus nicht begriff. Wir trafen uns immer in ihrer Bude. In jener Zeit kam das Angebot von Escher-Wyss, eine Chance sondergleichen für einen jungen Ingenieur, und was mir dabei Sorgen machte, war nicht das Klima von Bagdad, sondern Hanna in Zürich. Sie erwartete damals ein Kind. Ihre Offenbarung hörte ich ausgerechnet an dem Tag, als ich von meiner ersten Besprechung mit Escher-Wyss kam, meinerseits entschlossen, die Stelle in Bagdad anzutreten sobald als möglich. Ihre Behauptung, ich sei zu Tode erschrocken, bestreite ich noch heute; ich fragte bloß: Bist du sicher? Immerhin eine sachliche und vernünftige Frage. Ich fühlte mich übertölpelt nur durch die Bestimmtheit ihrer Meldung; ich fragte: Bist du bei einem Arzt gewesen? Ebenfalls eine sachliche und erlaubte Frage. Sie war nicht beim Arzt gewesen. Sie wisse es! Ich sagte: Warten wir noch vierzehn Tage. Sie lachte, weil vollkommen sicher, und ich mußte annehmen, daß Hanna es schon lange gewußt, aber nicht gesagt hatte; nur insofern fühlte ich mich übertölpelt. Ich legte meine Hand auf ihre Hand, im Augenblick fiel mir nicht viel dazu ein, das ist wahr; ich trank Kaffee und rauchte. Ihre Enttäuschung! Ich tanzte nicht vor Vaterfreude, das ist wahr, dazu war die politische Situation zu ernst. Ich fragte: Hast du denn einen Arzt, wo du hingehen kannst? Natürlich meinte ich bloß: um sich einmal untersuchen zu lassen. Hanna nickte. Das sei keine Sache, sagte sie, das lasse sich schon machen! Ich fragte: Was meinst du? Später behauptete Hanna, ich sei erleichtert gewesen, daß sie das Kind nicht haben wollte, und geradezu entzückt, drum hätte ich meinen Arm um ihre Schultern gelegt, als sie weinte. Sie selber war es, die nicht mehr davon sprechen wollte, und dann berichtete ich von Escher-Wyss, von der Stelle in Bagdad, von den beruflichen Möglichkeiten eines Ingenieurs überhaupt. Das war keineswegs gegen ihr Kind gerichtet. Ich sagte sogar, wieviel ich in Bagdad verdienen würde. Und wörtlich: Wenn du dein Kind haben willst, dann müssen wir natürlich heiraten. Später ihr Vorwurf, daß ich von Müssen gesprochen habe! Ich fragte offen heraus. Willst du heiraten, ja oder nein? Sie schüttelte den Kopf, und ich wußte nicht, woran ich bin. Ich besprach mich viel mit Joachim, während wir unser

Schach spielten; Joachim unterrichtete mich über das Medizinische, was bekanntlich kein Problem ist, dann über das Juristische, bekanntlich auch kein Problem, wenn man sich die erforderlichen Gutachten zu verschaffen weiß, und dann stopfte er seine Pfeife, Blick auf unser Schach, denn Joachim war grundsätzlich gegen Ratschläge. Seine Hilfe (er war Mediziner im Staatsexamen) hatte er zugesagt, falls wir, das Mädchen und ich, seine Hilfe verlangen. Ich war ihm sehr dankbar, etwas verlegen, aber froh, daß er keine große Geschichte draus machte; er sagte bloß: Du bist am Zug! Ich meldete Hanna, daß alles kein Problem ist. Es war Hanna, die plötzlich Schluß machen wollte; sie packte ihre Koffer, plötzlich ihre wahnsinnige Idee, nach München zurückzukehren. Ich stellte mich vor sie, um sie zur Vernunft zu bringen; ihr einziges Wort Schluß! Ich hatte gesagt: Dein Kind, statt zu sagen: Unser Kind. Das war es, was mir Hanna nicht verzeihen konnte.

Die Strecke zwischen Palenque und der Plantage, in der Luftlinie gemessen, beträgt kaum siebzig Meilen, sagen wir: hundert Meilen zum Fahren, eine Bagatelle, hätte es so etwas wie eine Straße gegeben, was natürlich nicht der Fall war; die einzige Straße, die in unsrer Richtung führte, endete bereits bei den Ruinen, sie verliert sich einfach in Moos und Farnkraut –

Immerhin kamen wir voran.

37 Meilen am ersten Tag.

Wir wechselten am Steuer.

19 Meilen am zweiten Tag.

Wir fuhren einfach nach Himmelsrichtung, dabei natürlich im Zickzack, wo es uns durchließ, das Dickicht, das übrigens nicht so lückenlos ist, wie es aus der Ferne aussieht; überall gab es wieder Lichtungen, sogar Herden, aber ohne Hirten, zum Glück keine größeren Sümpfe.

Wetterleuchten –

Zum Regnen kam es nie.

Was mich nervös machte: das Scheppern unsrer Kanister, ich stoppte öfter und befestigte sie, aber nach einer halben Stunde unserer Fahrt über Wurzeln und faule Stämme schepperten sie wieder –

Marcel pfiff.

Obschon er hinten saß, wo es ihn hin und her schleuderte, pfiff er wie ein Bub und freute sich wie auf einer Schulreise, stundenlang sang er seine französischen Kinderlieder:

Il était un petit navire . . .

Herbert wurde eher still.

Über Joachim redeten wir kaum –

Was Herbert nicht ertrug, waren die Zopilote; dabei tun sie uns, solange wir leben, überhaupt nichts, sie stinken nur, wie von Aasgeiern nicht anders zu erwarten, sie sind häßlich, und man trifft sie stets in

Scharen, sie lassen sich kaum verscheuchen, wenn einmal an der Arbeit, alles Hupen ist vergeblich, sie flattern bloß, hüpfen um das aufgerissene Aas, ohne es aufzugeben ... Einmal, als Herbert am Steuer saß, packte ihn ein regelrechter Koller; plötzlich gab er Vollgas – los und hinein in die schwarze Meute, mitten hinein und hindurch, so daß es von schwarzen Federn nur so wirbelte!

Nachher hatte man es an den Rädern.

Der süßliche Gestank begleitete uns noch stundenlang, bis man sich überwand; das Zeug klebte in den Pneu-Rillen, und es half nichts als peinliche Handarbeit, Rille um Rille – Zum Glück hatten wir Rum! – Ohne Rum, glaube ich, wären wir umgekehrt – spätestens am dritten Tag, nicht aus Angst, aber aus Vernunft.

Wir hatten keine Ahnung, wo wir sind.

Irgendwo am 18. Breitengrad ...

Marcel sang, *Il était un petit navire,* oder er schwatzte wieder die halbe Nacht lang: – von Cortez und Montezuma (das ging noch, weil historische Tatsache) und vom Untergang der weißen Rasse (es war einfach zu heiß und zu feucht, um zu widersprechen), vom katastrophalen Scheinsieg des abendländischen Technikers (Cortez als Techniker, weil er Schießpulver hatte!) über die indianische Seele und was weiß ich, ganze Vorträge über die unweigerliche Wiederkehr der alten Götter (nach Abwurf der H-Bombe!) und über das Aussterben des Todes (wörtlich!) dank Penicillin, über Rückzug der Seele aus sämtlichen zivilisierten Gebieten der Erde, die Seele im Maquis usw., Herbert erwachte an dem Wort *Maquis,* das er verstand, und fragte: Was sagt er? Ich sagte: Künstlerquatsch! und wir ließen ihm seine Theorie über Amerika, das keine Zukunft habe, *The American Way of Life:* ein Versuch, das Leben zu kosmetisieren, aber das Leben lasse sich nicht kosmetisieren –

Ich versuchte zu schlafen.

Ich platzte nur, wenn Marcel sich über meine Tätigkeit äußerte, beziehungsweise über die *Unesco:* der Techniker als letzte Ausgabe des weißen Missionars, Industrialisierung als letztes Evangelium einer sterbenden Rasse, Lebensstandard als Ersatz für Lebenssinn –

Ich fragte ihn, ob er Kommunist sei.

Marcel bestritt es.

Am dritten Tag, als wir wieder durch Gebüsche fuhren, ohne eine Fährte zu haben, einfach Richtung Guatemala, hatte ich es satt –

Ich war für Umkehren.

«Weil es idiotisch ist», sagte ich, «einfach aufs Geratewohl weiterzufahren, bis wir kein Gasoline mehr haben.»

Herbert holte seine Karte –

Was mir auf die Nerven ging: die Molche in jedem Tümpel, in jeder Eintagspfütze ein Gewimmel von Molchen – überhaupt diese Fortpflanzerei überall, es stinkt nach Fruchtbarkeit, nach blühender Verwesung.

Wo man hinspuckt, keimt es!

Ich kannte sie, diese Karte 1:500 000, die nicht einmal unter der Lupe etwas hergibt, nichts als weißes Papier: ein blaues Flüßchen, eine Landesgrenze schnurgerade, die Linie eines Breitengrades im leeren Weiß! ... Ich war für Umkehren. Ich hatte keine Angst (wovor denn!), aber es hatte keinen Sinn. Nur Herbert zuliebe fuhr man noch weiter, unglücklicherweise, denn kurz darauf kamen wir tatsächlich an einen Fluß, beziehungsweise ein Flußbett, das nichts anderes sein konnte als der Rio Usumancinta, Grenze zwischen Mexico und Guatemala, teilweise trocken, teilweise voll Wasser, das kaum zu fließen schien, nicht ohne weiteres zu überqueren, aber es mußte Stellen geben, wo es auch ohne Brücke möglich ist, und Herbert ließ keine Ruhe, obschon ich baden wollte, er steuerte am Ufer entlang, bis die Stelle gefunden war, wo man überqueren konnte und wo auch Joachim (wie sich später herausstellte) überquert hatte. Ich badete.

Marcel badete ebenfalls, und wir lagen rücklings im Wasser, Mund geschlossen, um nichts zu schlucken, es war ein trübes und warmes Wasser, das stank, jede Bewegung hinterläßt Bläschen, immerhin Wasser, lästig nur die zahllosen Libellen und Herbert, der weiter drängte, und der Gedanke, es könnte Schlangen geben.

Herbert blieb an Land.

Unser Landrover stand bis zur Achse in dem schlüpfrigen Mergel (oder was es ist), Herbert tankte –

Es wimmelte von Schmetterlingen.

Als ich einen rostigen Kanister im Wasser sah, was darauf schließen ließ, daß auch Joachim (wer sonst?) an dieser Stelle einmal getankt hatte, sagte ich kein Wort, sondern badete weiter, während Herbert versuchte, unseren Landrover aus dem schlüpfrigen Mergel zu steuern ...

Ich war für Umkehren.

Ich blieb im Wasser, obschon es mich plötzlich ekelte, das Ungeziefer, die Bläschen auf dem braunen Wasser, das faule Blinken der Sonne, ein Himmel voll Gemüse, wenn man rücklings im Wasser lag und hinaufblickte, Wedel mit meterlangen Blättern, reglos, dazwischen Akazien-Filigran, Flechten, Luftwurzeln, reglos, ab und zu ein roter Vogel, der über den Fluß flog, sonst Totenstille (wenn Herbert nicht gerade Vollgas-Versuche machte –) unter einem weißlichen Himmel, die Sonne wie in Watte, klebrig und heiß, dunstig mit einem Regenbogenring.

Ich war für Umkehren.

«Weil es Unsinn ist», sagte ich, «weil wir diese verfluchte Plantage nie finden werden –»

Ich war für Abstimmen.

Marcel war auch für Umkehren, da er seine Ferien zu Ende gehen sah, und es handelte sich, als Herbert es tatsächlich geschafft hatte und unser Landrover am anderen Ufer stand, nur noch darum, Herbert zu überzeugen von dem Unsinn, ohne jede Fährte weiterzufahren. Zuerst beschimpfte er mich, weil er meine Gründe nicht widerlegen konnte, dann schwieg er und hörte zu, und eigentlich hatte ich ihn soweit – wäre nicht Marcel gewesen, der dazwischenfunkte.

«Voilà», rief er, «les traces d'une Nash!»

Wir nahmen's für einen Witz.

«Mais regardez», rief er, «sans blague –»

Die verkrusteten Spuren waren teilweise verschwemmt, so daß es auch Karrenspuren sein konnten; an andern Stellen, je nach Bodenart, erkannte man tatsächlich das Pneu-Muster.

Damit hatten wir die Fährte.

Sonst wäre ich nicht gefahren, wie gesagt, und es wäre (ich werde diesen Gedanken nicht los) alles anders gekommen –

Nun gab es kein Umkehren.

(Leider!)

Am Morgen des vierten Tages sahen wir zwei Indios, die übers Feld gingen mit gekrümmten Säbeln in der Hand, genau wie die beiden, die Herbert schon in Palenque gesehen und für Mörder gehalten hatte; ihre krummen Säbel waren nichts anderes als Sicheln.

Dann die ersten Tabakfelder –

Die Hoffnung, noch vor Einbruch der Nacht hinzukommen, machte uns nervöser als je, dazu die Hitze wie noch nie, ringsum Tabak, Gräben dazwischen, Menschenwerk, schnurgerade, aber nirgends ein Mensch.

Wir hatten wieder die Spur verloren –

Wieder die Suche nach Pneu-Muster!

Bald ging die Sonne unter; wir stellten uns auf unseren Landrover und pfiffen, die Finger im Mund, so laut wir konnten. Wir mußten in nächster Nähe sein. Wir pfiffen und hupten, während die Sonne bereits in den grünen Tabak sank – wie gedunsen, im Dunst wie eine Blase voll Blut, widerlich, wie eine Niere oder so etwas.

Ebenso der Mond.

Es fehlte nur noch, daß wir einander in der Dämmerung verloren, indem jeder, um Pneu-Spuren zu finden, irgendwohin stapfte. Wir verteilten uns auf Bezirke, die jeder abzuschreiten hatte. Wer etwas findet, was irgendwie nach Pneu aussieht, sollte pfeifen.

Nur die Vögel pfiffen –

Wir suchten noch bei Mondschein, bis Herbert auf die Zopilote stieß, Zopilote auf einem toten Esel – er schrie und fluchte und schleuderte Steine gegen die schwarzen Vögel, nicht abzuhalten in seiner Wut. Es war scheußlich. Die Augen des Esels waren ausgehackt, zwei rote Löcher, ebenso die Zunge; nun versuchten sie, während Herbert noch immer seine Steine schleuderte, die Därme aus dem After zu zerren.

Das war unsere vierte Nacht –

Zu trinken hatten wir nichts mehr.

Ich war todmüde, die Erde wie geheizt, ich hockte, meinen Kopf in die Hände gestützt, schwitzend im bläulichen Mondschein. Es sprühte von Leuchtkäfern.

Herbert ging auf und ab.

Nur Marcel schlief.

Einmal – ich hörte plötzlich keine Schritte mehr und blickte nach Herbert – stand er drüben beim toten Esel, ohne Steine zu werfen gegen die huschenden Vögel, er stand und sah es sich an.

Sie fraßen die ganze Nacht –

Als der Mond endlich in den Tabak sank, so daß der feuchte Dunst über den Feldern aufhörte, wie Milch zu erscheinen, schlief ich doch; aber nicht lange.

Schon wieder die Sonne!

Der Esel lag offen, die Zopilote waren satt und hockten auf den Bäumen ringsum, wie ausgestopft, als wir losfuhren ohne Weg; Herbert als Vertreter und Neffe der Hencke-Bosch GmbH., der diese Felder gehörten, übernahm die Verantwortung und das Steuer, nach wie vor wortlos, und fuhr mitten durch den Tabak, es war idiotisch, hinter uns die Bahnen von zerstörtem Tabak, aber es blieb uns nichts anderes übrig, da auf unser Hupen und Pfeifen, oft genug wiederholt, keinerlei Antwort erfolgte –

Die Sonne stieg.

Dann eine Gruppe von Indios, Angestellte der Hencke-Bosch GmbH. Düsseldorf, die uns sagten, ihr Señor sei tot. Ich mußte übersetzen, da Herbert kein Spanisch verstand. Wieso tot? Sie zuckten ihre Achseln. Ihr Señor sei tot, sagten sie, und einer zeigte uns den Weg, indem er neben unserem Landrover herlief im indianischen Trabschritt.

Die andern arbeiteten weiter.

Von Revolte also keine Rede!

Es war eine amerikanische Baracke, gedeckt mit Wellblech, und die einzige Tür war von innen verriegelt. Man hörte Radio. Wir riefen und klopften, Joachim sollte aufmachen.

«Nuestro Señor ha muerto –»

Ich holte den Schraubenschlüssel von unserem Landrover, und Herbert sprengte die Türe. Ich erkannte ihn nicht mehr. Zum Glück hatte er's hinter geschlossenen Fenstern getan, Zopilote auf den Bäumen ringsum, Zopilote auf dem Dach, aber sie konnten nicht durch die Fenster. Man sah ihn durch die Fenster. Trotzdem gingen diese Indios täglich an ihre Arbeit und kamen nicht auf die Idee, die Türe zu sprengen und den Erhängten abzunehmen. – Er hatte es mit einem Draht gemacht. – Es wunderte mich, woher sein Radio, das wir sofort abstellten, den elektrischen Strom bezieht, aber das war jetzt nicht das Wichtigste –

Wir fotografierten und bestatteten ihn.

Die Indios (wie in meinem Bericht zuhanden des Verwaltungsrates bereits erwähnt) befolgten jede Anweisung von Herbert, obschon er damals noch kein Spanisch konnte, und anerkannten Herbert sofort als ihren nächsten Herrn ... Ich opferte noch anderthalb Tage, um Herbert zu überzeugen, daß von Revolte nicht die Rede sein konnte und daß sein Bruder einfach dieses Klima nicht ausgehalten hat, was ich verstand; ich weiß nicht, was Herbert sich in den Kopf setzte, er war nicht zu überreden, seinerseits entschlossen, das Klima auszuhalten. Wir mußten zurück. Herbert tat uns leid, aber ein Bleiben kam nicht in Frage, ganz abgesehen davon, daß es keinen Zweck hatte; Marcel mußte auch in Boston an seine Arbeit, auch ich mußte weiter, beziehungsweise zurück nach Palenque-Campeche-Mexico, um dann weiterzufliegen, ganz abgesehen davon, daß wir uns verpflichtet hatten, unseren Landrover spätestens in einer Woche dem freundlichen *Lacroix*-Wirt zurückzubringen. Ich mußte zu meinen Turbinen. Ich weiß nicht, was Herbert sich vorstellte, Herbert konnte nicht einmal Spanisch, wie gesagt, und ich fand es unkameradschaftlich, geradezu unverantwortlich, ihn zurückzulassen als einzigen Weißen; wir beschworen ihn, aber vergeblich. Herbert hatte den Nash 55, den ich besichtigte; der Wagen stand in einer Indio-Hütte, nur mit einem Blätterdach gegen Regen geschützt, offensichtlich schon lange nicht mehr benutzt, verkratzt, verdreckt, aber fahrtüchtig. Ich untersuchte ihn persönlich. Damals war der Motor noch in Ordnung, wenn auch verschlammt; ich hatte den Motor probiert, und Gasoline war auch noch da. Sonst hätten wir Herbert, versteht sich, nicht allein zurückgelassen. Wir hatten einfach keine Zeit, Marcel so wenig wie ich; Marcel mußte zu seinen Symphonikern, wir hatten schließlich auch unsere Berufe, ob Herbert es begriff oder nicht – er zuckte die Achseln, ohne zu widersprechen, und winkte kaum, als wir auf dem Landrover saßen, Marcel und ich, und nochmals auf ihn warteten; er schüttelte den Kopf. Obendrein sah es nach schweren Gewittern aus, wir mußten fahren, solange wir die eigene Spur noch hatten.

Es ist mir heute noch ein Rätsel, wieso Hanna und Joachim geheiratet und wieso sie mich, Vater des Kindes, nie haben wissen lassen, daß dieses Kind zur Welt gekommen ist.

Ich kann nur berichten, was ich weiß.

Es war die Zeit, als die jüdischen Pässe annulliert wurden. Ich hatte mir geschworen, Hanna keinesfalls im Stich zu lassen, und dabei blieb es. Joachim war bereit, Trauzeuge zu sein. Meinen bürgerlichen und besorgten Eltern war es auch recht, daß wir nicht eine Hochzeit mit Droschken und Klimbim wollten; nur Hanna machte sich immer noch Zweifel, ob es denn richtig wäre, daß wir heirateten, richtig für mich.

Ich brachte unsere Papiere aufs zuständige Amt, unsere Eheverkündigung stand in der Zeitung. Auch im Fall einer Scheidung, so sagte ich mir, blieb Hanna jedenfalls Schweizerin und im Besitz eines Passes. Die Sache eilte, da ich meine Stelle in Bagdad anzutreten hatte. Es war ein Samstagvormittag, als wir endlich – nach einem komischen Frühstück bei meinen Eltern, die dann das Kirchengeläute doch vermißten! – endlich ins Stadthaus gingen, um die Trauung zu vollziehen. Es wimmelte von Hochzeiten, wie üblich an Samstagen, daher die lange Warterei, wir saßen im Vorzimmer, alle im Straßenanzug, umgeben von weißen Bräuten und Bräutigams, die wie Kellner aussahen. Als Hanna gelegentlich hinausging, dachte ich nichts Schlimmes, man redete, man rauchte. Als endlich der Standesbeamte uns rief, war Hanna nicht da. Wir suchten sie und fanden sie draußen an der Limmat, nicht zu bewegen, sie weigerte sich in das Trauzimmer zu kommen. Sie könne nicht! Ich redete ihr zu, ringsum das Elfuhrgeläute, ich bat Hanna, die Sache ganz sachlich zu nehmen; aber vergeblich. Sie schüttelte den Kopf und weinte. Ich heirate ja bloß, um zu beweisen, daß ich kein Antisemit sei, sagte sie, und es war einfach nichts zu machen. Die Woche darauf, meine letzte in Zürich, war abscheulich. Es war Hanna, die nicht heiraten wollte, und ich hatte keine Wahl, ich mußte nach Bagdad, gemäß Vertrag. Hanna begleitete mich noch an die Bahn, und wir nahmen Abschied. Hanna hatte versprochen, nach meiner Abreise sofort zu Joachim zu gehen, der seine ärztliche Hilfe angeboten hatte, und in diesem Sinn nahmen wir Abschied; es war ausgemacht, daß unser Kind nicht zur Welt kommen sollte.

Später hörte ich nie wieder von ihr.

Das war 1936.

Ich hatte Hanna damals gefragt, wie sie Joachim, meinen Freund, nun finde. Sie fand ihn ganz sympathisch. Ich wäre nie auf die Idee gekommen, daß Hanna und Joachim einander heiraten.

Mein Aufenthalt in Venezuela (heute vor zwei Monaten) dauerte nur zwei Tage, denn die Turbinen lagen noch im Hafen, alles noch in Kisten verpackt, und von Montage konnte nicht die Rede sein –

20. IV. Abflug von Caracas.

21. IV. Ankunft in New York, Idlewild.

Ivy stellte mich an der Schranke, sie hatte sich erkundigt, wann ich ankomme, und war nicht zu umgehen. Ob sie meinen Brief nicht bekommen habe? Sie küßte mich, ohne zu antworten, und wußte bereits, daß ich in einer Woche dienstlich nach Paris fliegen mußte; sie roch nach Whisky.

Ich redete kein Wort.

Man saß in unserem Studebaker, und Ivy steuerte zu meiner Wohnung. Kein Wort von meinem Wüsten-Brief! Ivy hatte Blumen besorgt, obschon ich mir aus Blumen nichts mache, dazu Hummer, dazu Sauternes: zur Feier meiner Errettung aus der Wüste! – dazu wieder ihre Küsse, während ich meine Post durchging.

Ich hasse Abschiede.

Ich hatte nicht damit gerechnet, Ivy nochmals zu sehen und schon gar nicht in dieser Wohnung, die sie «unsere» Wohnung nennt.

Kann sein, ich duschte endlos –

Unser Krach beginnt, als Ivy mit einem Frottiertuch kommt, ich werfe sie hinaus – mit Gewalt leider, denn sie liebt Gewalt, dann hat sie das Recht, mich zu beißen –

Zum Glück klingelte das Telefon!

Nach meiner Verabredung mit Dick, der zu meiner Notlandung gratuliert, Verabredung zu einem Schach, findet Ivy, ich sei ein Rohling, ein Egoist, ein Unmensch, ich habe überhaupt keine Gefühle –

Ich lachte natürlich.

Sie schlägt mit beiden Fäusten, schluchzend, aber ich hüte mich, Gewalt zu brauchen, denn das möchte sie.

Mag sein, daß Ivy mich liebte.

(Sicher war ich bei Frauen nie.)

Eine Viertelstunde später, als ich Dick anrief und mitteilte, daß ich leider doch nicht kommen könnte, hatte Dick unser Schach schon aufgestellt; ich entschuldigte mich, was peinlich war, ich konnte ja nicht sagen, warum und wieso, sagte nur, daß ich wirklich viel lieber ein Schach spielen würde –

Ivy schluchzte von neuem.

Das war 18.00 Uhr, und ich wußte ja genau, wie dieser lange Abend verlaufen würde, wenn wir nicht ausgingen; ich schlug ein französisches Restaurant vor, dann ein chinesisches, dann ein schwedisches. Alles vergeblich! Ivy behauptete einfach und gelassen, keinen Hunger zu haben. Ich behauptete: Aber ich! Ivy verwies auf den Hummer im Eisschrank, ferner auf ihr sportliches Kleid, das nicht für ein elegantes Restaurant paßte. Wie ich's übrigens finde, ihr Kleid? Ich hatte unseren Hummer schon in der Hand, um ihn in den incinerator zu werfen, nicht gewillt, mich von einem Hummer zwingen zu lassen –

Ivy versprach sofort vernünftig zu sein.

Ich legte den Hummer wieder in den Eisschrank zurück, Ivy war einverstanden mit dem chinesischen Restaurant; nur war sie, wie ich zugeben mußte, sehr verheult, ein make-up unumgänglich.

Ich wartete –

Meine Wohnung, Central Park West, war mir schon lange zu teuer, zwei Zimmer mit Dachgarten, einzigartige Lage, kein Zweifel, aber viel zu teuer, wenn man nicht verliebt ist –

Ivy fragte, wann ich nach Paris fliege.

Schweigen meinerseits.

Ich stand draußen und ordnete meine letzten Filme, um sie zum Entwickeln geben zu können; ich schrieb die Spulen an, wie üblich ... Der Tod von Joachim, davon zu sprechen hatte ich keine Lust, Ivy kannte ihn ja nicht, Joachim war mein einziger wirklicher Freund.

Warum ich so schweigsam tue?

Dick, zum Beispiel, ist nett, auch Schachspieler, hochgebildet, glaube ich, jedenfalls gebildeter als ich, ein witziger Mensch, den ich bewunderte (nur im Schach war ich ihm gewachsen) oder wenigstens beneidete, einer von denen, die uns das Leben retten könnten, ohne daß man deswegen je intimer wird –

Ivy kämmte sich noch immer.

Ich erzählte von meiner Notlandung –

Ivy pinselte ihre Wimpern.

Allein die Tatsache, daß man zusammen nochmals ausging, nachdem man sich schriftlich getrennt hatte, machte mich wütend. Aber davon schien Ivy ja nichts zu wissen, daß man sich getrennt hatte!

Plötzlich hatte ich genug –

Ivy malte ihre Fingernägel und summte –

Plötzlich höre ich mich am Telefon: Anfrage wegen Schiffplatz nach Europa, gleichgültig welcher Linie, je rascher um so lieber.

«Wieso Schiff?» fragte Ivy.

Es war sehr unwahrscheinlich, um diese Jahreszeit einen Schiffplatz nach Europa zu bekommen, und ich weiß nicht, wieso ich plötzlich (vielleicht bloß weil Ivy summte und tat, als wäre nichts gewesen) auf die Idee kam, nicht zu fliegen. Ich war selbst überrascht. Ich hatte Glück, indem ein cabin-class-Bett soeben freigeworden war – Ivy hörte, wie ich bestellte, und war aufgesprungen, um mich zu unterbrechen; aber ich hatte den Hörer bereits aufgelegt.

«It's okay!» sagte ich.

Ivy war sprachlos, was ich genoß; ich zündete mir eine Zigarette an, Ivy hatte auch meine Abfahrtszeit vernommen:

«Eleven o'clock tomorrow morning.»

Ich wiederholte es.

«You're ready?» fragte ich und hielt ihren Mantel wie üblich, um mit ihr ausgehen zu können. Ivy starrte mich an, dann schleuderte sie plötzlich ihren Mantel irgendwohin ins Zimmer, stampfend, außer sich vor Zorn ... Ivy hatte sich eingerichtet, eine Woche in Manhattan zu verbringen, jetzt gestand sie's, und mein plötzlicher Entschluß, nicht zu fliegen wie üblich, sondern morgen schon mit dem Schiff zu reisen, um in einer Woche auch in Paris zu sein, war ein Strich durch ihre Rechnung.

Ich hob ihren Mantel auf.

Ich hatte ihr geschrieben, daß es Schluß ist, schwarz auf weiß; sie hatte es einfach nicht geglaubt. Sie hatte gemeint, ich sei hörig, und wenn wir zusammen eine Woche verbringen, sei alles wieder beim alten, das hatte sie gemeint – und drum lachte ich.

Mag sein, ich war gemein.

Sie war es auch –

Ihr Verdacht, daß ich Flugangst hätte, war rührend, und obschon ich natürlich nicht die mindeste Flugangst je erlebt habe, tat ich, als hätte ich Flugangst. Ich wollte es ihr leichter machen; ich wollte nicht gemein sein. Ich log und sagte, was ihr meinen Entschluß verständlich machte – ich schilderte ihr (zum zweiten Mal bereits) meine Notlandung in Tamaulipas, und wie wenig gefehlt hätte –

«Oh, Honey», sagte sie, «stop it!»

Ein Defekt in der Brennstoffzufuhr, was natürlich nicht vorkommen sollte, eine einzige blöde Panne genügt, sagte ich, und was nützt es mir, daß von 1000 Flügen, die ich mache, 999 tadellos verlaufen; was interessiert es mich, daß am gleichen Tag, wo ich ins Meer stürze, 999 Maschinen tadellos landen?

Sie wurde nachdenklich.

Warum nicht einmal eine Schiffspassage?

Ich rechnete, bis Ivy mir glaubte, sie setzte sich sogar und gestand, daß sie solche Rechnungen nie angestellt hätte; sie verstand meinen Entschluß, nicht zu fliegen.

Sie bat mich um Verzeihung.

Ich bin in meinem Leben, glaube ich, über 100 000 Meilen geflogen ohne die mindeste Panne. Von Flugangst konnte keine Rede sein! Ich tat nur so, bis Ivy mich bat, nie wieder zu fliegen.

Ich mußte es schwören –

Nie wieder!

Ivy war komisch – sie wollte meine Hand lesen, so glaubte sie plötzlich an meine Flugangst und bangte um mein Leben! Sie tat mir leid, denn sie meinte es, wie mir schien, vollkommen ernst, als sie von meiner kurzen Lebenslinie redete (dabei bin ich schon fünfzig!) und weinte, ich strich mit der rechten Hand, während sie meine linke Hand entzifferte, über ihr Haar – was ein Fehler war.

Ich spürte ihren heißen Schädel.

Ivy ist sechsundzwanzig.

Ich versprach, endlich zu einem Arzt zu gehen, und spürte ihre Tränen auf meiner linken Hand, ich fand mich kitschig, aber es war nicht zu ändern, Ivy mit ihrem Temperament, sie glaubte, was sie redete, und obschon ich meinerseits nicht an Wahrsagerei glaube, versteht sich, nicht einen Augenblick lang, mußte ich sie trösten, als wäre ich schon abgestürzt und zerschmettert und zur Unkenntlichkeit verkohlt, ich lachte natürlich, aber ich streichelte sie, wie man eine junge Witwe streichelt und tröstet, und küßte sie –

Es kam genau, wie ich's nicht wollte.

Eine Stunde später saß man nebeneinander, Ivy in ihrem Morgenrock, den ich ihr zu Weihnachten geschenkt hatte, und man aß Hummer, trank Sauternes; ich haßte sie.

Ich haßte mich selbst –

Ivy summte. Wie zum Hohn.

Ich hatte ihr geschrieben, daß es Schluß ist, und sie hatte meinen Brief (ich sah es) in ihrer Tasche –

Jetzt rächte sie sich.

Ich hatte Hunger, aber der Hummer ekelte mich, Ivy fand ihn himmlisch, und es ekelte mich ihre Zärtlichkeit, ihre Hand auf meinem Knie, ihre Hand auf meiner Hand, ihr Arm auf meiner Schulter, ihre Schulter an meiner Brust, ihr Kuß, wenn ich Wein einschenkte, es war unerträglich – ich sagte rundheraus, daß ich sie hasse.

Ivy glaubte es nicht.

Ich stand am Fenster und haßte die ganze Zeit, die ich in diesem Manhattan verbracht habe, vor allem aber meine Wohnung. Ich hätte sie anzünden wollen!

Als ich vom Fenster zurückkehrte, hatte Ivy sich noch immer nicht angekleidet, sondern zwei Grapefruits gerichtet und fragte, ob ich Kaffee möchte.

Ich bat sie, sich anzukleiden.

Als sie an mir vorbeiging, um Wasser für den Kaffee aufzusetzen, gab sie mir einen Nasenstüber. Wie einem Hanswurst. Ob ich ins Kino wollte, fragte sie aus der Küchennische herüber, als wäre sie bereit, sofort zu kommen – in Strümpfen und Morgenrock.

Jetzt spielte sie Katz und Maus.

Ich beherrschte mich und sagte kein Wort, sammelte ihre Schuhe, ihre Wäsche, ihr ganzes Drum und Dran (ich vertrage den Anblick solcher Rosa-Sachen sowieso nicht) und warf es ins Nebenzimmer, damit Ivy noch einmal ihre endlose Toilette machen konnte.

Ja, ich wollte ins Kino!

Der Kaffee tat gut –

Mein Entschluß, diese Wohnung aufzugeben, war jetzt unerschütterlich, und ich sagte es auch.

Ivy widersprach nicht.

Ich hatte das Bedürfnis, mich zu rasieren, nicht weil ich's nötig hatte, sondern einfach so. Um nicht auf Ivy zu warten. Aber mein Apparat war kaputt; ich ging von Steckdose zu Steckdose – er summte nicht.

Ivy fand mich tiptop.

Aber darum ging es ja nicht!

Ivy in Mantel und Hut –

Natürlich war ich tiptop, ganz abgesehen davon, daß ich im Badezimmer noch einen andern Apparat hatte, einen älteren, der ging, aber darum ging es nicht, wie gesagt, ich hatte mich gesetzt, um den Apparat auseinanderzunehmen. Jeder Apparat kann einmal versagen; es macht mich nur nervös, solange ich nicht weiß, warum.

«Walter», sagte sie, «I'm waiting.»

Als hätte unsereiner noch nie gewartet!

«Technology!» sagte sie – nicht nur verständnislos, wie ich's von Frauen gewohnt bin, sondern geradezu spöttisch, was mich nicht hinderte, das Apparätchen vollkommen zu zerlegen; ich wollte wissen, was los ist.

Es war wieder ein purer Zufall, was die Zukunft entschied, nichts weiter, ein Nylon-Faden in dem kleinen Apparat – jedenfalls ein Zufall, daß wir nicht schon aus der Wohnung gegangen waren, als der Anruf von der CGT kam, derselbe vermutlich, den ich vor einer Stunde zwar gehört, aber nicht hatte abnehmen können, ein immerhin entscheidender Anruf: Mein Schiffplatz nach Europa könne nur gebucht werden, wenn ich sofort, spätestens bis zweiundzwanzig Uhr, mit meinem Paß vorbeikomme. Ich meine nur: Hätte ich das Apparätchen nicht zerlegt, so hätte mich jener Anruf nicht mehr erreicht, das heißt, meine Schiffreise wäre nicht zustande gekommen, jedenfalls nicht mit dem Schiff, das Sabeth benutzte, und wir wären einander nie auf der Welt begegnet, meine Tochter und ich.

Eine Stunde später saß ich in einer Bar, meine Schiffskarte in der Tasche, unten am Hudson, vergnügt, nachdem ich unser Schiff gesehen hatte, einen Riesenkahn mit erleuchteten Fenstern überall, Maste und Krane und die roten Kamine im Scheinwerfer – ich freute mich aufs Leben wie ein Jüngling, wie schon lange nicht mehr. Meine erste Schiffahrt! Ich trank ein Bier und aß einen Hamburger, Mann unter Männern, Hamburger mit viel Senf, denn ich hatte Hunger, sobald ich allein war, ich schob meinen Hut in den Nacken, ich leckte den Schaum von den Lippen, Blick auf einen Boxkampf in Television, ringsum standen Dockarbeiter, vor allem Neger, ich zündete mir eine Zigarette an und fragte mich, was man als Jüngling eigentlich vom Leben erwartet hat –

Ivy wartete in der Wohnung.

Leider mußte ich zurück, ich mußte ja noch packen, aber es eilte nicht. Ich aß einen zweiten Hamburger.

Ich dachte an Joachim –

Ich hatte das Gefühl, ein neues Leben zu beginnen, vielleicht bloß, weil ich noch nie eine Schiffreise gemacht hatte; jedenfalls freute ich mich auf meine Schiffreise.

Ich saß bis Mitternacht dort.

Ich hoffte, daß Ivy nicht mehr wartete, sondern die Geduld verloren und meine Wohnung verlassen hatte, böse auf mich, da ich mich (ich wußte es) wie ein Flegel benahm; aber anders wurde ich Ivy nicht los – ich zahlte und ging zu Fuß, um die Chance, Ivy nicht mehr zu treffen, nochmals um eine halbe Stunde zu vergrößern; ich wußte, daß sie zähe ist. – Sonst wußte ich wenig von Ivy. – Sie ist katholisch, Mannequin, sie duldete Witze über alles, bloß nicht über den Papst, vielleicht ist sie lesbisch, vielleicht frigid, es war ihr ein Bedürfnis, mich zu verführen, weil sie fand, ich sei ein Egoist, ein Unmensch, sie ist nicht dumm, aber ein bißchen pervers, so schien mir, komisch, dabei ein herzensguter Kerl, wenn sie nicht geschlechtlich wurde . . . Als ich in meine Wohnung trat, saß sie in Mantel und Hut, lächelnd, obschon ich sie über zwei Stunden hatte sitzen lassen, ohne Vorwurf.

«Everything okay?» fragte sie.

Es gab noch Wein in der Flasche.

«Everything okay!» sagte ich.

Ihr Aschenbecher war übervoll, ihr Gesicht etwas verheult, ich füllte unsere Gläser so gerecht als möglich und bat um Entschuldigung wegen vorher. Strich darunter! Ich bin unausstehlich, wenn ich überarbeitet bin, und man ist meistens überarbeitet.

Unser Sauternes war lauwarm –

Als wir mit unseren halbvollen Gläsern anstießen, wünschte mir Ivy (sie stand) eine glückliche Reise, ein glückliches Leben überhaupt. Ohne Kuß. Wir tranken im Stehen wie bei diplomatischen Empfängen. Alles in allem, fand ich, hatten wir zusammen eine hübsche Zeit verlebt, Ivy fand es auch, unsere Wochenenden draußen auf Fire Island, auch unsere Abende auf dem Dachgarten hier –

Strich darunter! sagte auch Ivy.

Sie sah entzückend aus, dabei die Vernunft in Person, sie hatte die Figur eines Buben, nur ihre Brust war sehr weiblich, ihre Hüften schmal, wie es sich für Mannequins gehört.

So standen wir und nahmen Abschied.

Ich küßte sie –

Sie verweigerte jeden Kuß.

Während ich sie hielt, ohne etwas anderes zu wollen als einen letzten Kuß, und ihren Körper spürte, drehte sie ihr Gesicht zur Seite; ich küßte zum Trotz, während Ivy rauchte und ihre Zigarette nicht preisgab, ich küßte ihr Ohr, ihren straffen Hals, ihre Schläfe, ihr bitteres Haar –

Sie stand wie eine Kleiderpuppe.

Sie rauchte nicht nur ihre Zigarette, als wäre es die letzte, hinunter bis zum Filter, in der anderen Hand hielt sie ihr leeres Glas.

Ich weiß nicht, wie es wieder kam –

Ich glaube, Ivy wollte, daß ich mich haßte, und verführte mich bloß, damit ich mich haßte, und das war ihre Freude dabei, mich zu demütigen, die einzige Freude, die ich ihr geben konnte.

Manchmal fürchtete ich sie.

Wir saßen wieder wie vor Stunden –

Ivy wollte schlafen.

Als ich Dick nochmals anrief – ich wußte mir nicht anders zu helfen – war es Mitternacht vorbei, Dick hatte nun seinerseits Gesellschaft, ich bat ihn, mit der ganzen Bande herüberzukommen. Man hörte sie durchs Telefon, seine Gesellschaft, Gewirr von besoffenen Stimmen. Ich beschwor ihn. Aber Dick war erbarmungslos. Erst als Ivy sich an den Hörer hängte, bequemte sich Dick zu dem Freundesdienst, mich nicht mit Ivy allein zu lassen.

Ich war todmüde.

Ivy kämmte sich zum dritten Mal –

Endlich, als ich im Schaukelstuhl eingeschlafen war, kamen sie: sieben oder neun Männer, davon drei wie Invaliden, die man aus dem Lift schleppen mußte. Einer streikte, als er hörte, daß eine Frau zugegen wäre; das war ihm zuviel oder zuwenig. Er ging, besoffen wie er war, die Treppe hinunter, schimpfend, sechzehn Stockwerke.

Dick stellte vor:

«This is a friend of mine –»

Ich glaube, er kannte die Brüder selber nicht, jemand wurde vermißt. Ich erklärte, daß einer umgekehrt war; Dick fühlte sich verantwortlich, daß keine Freunde verlorengingen, und zählte sie mit Fingern, um nach langem Hin und Her festzustellen, daß immer noch einer fehlte.

«He's lost», sagte er, «anyhow –»

Natürlich versuchte ich, alles von der komischen Seite zu nehmen, auch als die indianische Vase in Trümmer ging, die gar nicht mir gehörte.

Ivy fand mich humorlos.

Ich hatte auch nach einer Stunde noch keine Ahnung, wer diese Leute waren. Einer sollte ein berühmter Artist sein. Um es zu beweisen, drohte er, einen Handstand auf dem Geländer unseres sechzehnten Stockwerkes zu machen, was verhindert werden konnte; dabei fiel eine Whisky-Flasche über die Fassade hinunter – natürlich war er kein Artist, sondern sie sagten es bloß, um mich zu foppen, ich weiß nicht warum. Zum Glück war niemand getroffen worden! Ich war sofort hinuntergegangen, darauf gefaßt, eine Ansammlung von Leuten zu treffen, Sanität, Blut, Polizei, die mich verhaften würde. Aber nichts von alledem! Als ich in meine Wohnung zurückkehrte, brachen sie in Gelächter aus; denn es wäre gar keine Whisky-Flasche über die Fassade hinuntergefallen –

Ich wußte nicht, was stimmte.

Als ich gelegentlich auf die Toilette ging, war die Tür verriegelt. Ich holte einen Schraubenzieher und sprengte die Türe. Einer saß am Boden und rauchte und wollte wissen, wie ich heiße.

So ging's die ganze Nacht.
In eurer Gesellschaft könnte man sterben, sagte ich, man könnte sterben, ohne daß ihr es merkt, von Freundschaft keine Spur, sterben könnte man in eurer Gesellschaft! schrie ich, und wozu wir überhaupt miteinander reden, schrie ich, wozu denn (ich hörte mich selber schreien), wozu diese ganze Gesellschaft, wenn einer sterben könnte, ohne daß ihr es merkt –
Ich war betrunken.
So ging's bis zum Morgen – ich weiß nicht, wann sie die Wohnung verlassen hatten und wie; nur Dick lag noch da.
9.30 Uhr mußte ich an Bord sein.
Ich hatte Kopfschmerzen, ich packte und war froh, daß Ivy mir half, ich war spät, ich bat sie, noch einmal ihren guten Kaffee zu machen, sie war rührend und begleitete mich sogar aufs Schiff. Natürlich weinte sie. Wen Ivy außer mir hatte, abgesehen von ihrem Mann, wußte ich nicht; Vater und Mutter hatte sie nie erwähnt; ich erinnerte mich nur an ihren drolligen Ausspruch: I'm just a dead-end-kid! Sie stammte aus der Bronx, sonst wußte ich wirklich nichts von Ivy, anfangs hatte ich sie für eine Tänzerin gehalten, dann für eine Kokotte, beides stimmte nicht – ich glaube, Ivy arbeitete wirklich als Mannequin.
Wir standen auf Deck.
Ivy in ihrem Kolibri-Hütchen –
Ivy versprach, alles zu erledigen, die Sache mit der Wohnung und mit dem Studebaker. Ich gab ihr die Schlüssel. Ich dankte ihr, als es tutete und der Lautsprecher immer wieder die Begleiter aufforderte, das Schiff zu verlassen; ich küßte sie, denn Ivy mußte nun wirklich gehen, unsere Sirenen widerhallten ringsum, so daß man sich die Ohren zuhalten mußte. Ivy war die letzte, die über die Brücke an Land ging.
Ich winkte –
Ich mußte mich zusammennehmen, obschon ich froh war, als sie die schweren Taue lösten. Wir hatten einen wolkenlosen Tag. Ich war froh, daß alles noch geklappt hatte.
Ivy winkte auch –
Ein lieber Kerl! dachte ich, obschon ich Ivy nie verstanden habe; ich stand auf dem Sockel eines Krans, als die schwarzen Schlepper uns rückwärts hinauszogen, dazu nochmals Sirenen, ich filmte (mit meinem neuen Tele-Objektiv) die winkende Ivy, bis man von bloßem Auge schon keine Gesichter mehr unterscheiden konnte. Ich filmte die ganze Ausfahrt, solange man Manhattan sah, dann die Möwen, die uns begleiteten.

Wir hätten Joachim (so denke ich oft) nicht in die Erde begraben, sondern verbrennen sollen. Aber das war nun nicht mehr zu ändern. Marcel hatte vollkommen recht: Feuer ist eine saubere Sache, Erde ist

Schlamm nach einem einzigen Gewitter (wie wir's auf unsrer Rückfahrt erlebt haben), Verwesung voller Keime, glitschig wie Vaseline, Tümpel im Morgenrot wie Tümpel von schmutzigem Blut, Monatsblut, Tümpel voller Molche, nichts als schwarze Köpfe mit zuckenden Schwänzchen wie ein Gewimmel von Spermatozoen, genau so – grauenhaft.

(Ich möchte kremiert werden!)

Auf unsrer Rückfahrt damals machten wir überhaupt keinen Stop, ausgenommen in der Nacht, weil es zum Fahren einfach zu finster war ohne Mond. Es regnete. Es gurgelte die ganze Nacht, wir ließen unsere Scheinwerfer an, obschon wir nicht fuhren, und es rauschte wie eine Sintflut, die Erde dampfte vor unseren Scheinwerfern, ein lauer und schwerer Regen. Ohne Wind. Was man im Scheinwerferkegel sah: Gewächs reglos, Geschlinge von Luftwurzeln, die in unserem Scheinwerferlicht glänzten wie Eingeweide. Ich war froh, nicht allein zu sein, obschon eigentlich keinerlei Gefahr, sachlich betrachtet; das Wasser lief ab. Wir schliefen nicht eine Minute. Wir hockten wie in der Sauna, nämlich ohne Kleider; es war unerträglich, das nasse Zeug auf dem Leib. Dabei war es, wie ich mir immer sagte, nur Wasser, kein Grund zum Ekel. Gegen Morgen hatte der Regen aufgehört, plötzlich, wie wenn man eine Dusche abstellt; aber es tropfte von den Gewächsen, es hörte nicht auf zu glucksen, zu tropfen. Dann die Morgenröte! Von Kühlung keine Spur; der Morgen war heiß und dampfig, die Sonne schleimig wie je, die Blätter glänzten, und wir waren naß von Schweiß und Regen und Öl, schmierig wie Neugeborene. Ich steuerte; ich weiß nicht, wie wir mit unserem Landrover durch den Fluß kamen; aber wir kamen hindurch und konnten es nicht fassen, daß wir je in diesem lauen Wasser mit fauligen Bläschen geschwommen sind. Es spritzte der Schlamm nach beiden Seiten, wenn wir durch die Tümpel fuhren, diese Tümpel im Morgenrot – einmal sagte Marcel: Tu sais que la mort est femme! Ich blickte ihn an, et que la terre est femme! sagte er, und das letztere verstand ich, denn es sah so aus, genau so, ich lachte laut, ohne zu wollen, wie über eine Zote –

Es war kurz nach der Ausfahrt, als ich das Mädchen mit dem blonden Roßschwanz zum ersten Mal erblickte, man mußte sich im Speisesaal versammeln, um anzustehen wegen Tischkarten. Es war mir eigentlich unwichtig, wer an meinem Tisch sitzt, immerhin hoffte ich auf Männertisch, gleichviel welcher Sprache. Aber von Wählen keine Spur! Der Steward hatte einen Plan vor sich, ein französischer Bürokrat, ungnädig, wenn ein Mensch nicht französisch versteht, dann wieder geschwätzig, wenn's ihm so paßte, charmant ohne Ende, während wir warteten, eine ganze Schlange von Passagieren – vor mir: ein junges Mädchen in schwarzer Cowboy-Hose, kaum kleiner als ich, Engländerin oder Skandinavierin, ich konnte ihr Gesicht nicht sehen, nur ihren blonden oder rötlichen Roßschwanz, der bei jeder Bewegung ihres Kopfes baumelte. Natürlich blickte man sich um, ob man jemand kennt; es hätte ja sein können. Ich hoffte wirklich auf Männertisch. Das Mädchen bemerkte ich bloß, weil ihr Roßschwanz vor meinem Gesicht baumelte, mindestens eine halbe Stunde lang. Ihr Gesicht, wie gesagt, sah ich nicht. Ich versuchte, das Gesicht zu erraten. Zum Zeitvertreib; wie man sich zum Zeitvertreib an ein Kreuzworträtsel macht. Übrigens gab es fast keine jungen Leute. Sie trug (ich erinnere mich genau) einen schwarzen Pullover mit Rollkragen, existentialistisch, dazu Halskette aus gewöhnlichem Holz, Espadrilles, alles ziemlich billig. Sie rauchte, ein dickes Buch unter dem Arm, und in der hinteren Tasche ihrer Cowboy-Hose steckte ein grüner Kamm. Ich war einfach durch diese Warterei gezwungen, sie zu betrachten; sie mußte sehr jung sein: ihr Flaum auf dem Hals, ihre Bewegungen, ihre kleinen Ohren, die erröteten, als der Steward einen Spaß machte – sie zuckte nur die Achseln; ob erster oder zweiter Service, war ihr gleichgültig.

Sie kam in den ersten; ich in den zweiten.

Unterdessen war die letzte amerikanische Küste, Long Island, auch verschwunden, ringsum nichts als Wasser; ich brachte meine Kamera in die Kabine hinunter, wo ich zum ersten Mal meinen Mitschläfer sah, einen jungen und baumstarken Mann, Lajser Lewin, Landwirt aus Israel. Ich ließ ihm das untere Bett. Er hatte, als ich in die Kabine trat, auf dem oberen gesessen, gemäß Ticket; aber es war uns beiden wohler, glaube ich, als er auf dem unteren Bett saß, um seine Siebensachen auszupacken. Eine Lawine von Mensch! Ich rasierte mich, da ich in der Morgenhetze nicht dazu gekommen war. Ich steckte meinen Apparat an, denselben wie gestern, und er ging. Herr Lewin hatte die kalifornische Landwirtschaft studiert. Ich rasierte mich, ohne viel zu reden.

Später wieder auf Deck –

Es gab nichts zu sehen, Wasser ringsum, ich stand und genoß es, unerreichbar zu sein – statt daß ich mich um einen Decksessel kümmerte.

Ich wußte das alles noch nicht.

Möwen folgten dem Schiff –

Wie man fünf Tage auf einem solchen Schiff verbringt, konnte ich mir nicht vorstellen, ich ging hin und her, Hände in den Hosentaschen, einmal geschoben vom Wind, geradezu schwebend, dann wieder gegen den Wind, dann mühsam, so daß man sich nach vorne lehnen mußte mit flatternden Hosen, ich wunderte mich, woher die andern Passagiere ihre Sessel hatten. Jeder Sessel mit Namen versehen. Als ich den Steward fragte, gab es keine Decksessel mehr. Sabeth spielte Pingpong.

Sie spielte famos, ticktack, ticktack, das ging nur so hin und her, eine Freude zum Zuschauen. Ich selber hatte seit Jahren nicht mehr gespielt.

Sie erkannte mich nicht.

Ich hatte genickt –

Sie spielte mit einem jungen Herrn. Möglicherweise ihr Freund oder Verlobter. Sie hatte sich umgekleidet und trug jetzt einen olivgrünen Manchesterrock, glockig, was ihr besser stand als die Bubenhosen, fand ich – vorausgesetzt, daß es wirklich dieselbe Person war!

Jedenfalls war die andere nirgends zu finden.

In der Bar, die ich zufällig entdeckte, war kein Knochen. In der Bibliothek gab es bloß Romane, anderswo Tische für Kartenspiele, was auch nach Langweile aussah – draußen war's windig, jedoch weniger langweilig, da man ja fuhr.

Eigentlich bewegte sich nur die Sonne –

Gelegentlich ein Frachter am Horizont.

Um vier Uhr gab's Tee.

Ab und zu blieb ich wieder beim Pingpong stehen, jedesmal überrascht, wenn ich sie von vorne sah, gezwungen mich zu fragen, ob es wirklich dieselbe Person war, deren Gesicht ich zu erraten versucht hatte, während wir auf unsere Tischkarten hatten warten müssen. Ich stand bei dem großen Fenster des Promenadendecks, rauchte und tat, als blickte ich aufs Meer hinaus. Von hinten gesehen, vom rötlichen Roßschwanz her, war sie's durchaus, aber von vorne blieb sie merkwürdig. Ihre Augen wassergrau, wie oft bei Rothaarigen. Sie zog ihre Wolljacke aus, weil sie das Spiel verloren hatte, und krempelte ihre Bluse herauf. Einmal überrannte sie mich fast, um den Ball zu fangen. Ohne ein Wort der Entschuldigung. Das Mädchen sah mich gar nicht.

Gelegentlich ging ich weiter –

Auf Deck wurde es kalt, sogar naß, weil Gischt, und der Steward klappte die Sessel zusammen. Man hörte die Wellen viel lauter als zuvor, dazu Pingpong aus dem unteren Stock, ticktack, ticktack. Dann Sonnenuntergang. Ich schlotterte. Als ich in die Kabine hinunterging, um meinen Mantel zu holen, mußte ich nochmals durch das Promenadendeck – ich hob ihr einen Ball auf, ohne mich aufzudrängen, glaube ich, sie dankte kurz und englisch (sonst sprach sie deutsch), und bald darauf gongte es zum ersten Service.

Der erste Nachmittag war überstanden.

Als ich mit Mantel und Kamera zurückkehrte, um den Sonnenuntergang zu filmen, lagen die beiden Pinpong-Schläger auf dem grünen Tisch –

Was ändert es, daß ich meine Ahnungslosigkeit beweise, mein Nichtwissenkönnen! Ich habe das Leben meines Kindes vernichtet und ich kann es nicht wiedergutmachen. Wozu noch ein Bericht? Ich war nicht verliebt in das Mädchen mit dem rötlichen Roßschwanz, sie war mir aufgefallen, nichts weiter, ich konnte nicht ahnen, daß sie meine eigene Tochter ist, ich wußte ja nicht einmal, daß ich Vater bin. Wieso Fügung?

Ich war nicht verliebt, im Gegenteil, sie war mir fremder als je ein Mädchen, sobald wir ins Gespräch kamen, und es war ein unwahrscheinlicher Zufall, daß wir überhaupt ins Gespräch kamen, meine Tochter und ich. Es hätte ebensogut sein können, daß wir einfach aneinander vorbeigegangen wären. Wieso Fügung! Es hätte auch ganz anders kommen können.

Schon am Abend jenes ersten Tages, nachdem ich den Sonnenuntergang gefilmt hatte, spielten wir Pingpong, unser erstes und letztes. Ein Gespräch war kaum möglich; ich habe nicht mehr gewußt, daß ein Mensch so jung sein kann. Ich hatte ihr meine Kamera erläutert, aber es langweilte sie alles, was ich sagte. Unser Pingpong ging besser, als meinerseits erwartet; ich hatte seit Jahrzehnten nicht mehr gespielt. Nur ihr «service» war gerissener, sie schnitt. Früher hatte ich auch schneiden können, aber es fehlte mir die Übung; daher war ich zu langsam. Sie schnitt, wo sie nur konnte, aber nicht immer mit Erfolg; ich wehrte mich. Pingpong ist eine Frage des Selbstvertrauens, nichts weiter. Ich war nicht so alt, wie das Mädchen meinte, und so hopp-hopp, wie sie's offenbar erwartet hatte, ging es dann doch nicht; langsam merkte ich, wie ihre Bälle zu nehmen sind. Sicher langweilte ich sie. Ihr Partner vom Nachmittag, ein Jüngling mit Schnäuzchen, spielte natürlich viel imposanter. Ich hatte bald einen roten Kopf, da ich mich öfter bücken mußte, aber auch das Mädchen mußte noch die Wolljacke ausziehen, sogar ihre Bluse krempeln, um mich zu schlagen, sie warf ihren Roßschwanz in den Nacken zurück, ungeduldig. Sobald ihr Schnäuzchen-Freund auftauchte, um zu lächeln als Zuschauer mit beiden Händen in den Hosentaschen, gab ich meinen Schläger ab — sie bedankte sich, ohne mich aufzufordern, die Partie zu Ende zu spielen; ich bedankte mich gleichfalls, nahm meine Jacke.

Ich stellte ihr nicht nach.

Ich machte Konversation mit allerlei Leuten, meistens mit Mister Lewin, keinesfalls bloß mit Sabeth, sogar mit den alten Jungfern an meinem Tisch, Stenotypistinnen aus Cleveland, die sich verpflichtet fühlten, Europa gesehen zu haben, oder mit dem amerikanischen Geistlichen, Baptist aus Chicago, aber ein fideler Kerl –

Ich bin nicht gewohnt, untätig zu sein.

Vor dem Schlafengehen machte ich jedesmal, um Luft zu schnappen, eine Runde um sämtliche Decks. Allein. Traf ich sie im Dunkeln – zufällig – Arm in Arm mit ihrem Pingpong-Freund, so tat sie, als hätte sie mich nicht gesehen; als dürfte ich unter keinen Umständen wissen, daß sie verliebt ist.

Was ging's mich an!

Ich ging, wie gesagt, um Luft zu schnappen.

Sie meinte, ich sei eifersüchtig –

Am andern Morgen, als ich allein an der Reling stand, trat sie zu mir und fragte, wo denn mein Freund sei. Es interessierte mich nicht, wen sie für meinen Freund hielt, Israel-Landwirt oder Chicago-Baptist, sie meinte, ich fühle mich einsam, und wollte nett sein, gab's nicht auf, bis sie mich zum Plaudern brachte – über Navigation, Radar, Erdkrümmung, Elektrizität, Entropie, wovon sie noch nie gehört hat. Sie war alles andere als dumm. Nicht viele Leute, denen ich den sogenannten Maxwell'schen Dämon erläuterte, begreifen so flink wie dieses junge Mädchen, das ich Sabeth nannte, weil Elisabeth, fand ich, ein unmöglicher Name ist. Sie gefiel mir, aber ich flirtete in keiner Weise. Ich redete wie ein Lehrer, fürchtete ich, während sie lächelte. Sabeth wußte nichts von Kybernetik, und wie immer, wenn man mit Laien darüber redet, galt es, allerlei kindische Vorstellungen vom Roboter zu widerlegen, das menschliche Ressentiment gegen die Maschine, das mich ärgert, weil es borniert ist, ihr abgedroschenes Argument: der Mensch sei keine Maschine. Ich erklärte, was die heutige Kybernetik als *Information* bezeichnet: unsere Handlungen als Antworten auf sogenannte Informationen, beziehungsweise Impulse, und zwar sind es automatische Antworten, größtenteils unserem Willen entzogen, Reflexe, die eine Maschine ebensogut erledigen kann wie ein Mensch, wenn nicht sogar besser. Sabeth rümpfte ihre Brauen (wie stets bei Späßen, die ihr eigentlich mißfallen) und lachte. Ich verwies sie auf Norbert Wiener: *Cybernetics or Control and Communication in the Animal and the Machine, M.I.T. 1948.* Natürlich meinte ich nicht die Roboter, wie sie die Illustrierten sich ausmalen, sondern die Höchstgeschwindigkeitsrechenmaschine, auch Elektronen-Hirn genannt, weil Steuerung durch Vakuum-Elektronenröhren, eine Maschine, die heute schon jedes Menschenhirn übertrifft. In einer Minute 2 000 000 Additionen oder Subtraktionen! In ebensolchem Tempo erledigt sie eine Infinitesimal-Rechnung, Logarithmen ermittelt sie schneller, als wir das Ergebnis ablesen können, und eine Aufgabe, die bisher das ganze Leben eines Mathematikers erfordert hätte, wird in Stunden gelöst und zuverlässiger gelöst, weil sie, die Maschine, nichts vergessen kann, weil sie alle eintreffenden Informationen, mehr als ein menschliches Hirn erfassen kann, in ihre Wahrscheinlichkeitsansätze einbezieht. Vor allem aber: die Maschine erlebt nichts, sie hat keine Angst und keine Hoffnung, die nur stören, keine Wünsche in bezug auf das Ergebnis, sie arbeitet nach der reinen Logik der Wahrscheinlichkeit, darum behaupte ich: Der Roboter erkennt genauer als der Mensch, er weiß mehr von der Zukunft als wir, denn er errechnet sie, er spekuliert nicht und träumt nicht, sondern wird von seinen eigenen Ergebnissen gesteuert (feed back) und kann sich nicht irren; der Roboter braucht keine Ahnungen –

Sabeth fand mich komisch.

Ein wenig, glaubte ich, mochte sie mich doch; jedenfalls nickte sie, wenn sie mich auf Deck sah, sie lag in ihrem Decksessel und nahm sofort ihr Buch, aber winkte –

«Hello, Mister Faber!»

Sie nannte mich Mister Faber, weil ich mich, gewohnt an die englische Aussprache meines Namens, so vorgestellt hatte; im übrigen sprachen wir deutsch.

Ich ließ sie oft in Ruhe.

Eigentlich hätte ich arbeiten sollen –

So eine Schiffsreise ist ein komischer Zustand. Fünf Tage ohne Wagen! Ich bin gewohnt zu arbeiten oder meinen Wagen zu steuern, es ist keine Erholung für mich, wenn nichts läuft, und alles Ungewohnte macht mich sowieso nervös. Ich konnte nicht arbeiten. Man fährt und fährt, die Motoren laufen Tag und Nacht, man hört sie, man spürt sie, man fährt pausenlos, aber nur die Sonne bewegt sich, beziehungsweise der Mond, es könnte auch eine Illusion sein, daß man fährt, unser Kahn kann noch so stampfen und Wellen werfen, Horizont bleibt Horizont, und man bleibt in der Mitte einer Kreisscheibe, wie fixiert, nur die Wellen gleiten davon, ich weiß nicht mit wieviel Knoten in der Stunde, jedenfalls ziemlich schnell, aber es ändert sich überhaupt nichts – nur daß man älter wird!

Sabeth spielte Pingpong oder las.

Ich wanderte halbe Tage lang, obschon es unmöglich ist, jemand zu treffen, der nicht an Bord ist; ich bin in zehn Jahren nicht so viel gegangen wie auf diesem Schiff, manchmal ließ der Baptist sich herbei, dieses Kinderspiel zu machen. Schieberei mit Stecken und Holzscheiben, Zeitvertreib, ich hatte Zeit wie noch nie und kam nicht einmal dazu, die tägliche Bordzeitung zu lesen.

News of Today –

Nur die Sonne bewegte sich.

President Eisenhower says –

Meinetwegen!

Wichtig ist, daß man seine Holzscheibe in das richtige Feld schiebt, und sicher ist, daß anderseits auch niemand kommen kann, der nicht schon an Bord ist, Ivy zum Beispiel, man ist einfach unerreichbar.

Das Wetter war gut.

Eines Morgens, als ich mit dem Baptist frühstücke, setzt Sabeth sich an unsern Tisch, was mich aufrichtig freut, Sabeth in ihren schwarzen Cowboy-Hosen. Ringsum gibt es leere Tische genug, ich meine, falls das Mädchen mich nicht leiden könnte. Es freut mich aufrichtig. Sie reden vom Louvre in Paris, den ich nicht kenne, und ich schäle unterdessen meinen Apfel. Ihr Englisch läuft ganz famos. Wieder die Verblüffung, wie jung sie ist! Man fragt sich dann, ob man selber je so jung gewesen ist. Ihre Ansichten! Ein Mensch, der den Louvre nicht kennt, weil er sich nichts draus macht, das gibt es einfach nicht; Sabeth meint, ich mache mich bloß lustig über sie. Dabei ist es der Baptist, der sich lustig macht über mich.

«Mister Faber is an engineer» – sagte er –

Was mich aufregt, sind keineswegs seine blöden Witze über die Ingenieure, sondern seine Flirterei mit dem jungen Mädchen, das nicht seinetwegen an unseren Tisch gekommen ist, seine Hand, die er auf ihren Arm legt, dann auf ihre Schulter, dann wieder auf ihren Arm, seine fleischige Hand. Wozu faßt er das Mädchen immer an. Bloß weil er ein Kenner des Louvre ist.

«Listen», sagt er immer, «listen!»

Sabeth:

«Yes, I'm listening –»

Dabei hat er gar nichts zu sagen, der Baptist, es geht ihm mit seinem ganzen Louvre bloß darum, das Mädchen anfassen zu können, so eine Altherren-Manier, dazu sein Lächeln über mich.

«Go on», sagt er zu mir, «go on!»

Ich stehe auf dem Standpunkt, daß der Beruf des Technikers, der mit den Tatsachen fertig wird, immerhin ein männlicher Beruf ist, wenn nicht der einzigmännliche überhaupt; ich stelle fest, daß wir uns auf einem Schiff befinden, somit auf einem Werk der Technik –

«True», sagte er, «very true!»

Dabei hält er ihren Arm die ganze Zeit, tut gespannt und aufmerksam, bloß um den Arm des Mädchens nicht loslassen zu müssen.

«Go on», sagt er, «go on!»

Das Mädchen will mich unterstützen und bringt das Gespräch, da ich die Skulpturen im Louvre nicht kenne, auf meinen Roboter; ich habe aber keine Lust, davon zu sprechen, und sagte lediglich, daß Skulpturen und Derartiges nichts anderes sind (für mich) als Vorfahren des Roboters. Die Primitiven versuchten den Tod zu annullieren, indem sie den Menschenleib abbilden – wir, indem wir den Menschenleib ersetzen. Technik statt Mystik!

Zum Glück kam Mister Lewin.

Als sich herausstellt, daß auch Mister Lewin noch nie im Louvre gewesen ist, wechselt das Tischgespräch, Gottseidank, Mister Lewin hat gestern den Maschinenraum unsres Schiffes besichtigt – das führt zu einem Doppelgespräch: Baptist und Sabeth reden weiterhin über van Gogh, Lewin und ich reden über Dieselmotoren, wobei ich, obschon in Dieselmotoren interessiert, das Mädchen nicht aus den Augen lasse: sie hört dem Baptisten ganz aufmerksam zu, während sie seine Hand nimmt, um sie neben sich auf den Tisch zu legen, wie eine Serviette.

«Why do you laugh?» fragt er mich.

Ich lache einfach.

«Van Gogh is the most intelligent fellow of his time», sagt er mir, «have you ever read his letters?»

Dazu Sabeth:

«Er weiß wirklich sehr viel.»

Sobald wir, Mister Lewin und ich, von Elektrizität sprechen, weiß er aber auch nichts, unser Baptist und Hahn im Korb, sondern schält auch seinen Apfel und schweigt vor sich hin.

Schließlich redet man über Israel.

Später auf Deck äußerte Sabeth (ohne Drängen meinerseits) den Wunsch, einmal den Maschinenraum zu besichtigen, und zwar mit mir; ich hatte lediglich gesagt, einmal werde ich auch den Maschinenraum besichtigen. Ich wollte sie keinesfalls belästigen. Sie wunderte sich, wieso ich keinen Decksessel habe, und bot mir sofort ihren Decksessel an, weil ihrerseits sowieso zu einem Pingpong verabredet. Ich dankte, und weg war sie –

Seither saß ich öfter in ihrem Sessel; der Steward holte ihren Sessel hervor, sowie er mich erblickte, und klappte ihn auf, begrüßte mich als Mister Piper, weil auf ihrem Sessel stand: *Miss E. Piper.*

Ich sagte mir, daß mich wahrscheinlich jedes junge Mädchen irgendwie an Hanna erinnern würde. Ich dachte in diesen Tagen wieder öfter an Hanna. Was heißt schon Ähnlichkeit? Hanna war schwarz, Sabeth blond beziehungsweise rötlich, und ich fand es an den Haaren herbeigezogen, die beiden zu vergleichen. Ich tat es aus lauter Müßiggang. Sabeth ist jung, wie Hanna damals jung gewesen ist, und zudem redete sie das gleiche Hochdeutsch, aber schließlich (so sagte ich mir) gibt es ganze Völkerstämme, die hochdeutsch reden. Stundenlang lag ich in ihrem Sessel, meine Beine auf das weiße Geländer gestemmt, das zitterte, Blick aufs Meer hinaus. Leider hatte ich keine Fachzeitschriften bei mir, Romane kann ich nicht lesen, dann überlege ich mir lieber, woher diese Vibration, wieso sie nicht zu vermeiden ist, die Vibration, oder ich rechnete mir aus, wie alt jetzt Hanna wäre, ob sie schon weiße Haare hätte. Ich schloß die Augen, um zu schlafen. Wäre Hanna auf Deck gewesen, kein Zweifel, ich hätte sie sofort erkannt. Ich dachte: vielleicht ist sie auf Deck! und erhob mich, schlenderte zwischen den Decksesseln hin und her, ohne im Ernst zu glauben, daß Hanna wirklich auf Deck ist. Zeitvertreib! Immerhin (ich gebe es zu) hatte ich Angst, es könnte sein, und ich musterte sämtliche Damen, die keine jungen Mädchen mehr sind, in aller Ruhe. Man kann das ja, wenn man eine dunkle Sonnenbrille trägt; man steht und raucht und mustert, ohne daß die Gemusterten es merken können, in aller Ruhe, ganz sachlich. Ich schätzte ihr Alter, was keine leichte Sache war; ich achtete weniger auf die Haarfarbe, sondern auf die Beine, die Füße, sofern sie entblößt waren, vor allem auf die Hände und die Lippen. Da und dort, fand ich, gab es sehr blühende Lippen, während der Hals an die gefältelte Haut von Eidechsen erinnert, und ich konnte mir denken, daß Hanna noch immer sehr schön ist, ich meine liebenswert. Leider waren ihre Augen nicht zu sehen, weil lauter

Sonnenbrillen. Allerlei Verbrauchtes, allerlei, was vermutlich nie geblüht hat, lag auch da, Amerikanerinnen, die Geschöpfe der Kosmetik. Ich wußte bloß: So wird Hanna nie aussehen.

Ich setzte mich wieder hin.

Der pfeifende Wind im Kamin –

Wellenschäume –

Einmal ein Frachter am Horizont –

Ich langweilte mich, daher die Spintisiererei um Hanna; ich lag, meine Beine auf das weiße Geländer gestützt, das die Vibration nicht lassen kann, und was ich von Hanna wußte, war gerade genug für einen Steckbrief, der nichts nützt, wenn die Person nicht hier ist. Ich sah sie nicht, wie gesagt, nicht einmal mit geschlossenen Augen.

Zwanzig Jahre sind eine Zeit.

Statt dessen (ich machte die Augen auf, weil jemand an meinen Sessel gestoßen war –) wieder das junge Ding, das Fräulein Elisabeth Piper heißt.

Ihr Pingpong war zu Ende.

Am meisten frappierte mich, wie sie im Gespräch, um ihren Widerspruch zu zeigen, ihren Roßschwanz in den Nacken wirft (dabei hat Hanna nie einen Roßschwanz getragen!), oder wie sie ihre Achseln zuckt, wenn's ihr durchaus nicht gleichgültig ist, bloß aus Stolz. Vor allem aber: das kleine und kurze Rümpfen ihrer Stirne zwischen den Brauen, wenn sie einen Witz von mir, obschon sie lachen muß, eigentlich blöd findet. Es frappierte mich, es beschäftigte mich nicht. Es gefiel mir. Schließlich gibt es Gesten, die einem gefallen, weil man sie irgendwo schon einmal gesehen hat. Ich habe stets ein Fragezeichen gemacht, wenn von Ähnlichkeit die Rede ist; aus Erfahrung. Was haben wir uns krumm gelacht, mein Bruder und ich, wenn die guten Leute, die's nicht wissen konnten, unsere frappante Ähnlichkeit bemerkten! Mein Bruder war adoptiert. Wenn jemand mit der rechten Hand (zum Beispiel) um den Hinterkopf greift, um sich an der linken Schläfe zu kratzen, so frappiert es mich, ich muß sofort an meinen Vater denken, aber nie im Leben komme ich auf die Idee, jedermann für den Bruder meines Vaters zu halten, bloß weil er sich so kratzt. Ich halte es mit der Vernunft. Ich bin kein Baptist und kein Spiritist. Wieso vermuten, daß irgendein Mädchen, das Elisabeth Piper heißt, eine Tochter von Hanna ist. Hätte ich damals auf dem Schiff (oder später) auch nur den mindesten Verdacht gehabt, es könnte zwischen dem jungen Mädchen und Hanna, die mir nach der Geschichte mit Joachim begreiflicherweise durch den Kopf ging, ein wirklicher Zusammenhang bestehen, selbstverständlich hätte ich sofort gefragt: Wer ist Ihre Mutter? Wie heißt sie? Woher kommt sie? – ich weiß nicht, wie ich mich verhalten hätte, jedenfalls anders, das ist selbstverständlich, ich bin ja nicht krankhaft, ich hätte meine Tochter als meine Tochter behandelt, ich bin nicht pervers!

Alles war so natürlich –

Eine harmlose Reisebekanntschaft –

Einmal war Sabeth etwas seekrank; statt auf Deck zu gehen, wie empfohlen, wollte sie in ihre Kabine, dann Erbrechen im Korridor, ihr Schnäuzchen-Freund legte sie aufs Bett, als wäre er ihr Mann. Zum Glück war ich dabei. Sabeth in ihren schwarzen Cowboy-Hosen, ihr Gesicht seitwärts gedreht, weil ihr Roßschwanz es anders nicht zuließ, lag, wie's gerade kam, lahm und gespreitzt, bleich wie Lehm. Er hielt ihre Hand. Ich schraubte sofort ein Bullauge auf, um mehr Luft zu verschaffen, und reichte Wasser –

«Danke sehr!» sagte er, während er auf dem Rand ihres Bettes hockte; er schnürte ihre Espadrilles auf, um Samariter zu spielen. Als käme ihre Übelkeit aus den Füßen!

Ich blieb in der Kabine.

Ihr roter Gürtel war viel zu eng, man sah's, ich fand es nicht unsere Sache, ihr den Gürtel zu lösen –

Ich stellte mich vor.

Kaum hatten wir uns die Hände gegeben, setzte er sich wieder auf den Rand ihres Bettes. Vielleicht war er wirklich ihr Freund. Sabeth war schon eine richtige Frau, wenn sie so lag, kein Kind; ich nahm eine Decke vom oberen Bett, da sie vielleicht fror, und deckte sie zu.

«Danke!» sagte er –

Ich wartete einfach, bis der junge Mann gleichfalls fand, es gäbe nichts mehr zu tun, wir sollten das Mädchen jetzt allein lassen –

«Tschau!» sagte er.

Ich durchschaute ihn, er wollte mich irgendwo auf Deck verlieren, um dann allein in ihre Kabine zurückzukehren. Ich forderte ihn zu einem Pingpong ... So blöd, wie vermutet, war er nicht, wenn auch keineswegs sympathisch. Wieso trägt man ein Schnäuzchen? Zum Pingpong kam's nicht, da wieder beide Tische besetzt waren; statt dessen verwikkelte ich ihn in ein Gespräch – natürlich in hochdeutsch! – über Turbinen, er war Grafiker von Beruf, Künstler, aber tüchtig. Sowie er merkte, daß man bei mir nicht landet mit Malerei und Theater und Derartigem, redete er kaufmännisch, nicht skrupellos, aber tüchtig, Schweizer, wie sich herausstellte –

Ich weiß nicht, was Sabeth an ihm fand.

Meinerseits kein Grund zu Minderwertigkeitsgefühlen, ich bin kein Genie, immerhin ein Mann in leitender Stellung, nur vertrage ich immer weniger diese jungen Leute, ihre Tonart, ihr Genie, dabei handelt es sich um lauter Zukunftsträume, womit sie sich so großartig vorkommen, und es interessiert sie einen Teufel, was unsereiner in dieser Welt schon tatsächlich geleistet hat; wenn man es ihnen einmal aufzählt, lächeln sie höflich.

«Ich will Sie nicht aufhalten!» sagte ich.

«Sie entschuldigen mich?»

«Bitte!» sagte ich –

Als ich die Tabletten brachte, die mir geholfen hatten, wollte Sabeth niemand in ihre Kabine lassen. Sie war komisch, dabei angekleidet, wie ich durch die Türspalte sah. Ich hatte ihr vorher die Tabletten versprochen, nur drum. Sie nahm die Tabletten durch die Türspalte. Ob er in ihrer Kabine war, weiß ich nicht. Ich ersuchte das Mädchen, die Tabletten auch wirklich zu nehmen. Ich wollte ihr ja nur helfen; denn mit Händchenhalten und Espadrilles-Ausziehen war ihr nicht geholfen. Es interessierte mich wirklich nicht, ob ein Mädchen wie Sabeth (ihre Unbefangenheit blieb mir immer ein Rätsel) schon einmal mit einem Mann zusammengewesen ist oder nicht, ich fragte mich bloß.

Was ich damals wußte:

Ein Semester in Yale, scholarship, jetzt auf der Heimreise zur Mama, die in Athen lebt, Herr Piper hingegen in Ostdeutschland, weil immer noch vom Kommunismus überzeugt, ihre Hauptsorge in diesen Tagen: ein billiges Hotel in Paris zu finden – dann will sie mit Autostop nach Rom (was ich einen Wahnsinn fand) und weiß nicht, was aus ihr werden soll, Kinderärztin oder Kunstgewerblerin oder so etwas, vielleicht auch Stewardeß, um viel fliegen zu können, unter allen Umständen möchte sie einmal nach Indien und nach China. Sabeth schätzte mich (auf meine Frage hin) vierzig, und als sie vernahm, daß ich demnächst fünfzig bin, verwunderte es sie auch nicht. Sie selbst war zwanzig. Was ihr am meisten Eindruck machte an mir: daß ich mich an den ersten Atlantikflug von Lindbergh (1927) noch persönlich erinnere, indem ich damals zwanzig war. Sie rechnete nach, bevor sie's glaubte! An meinem Alter, von Sabeth aus gesehen, würde es nichts mehr verändert haben, glaube ich, wenn ich im gleichen Ton auch noch von Napoleon erzählt hätte. Ich stand meistens am Geländer, weil es nicht ging, daß Sabeth (meistens im Badkleid) auf dem Boden sitzt, während ich im Sessel liege; das war mir zu onkelhaft, und umgekehrt: Sabeth im Sessel, während ich mit verschränkten Beinen daneben hocke, das war ebenfalls komisch –

Keinesfalls wollte ich mich aufdrängen.

Ich spielte Schach mit Mister Lewin, der seinen Kopf bei der Landwirtschaft hatte, oder mit anderen Passagieren, die nach spätestens zwanzig Zügen matt sind; es war langweilig, aber ich langweilte lieber mich als das Mädchen, das heißt, ich ging wirklich nur zu Sabeth, wenn ich etwas zu sagen wußte.

Ich verbot ihr, Stewardeß zu werden.

Sabeth war meistens in ihr dickes Buch vertieft, und wenn sie von Tolstoi redete, fragte ich mich wirklich, was so ein Mädchen eigentlich von Männern weiß. Ich kenne Tolstoi nicht. Natürlich foppte sie mich, wenn sie sagte:

«Jetzt reden Sie wieder wie Tolstoi!»

Dabei verehrte sie Tolstoi.

Einmal, in der Bar, erzählte ich – ich weiß nicht warum – plötzlich von meinem Freund, der es nicht ausgehalten hat, und wie wir ihn gefunden haben: – zum Glück hinter geschlossenen Türen, sonst hätten die Zopilote ihn wie einen toten Esel auseinandergezerrt.

Sabeth meinte, ich übertreibe.

Ich trank meinen dritten oder vierten Pernod, lachte und berichtete, wie das aussieht, wenn einer am Draht hängt: zwei Füße über dem Boden, als könne er schweben –

Der Sessel war umgefallen.

Er hatte einen Bart.

Wozu ich's erzählte, keine Ahnung, Sabeth fand mich zynisch, weil ich lachen mußte; er war aber wirklich steif wie eine Puppe –

Dazu rauchte ich viel.

Sein Gesicht: schwarz vom Blut.

Er drehte sich wie eine Vogelscheuche im Wind –

Ferner stank er.

Seine Fingernägel violett, seine Arme grau, seine Hände weißlich, Farbe von Schwämmen –

Ich erkannte ihn nicht mehr.

Seine Zunge auch bläulich –

Eigentlich gab es gar nichts zu erzählen, einfach ein Unglücksfall, er drehte sich im warmen Wind, wie gesagt, oberhalb des Drahtes gedunsen –

Ich wollte gar nicht erzählen.

Seine Arme: steif wie zwei Stecken –

Leider waren meine Guatemala-Filme noch nicht entwickelt, man kann das nicht beschreiben, man muß es sehen, wie es ist, wenn einer so hängt.

Sabeth in ihrem blauen Abendkleidchen –

Manchmal hing er plötzlich vor meinen Augen, mein Freund, als hätten wir ihn gar nicht begraben, plötzlich – vielleicht weil in dieser Bar auch ein Radio tönte, er hatte nicht einmal sein Radio abgestellt.

So war das.

Als wir ihn fanden, wie gesagt, spielte sein Radio. Nicht laut. Zuerst meinten wir noch, es spreche jemand im andern Zimmer drüben, aber da war kein anderes Zimmer drüben, mein Freund lebte ganz allein, und erst als Musik folgte, merkten wir, daß es Radio sein mußte, natürlich stellten wir sofort ab, weil unpassend, weil Tanzmusik –

Sabeth stellte Fragen.

Warum er's getan hat?

Er sagte es nicht, sondern hing wie eine Puppe und stank, wie schon gesagt, und drehte sich im warmen Wind –

So war das.

Als ich aufstand, stürzte mein Stuhl, Lärm, Aufsehen in der Bar, aber das Mädchen stellte ihn auf, meinen Stuhl, als wäre nichts dabei, und wollte mich in die Kabine begleiten, aber ich wollte nicht.

Ich wollte auf Deck.

Ich wollte allein sein –

Ich war betrunken.

Hätte ich damals den Namen genannt, Joachim Hencke, so hätte sich alles aufgeklärt. Offenbar erwähnte ich nicht einmal seinen Vornamen, sondern redete einfach von meinem Freund, der sich in Guatemala erhängt hat, von einem tragischen Unglücksfall.

Einmal filmte ich sie.

Als Sabeth es endlich entdeckte, streckte sie die Zunge heraus; ich filmte sie mit der gestreckten Zunge, bis sie, zornig ohne Spaß, mich regelrecht anschnauzte. Was mir eigentlich einfalle? Sie fragte mich rundheraus: Was wollen Sie überhaupt von mir?

Das war am Vormittag.

Ich hätte Sabeth fragen sollen, ob sie Mohammedanerin sei, daß man sie nicht filmen darf, oder sonst abergläubisch. Was bildete das Mädchen sich ein? Ich war durchaus bereit, den betreffenden Film (mitsamt den Tele-Aufnahmen von der winkenden Ivy) herauszuziehen und in die Sonne zu halten, um alles zu löschen: Bitte! Am meisten ärgerte mich, daß ihr Ton mich den ganzen Vormittag beschäftigte, die Frage, wofür das Mädchen mich hielt, wenn sie sagte:

«Sie beobachten mich die ganze Zeit, Mister Faber, ich mag das nicht!»

Ich war ihr nicht sympathisch.

Das stand fest, und ich machte mir keine falsche Hoffnung, als ich sie später, kurz nach dem Mittagessen, an mein Versprechen erinnerte, ihr zu sagen, wenn ich den Maschinenraum besichtige.

«Jetzt?» fragte sie.

Sie mußte ein Kapitel zu Ende lesen.

«Bitte!» sagte ich.

Ich schrieb sie ab. Ohne beleidigt zu sein. Ich habe es immer so gehalten; ich mag mich selbst nicht, wenn ich andern Menschen lästig bin, und es ist nie meine Art gewesen, Frauen nachzulaufen, die mich nicht mögen; ich habe es nicht nötig gehabt, offen gestanden . . . Der Maschinenraum eines solchen Schiffes hat den Umfang einer ordentlichen Fabrik, zur Hauptsache bestehend aus dem großen Dieseltriebwerk, hinzu kommen die Anlagen für Stromerzeugung, Warmwasser, Lüftung. Wenn auch für den Fachmann nichts Ungewohntes zu sehen ist, so finde ich die Anlage als solche, bedingt durch den Schiffskörper, doch sehenswert, ganz abgesehen davon, daß es immer Freude macht, Maschinen in Betrieb zu sehen. Ich erläuterte die Hauptschaltbrettanlage, ohne auf

Einzelheiten einzugehen; immerhin erläuterte ich in Kürze, was ein Kilowatt ist, was Hydraulik ist, was ein Ampère ist, Dinge, die Sabeth natürlich aus der Schule kannte, beziehungsweise vergessen hatte, aber ohne Mühe wieder verstand. Am meisten imponierten ihr die vielen Röhren, gleichgültig wozu sie dienten, und der große Treppenschacht, Blick durch fünf oder sechs Stockwerke hinauf in den vergitterten Himmel. Es beschäftigte sie, daß die Maschinisten, die sie alle so freundlich fand, die ganze Zeit schwitzen und ihr Leben lang auf dem Ozean fahren, ohne den Ozean zu sehen. Ich bemerkte, wie sie gafften, wenn das Mädchen (das sie offensichtlich für meine Tochter hielten) von Eisenleiter zu Eisenleiter kletterte.

«Ça va, Mademoiselle, ça va?»

Sabeth kletterte wie eine Katze.

«Pas trop vite, ma petite –!»

Ihre Männer-Grimassen waren unverschämt, fand ich, aber Sabeth bemerkte überhaupt nichts von alledem, Sabeth in ihren schwarzen Cowboy-Hosen mit den ehemals weißen Nähten, der grüne Kamm in ihrer Hintertasche, ihr rötlicher Roßschwanz, der über den Rücken baumelt, unter ihrem schwarzen Pullover die zwei Schulterblätter, die Kerbe in ihrem straffen und schlanken Rücken, dann ihre Hüften, die jugendlichen Schenkel in der schwarzen Hose, die bei den Waden gekrempelt ist, ihre Knöchel – ich fand sie schön, aber nicht aufreizend. Nur sehr schön! Wir standen vor dem gläsernen Guckloch eines Dieselbrenners, den ich in Kürze erläuterte, meine Hände in den Hosentaschen, um nicht ihren nahen Arm oder ihre Schulter zu fassen wie der Baptist neulich beim Frühstück.

Ich wollte das Mädchen nicht anfassen.

Plötzlich kam ich mir senil vor –

Ich faßte ihre beiden Hüften, als ihr Fuß vergeblich nach der untersten Sprosse einer Eisenleiter suchte, und hob sie kurzerhand auf den Boden. Ihre Hüften waren merkwürdig leicht, zugleich stark, anzufassen wie das Steuerrad meines Studebakers, graziös, im Durchmesser genau so – eine Sekunde lang, dann stand sie auf dem Podest aus gelochtem Blech, ohne im mindesten zu erröten, sie dankte für die unnötige Hilfe und wischte sich ihre Hände an einem Bündel bunter Putzfäden. Auch für mich war nichts Aufreizendes dabei gewesen, und wir gingen weiter zu den großen Schraubenwellen, die ich ihr noch zeigen wollte. Probleme der Torsion, Reibungskoëffizient, Ermüdung des Stahls durch Vibration und so fort, daran dachte ich nur im stillen, beziehungsweise in einem Lärm, wo man kaum sprechen konnte – erläuterte dem Mädchen lediglich, wo wir uns jetzt befinden, nämlich wo die Schraubenwellen aus dem Schiffskörper stoßen, um draußen die Schrauben zu treiben. Man mußte brüllen. Schätzungsweise acht Meter unterm Wasserspiegel! Ich wollte mich erkundigen. Schätzungsweise! schrie ich: Vielleicht nur sechs Meter! Hinweis auf den beträchtlichen Wasserdruck, den diese Konstruktion auszuhalten hat, war schon wieder zuviel – ihre kindliche Fantasie schon draußen bei den Fischen, während ich auf die Konstruktion zeigte. Hier! rief ich und nahm ihre Hand, legte sie auf die Siebzigmillimeter-Niete, damit sie verstand, was ich erklärte. Haifische? Ich verstand kein anderes Wort. Wieso Haifische? Ich schrie zurück: Weiß ich nicht! und zeigte auf die Konstruktion, ihre Augen starrten.

Ich hatte ihr etwas bieten wollen.

Unsere Reise ging zu Ende, ich fand es schade, plötzlich das letzte Fähnlein auf der Atlantik-Karte, ein Rest von sieben Zentimetern: ein Nachmittag und eine Nacht und ein Vormittag –

Mister Lewin packte schon.

Gespräch über Trinkgelder –

Wenn ich mir vorstellte, wie man sich in vierundzwanzig Stunden verabschieden wird, Lebwohl nach allen Seiten, Lebwohl mit lauter guten Wünschen und Humor, Mister Lewin: Viel Glück in der Landwirtschaft! und unser Baptist: Viel Glück im Louvre! und das Mädchen mit dem rötlichen Roßschwanz und mit seiner unbeschriebenen Zukunft: Viel Glück! – es machte mir Mühe, wenn ich daran dachte, daß man nie wieder voneinander hören wird.

Ich saß in der Bar –

Reisebekanntschaften!

Ich wurde sentimental, was sonst nicht meine Art ist, und es gab einen großen Ball, wie offenbar üblich, es war der letzte Abend an Bord, zufällig mein fünfzigster Geburtstag; davon sagte ich natürlich nichts.

Es war mein erster Heiratsantrag.

Eigentlich saß ich mit Mister Lewin, der sich aus Bällen mit Tanz auch nichts machte, ich hatte ihn (ohne den besonderen Anlaß zu verraten) zu einem Burgunder eingeladen, zum besten, was an Bord überhaupt zu haben war (man ist nur einmal 50, dachte ich: Beaune 1933, großartig im Bouquet, im Nachgeschmack etwas dürftig, zu kurz, leider auch ein wenig trübe, was Mister Lewin, dem sogar kalifornischer Burgundy mundet, nichts ausmachte). Ich war enttäuscht (ich hatte mir meinen 50. Geburtstag etwas anders vorgestellt, offen gestanden!) von dem Wein, aber sonst zufrieden. Sabeth erschien nur so auf einen Sprung, um einen Schluck von ihrem Citron-pressé zu nehmen, dann schon wieder ein Tänzer, ihr Schnäuzchen-Grafiker, dazwischen Schiffsoffiziere in Gala, blank wie in einer Operette, Sabeth in ihrem immergleichen blauen Abendkleidchen, nicht geschmacklos, aber billig, zu kindlich . . . Ich überlegte, ob ich nicht zu Bett gehen wollte, ich spürte meinen Magen, und wir saßen zu nahe bei der Musik, ein Heidenlärm, dazu dieser kunterbunte Karneval, wo man hinsieht: Lampions, im Dunst von Zigaretten und Zigarren verschwommen wie die Sonne in Guatemala, Papierschlangen, Girlanden überall, ein Dschungel von Firlefanz, grün und rot, Herren im Smoking, schwarz wie Zopilote, deren Gefieder genau so glänzt –

Daran wollte ich nicht denken.

Übermorgen in Paris – das war ungefähr alles, was ich denken konnte in diesem Rummel – werde ich zu einem Arzt gehen, um einmal meinen Magen untersuchen zu lassen.

Es war ein komischer Abend –

Mister Lewin wurde geradezu amüsant, da er Wein nicht gewohnt war, und hatte plötzlich Mut genug, mit Sabeth zu tanzen, der Riesenkerl; sie reichte ihm bis zu den Rippen, während er, um sich nicht in Papierschlangen zu verfangen, seinen Kopf duckte. Sabeth redete zu ihm hinauf. Mister Lewin hatte keinen dunklen Anzug und tanzte alles auf Mazurka, weil in Polen geboren, Kindheit im Ghetto und so fort. Sabeth mußte sich strecken, um ihn um die Schulter zu fassen, wie ein Schulmädchen in der Straßenbahn, wenn es sich halten will. Ich saß und schwenkte meinen Burgunder, entschlossen, nicht sentimental zu werden, weil ich Geburtstag habe, und trank. Was deutsch war, trank Sekt beziehungsweise Champagner; ich mußte doch an Herbert denken, beziehungsweise an die Zukunft der deutschen Zigarre und was Herbert, allein unter Indios, wohl machte.

Später ging ich auf Deck.

Ich war vollkommen nüchtern, und als Sabeth mich aufsuchte, sagte ich sofort, sie werde sich nur erkälten, Sabeth in ihrem dünnen Abendkleidchen. Ob ich traurig sei, wollte sie wissen. Weil ich nicht tanzte. Ich finde sie lustig, ihre heutigen Tänze, lustig zum Schauen, diese existentialistische Hopserei, wo jeder für sich allein tanzt, seine eignen Faxen schwingt, verwickelt in die eignen Beine, geschüttelt wie von einem Schüttelfrost, alles etwas epileptisch, aber lustig, sehr temperamentvoll, muß ich sagen, aber ich kann das nicht.

Wieso sollte ich traurig sein?

England noch nicht in Sicht –

Dann gab ich ihr meine Jacke, damit sie sich nicht erkältete; ihr Roßschwanz wollte einfach nicht hinten bleiben, so windete es.

Die roten Kamine im Scheinwerfer –

Sabeth fand es toll, so eine Nacht auf Deck, wenn es pfeift in allen Seilen und knattert, die Segeltücher an den Rettungsbooten, der Rauch aus dem Kamin –

Die Musik war kaum noch zu hören.

Wir sprachen über Sternbilder – das Übliche, bis man weiß, wer sich im Himmel noch weniger auskennt als der andere, der Rest ist Stimmung, was ich nicht leiden kann. Ich zeigte ihr den Komet, der in jenen Tagen zu sehen war, im Norden. Es fehlte wenig, und ich hätte gesagt, daß ich Geburtstag habe. Daher der Komet! Aber es stimmte ja nicht einmal zum Spaß: der Komet war schon seit einer halben Woche sichtbar, wenn auch nie so deutlich wie in dieser Nacht, mindestens seitdem 26. IV. Also von meinem Geburtstag (29. IV.) sagte ich nichts.

«Ich wünsche mir zweierlei», sagte ich, «zum Abschied. Erstens, daß Sie nicht Stewardeß werden –»

«Zweitens?»

«Zweitens», sagte ich, «daß Sie nicht mit Autostop nach Rom fahren. Im Ernst! Lieber zahle ich Ihnen die Bahn oder das Flugzeug –»

Ich habe damals nicht einen Augenblick daran gedacht, daß wir zusammen nach Rom fahren würden, Sabeth und ich, der ich in Rom nichts verloren hatte.

Sie lachte mir ins Gesicht.

Sie mißverstand mich.

Nach Mitternacht gab es ein kaltes Buffet, wie üblich – ich behauptete, hungrig zu sein, und führte Sabeth hinunter, weil sie schlotterte, ich sah es, trotz meiner Jacke.

Ihr Kinn schlotterte.

Drunten war noch immer Ball –

Ihre Vermutung, ich sei traurig, weil allein, verstimmte mich. Ich bin gewohnt, allein zu reisen. Ich lebe, wie jeder wirkliche Mann, in meiner Arbeit. Im Gegenteil, ich will es nicht anders und schätze mich glücklich, allein zu wohnen, meines Erachtens der einzigmögliche Zustand für Männer, ich genieße es, allein zu erwachen, kein Wort sprechen zu müssen. Wo ist die Frau, die das begreift? Schon die Frage, wie ich geschlafen habe, verdrießt mich, weil ich in Gedanken schon weiter bin, gewohnt, voraus zu denken, nicht rückwärts zu denken, sondern zu planen. Zärtlichkeiten am Abend, ja, aber Zärtlichkeiten am Morgen sind mir unerträglich, und mehr als drei oder vier Tage zusammen mit einer Frau war für mich, offen gestanden, stets der Anfang der Heuchelei, Gefühle am Morgen, das erträgt kein Mann. Dann lieber Geschirr waschen!

Sabeth lachte –

Frühstück mit Frauen, ja, ausnahmsweise in den Ferien, Frühstück auf einem Balkon, aber länger als drei Wochen habe ich es nie ertragen, offen gestanden, es geht in den Ferien, wenn man sowieso nicht weiß, was anfangen mit dem ganzen Tag, aber nach drei Wochen (spätestens) sehne ich mich nach Turbinen; die Muße der Frauen am Morgen, zum Beispiel eine Frau, die am Morgen, bevor sie angekleidet ist, imstande ist, Blumen anders in die Vase zu stellen, dazu Gespräch über Liebe und Ehe, das erträgt kein Mann, glaube ich, oder er heuchelt. Ich mußte an Ivy denken; Ivy heißt Efeu, und so heißen für mich eigentlich alle Frauen. Ich will allein sein! Schon der Anblick eines Doppelzimmers, wenn nicht in einem Hotel, das man bald wieder verlassen kann, sondern Doppelzimmer als Dauer-Einrichtung, das ist für mich so, daß ich an Fremdenlegion denke –

Sabeth fand mich zynisch.

Es ist aber so, wie ich sagte.

Ich redete nicht weiter, obschon Mister Lewin, glaube ich, kein Wort verstand; er legte sofort die Hand über sein Glas, als ich nachfüllen wollte, und Sabeth, die mich zynisch fand, wurde zum Tanz geholt ... Ich bin nicht zynisch. Ich bin nur, was Frauen nicht vertragen, durchaus sachlich. Ich bin kein Unmensch, wie Ivy behauptet, und sage kein Wort gegen die Ehe; meistens fanden die Frauen selbst, daß ich mich nicht dafür eigne. Ich kann nicht die ganze Zeit Gefühle haben. Alleinsein ist der einzigmögliche Zustand für mich, denn ich bin nicht gewillt, eine Frau unglücklich zu machen, und Frauen neigen ja dazu, unglücklich zu werden. Ich gebe zu: Alleinsein ist nicht immer lustig, man ist nicht immer in Form. Übrigens habe ich die Erfahrung gemacht, daß Frauen, sobald unsereiner nicht in Form ist, auch nicht in Form bleiben; sobald sie sich langweilen, kommen die Vorwürfe, man habe keine Gefühle. Dann, offen gestanden, langweile ich mich noch lieber allein. Ich gebe zu: auch ich bin nicht immer für Television aufgelegt (obschon überzeugt, daß die Television in den nächsten Jahren auch noch besser wird, nebenbei bemerkt) und Stimmungen ausgeliefert, aber gerade dann begrüße ich es, allein zu sein. Zu den glücklichsten Minuten, die ich kenne, gehört die Minute, wenn ich eine Gesellschaft verlassen habe, wenn ich in meinem Wagen sitze, die Türe zuschlage und das Schlüsselchen stecke, Radio andrehe, meine Zigarette anzünde mit dem Glüher, dann schalte, Fuß auf Gas; Menschen sind eine Anstrengung für mich, auch Männer. Was die Stimmung betrifft, so mache ich mir nichts daraus, wie gesagt. Manchmal wird man weich, aber man fängt sich wieder. Ermüdungserscheinungen! Wie beim Stahl. Gefühle, so habe ich festgestellt, sind Ermüdungserscheinungen, nichts weiter, jedenfalls bei mir. Man macht schlapp! Dann hilft es auch nichts, Briefe zu schreiben, um nicht allein zu sein. Es ändert nichts; nachher hört man doch nur seine eignen Schritte in der leeren Wohnung. Schlimmer noch: diese Radio-Sprecher, die Hundefutter anpreisen, Backpulver oder was weiß ich, dann plötzlich verstummen: Auf Wiederhören morgen früh! Dabei ist es erst zwei Uhr. Dann Gin, obschon ich Gin, einfach so, nicht mag, dazu Stimmen von der Straße, Hupen beziehungsweise das Dröhnen der Subway, ab und zu das Dröhnen von Flugzeugen, es ist ja egal. Es kommt vor, daß ich dann einfach einschlafe, die Zeitung auf dem Knie, die Zigarette auf dem Teppich. Ich reiße mich zusammen. Wozu? Irgendwo noch ein Spätsender mit Sinfonien, die ich abstelle. Was weiter? Dann stehe ich einfach da, Gin im Glas, den ich nicht mag, und trinke; ich stehe, um keine Schritte zu hören in meiner Wohnung, Schritte, die doch nur meine eignen sind. Alles ist nicht tragisch, nur mühsam: Man kann sich nicht selbst Gutnacht sagen – Ist das ein Grund zum Heiraten?

Sabeth, von ihrem Tanz zurück, um ihr Citron-pressé zu trinken, stupste mich: – Mister Lewin schlief, der Riesenkerl, lächelnd, als sehe er den ganzen Rummel auch so, die Papierschlangen, die Kinderballons, die sich die Paare gegenseitig verknallen mußten.

Was ich die ganze Zeit denke? fragte sie.

Ich wußte es nicht.

Was sie denn denke? fragte ich.

Sie wußte es sofort:

«Sie sollten heiraten, Mister Faber!»

Dann neuerdings ihr Freund, der sie draußen auf allen Decks gesucht hatte, um sie zum Tanz zu bitten, sein Blick zu mir –

«Aber bitte sehr!» sagte ich.

Ich behielt nur ihre Handtasche.

Ich wußte genau, was ich denke. Es gibt keine Wörter dafür. Ich schwenkte mein Glas, um zu riechen, und wollte nicht daran denken, wie Mann und Weib sich paaren, trotzdem die plötzliche Vorstellung davon, unwillkürlich, Verwunderung, Schreck wie im Halbschlaf. Warum gerade so? Einmal von außen gedacht: Wieso eigentlich mit dem Unterleib? Man hält es, wenn man so sitzt und die Tanzenden sieht und es sich in aller Sachlichkeit vorstellt, nicht für menschenmöglich. Warum gerade so? Es ist absurd, wenn man nicht selber durch Trieb dazu genötigt ist, man kommt sich verrückt vor, auch nur eine solche Idee zu haben, geradezu pervers.

Ich bestellte Bier –

Vielleicht liegt's nur an mir.

Die Tanzenden, nebenbei gesehen, waren eben dabei, eine Orange zu halten mit zwei Nasen, so zu tanzen –

Wie ist es für Lajser Lewin?

Er schnarchte tatsächlich, nicht zu sprechen, sein halboffener Mund dabei: wie der rötliche Mund von einem Fisch am grünen Aquarium-Glas! fand ich –

Ich dachte an Ivy.

Wenn ich Ivy umarme und dabei denke: Ich sollte meine Filme entwickeln lassen, Williams anrufen! Ich könnte im Kopf irgendein Schach-Problem lösen, während Ivy sagt: I'm happy, o Dear, so happy, o Dear, o Dear! Ich spüre ihre zehn Finger um meinen Hinterkopf, ich sehe ihren epileptisch-glücklichen Mund und das Bild an der Wand, das wieder schief hängt, ich höre den Lift, ich überlege mir, welches Datum wir heute haben, ich hörte ihre Frage: You're happy? und ich schließe die Augen, um an Ivy zu denken, die ich in meinen Armen habe und küsse aus Versehen meinen eignen Ellbogen. Nachher ist alles wie vergessen. Ich vergesse, Williams anzurufen, obschon ich die ganze Zeit daran gedacht habe. Ich stehe am offenen Fenster und rauche endlich meine Zigarette, während Ivy draußen einen Tee macht, und weiß plötzlich, welches Datum. Aber es spielt gar keine Rolle, welches Datum.

Alles wie nie gewesen! Dann höre ich, daß jemand ins Zimmer gekommen ist, und wende mich, und es ist Ivy im Morgenrock, die unsere zwei Tassen bringt, dann gehe ich zu ihr und frage: Ivy! und küsse sie, da sie ein lieber Kerl ist, obschon sie nicht begreift, daß ich lieber allein sein möchte –

Plötzlich stand unser Schiff.

Mister Lewin, plötzlich erwacht, obschon ich kein Wort gesprochen hatte, wollte wissen, ob wir in Southampton sind. Lichter draußen –

Wahrscheinlich Southampton.

Mister Lewin erhob sich und ging auf Deck.

Ich trank mein Bier und versuchte, mich zu erinnern, ob es mit Hanna (damals) auch absurd gewesen ist, ob es immer absurd gewesen ist.

Jedermann ging auf Deck.

Als Sabeth in den Papierschlangensaal zurückkam, um ihre Handtasche zu holen, wunderte ich mich: sie verabschiedete ihren Freund, der eine saure Miene machte, und setzte sich neben mich. Ihr Hanna-Mädchen-Gesicht! Sie bat um Zigaretten, wollte nach wie vor wissen, was ich denn die ganze Zeit grübelte, und irgend etwas mußte ich ja sagen: ich gab ihr das Feuer, das ihr junges Gesicht erhellte, und fragte, ob sie mich denn heiraten würde.

Sabeth errötete.

Ob ich das ernst meine?

Warum nicht!

Draußen die Ausschiffung, die man gesehen haben mußte; es war kalt, aber Ehrenpflicht, Damen schlotterten in ihren Abendkleidern, Nebel, die Nacht voller Lichter, Herren in Smokings, die ihre Damen mit Umarmungen zu wärmen suchten, Scheinwerfer, die den Verlad beleuchteten, Herren in bunten Papiermützen, Lärm der Krane, aber alles im Nebel; die Blinkfeuer an der Küste –

Wir standen ohne Berührung.

Ich hatte gesagt, was ich nie habe sagen wollen, aber gesagt war gesagt, ich genoß es, unser Schweigen, ich war wieder vollkommen nüchtern, dabei keine Ahnung, was ich denke, wahrscheinlich nichts.

Mein Leben lag in ihrer Hand –

Für eine Weile kam Mister Lewin dazwischen, ohne zu stören, im Gegenteil, wir waren ganz froh, Sabeth auch, glaube ich, wir standen Arm in Arm und plauderten mit Mister Lewin, der seinen Burgunder ausgeschlafen hatte, Beratung über die Trinkgeldfrage und Derartiges. Unser Schiff lag mindestens eine Stunde vor Anker, es tagte bereits. Als wir wieder allein standen, die letzten auf dem nassen Deck, und als Sabeth mich fragte, ob ich's wirklich im Ernst meine, küßte ich sie auf die Stirn, dann auf ihre kalten und zitternden Augenlider, sie schlotterte am ganzen Leib, dann auf ihren Mund, wobei ich erschrak. Sie war mir fremder als je ein Mädchen. Ihr halboffener Mund, es war unmöglich;

ich küßte die Tränennässe aus ihren Augenhöhlen, zu sagen gab es nichts, es war unmöglich.

Anderntags Ankunft in Le Havre.

Es regnete, und ich stand auf dem Oberdeck, als das fremde Mädchen mit dem rötlichen Roßschwanz über die Brücke ging, Gepäck in beiden Händen, weswegen sie nicht winken konnte. Sie sah mein Winken, glaube ich. Ich hatte filmen wollen, ich winkte noch immer, ohne sie im Gedränge zu sehen. Später beim Zoll, als ich gerade meinen Koffer aufmachen mußte, sah ich ihren rötlichen Roßschwanz noch einmal; sie nickte auch und lächelte, Gepäck in beiden Händen, sie sparte sich einen Träger und schleppte viel zu schwer, ich konnte aber nicht helfen, sie verschwand im Gedränge – Unser Kind! Aber das konnte ich damals nicht wissen, trotzdem würgte es mich regelrecht in der Kehle, als ich sah, wie sie einfach im Gedränge unterging. Ich hatte sie gern. Nur so viel wußte ich. Im Sonderzug nach Paris hätte ich nochmals durch alle Wagen gehen können. Wozu? Wir hatten Abschied genommen.

In Paris versuchte ich sofort, Williams anzurufen, um wenigstens mündlich meinen Rapport zu geben; er sagte Gutentag (Hello) und hatte keine Zeit, meine Erklärung anzuhören. Ich fragte mich, ob irgend etwas los ist ... Paris war wie üblich, eine Woche voll Konferenzen, ich wohnte wie üblich am Quai Voltaire, hatte wieder mein Zimmer mit Blick auf die Seine und auf diesen Louvre, den ich noch nie besucht hatte, gerade gegenüber.

Williams war merkwürdig –

«It's okay», sagte er, «it's okay», immer wieder, während ich Rechenschaft ablegte wegen meiner kurzen Guatemala-Reise, die ja, wie sich in Caracas herausgestellt hatte, keinerlei Verzögerung bedeutete, da unsere Turbinen noch gar nicht zur Montage bereit waren, ganz abgesehen davon, daß ich ja zu den Konferenzen hier in Paris, die das wichtigste Ereignis dieses Monats darstellten, rechtzeitig eingetroffen war. «It's okay», sagte er, noch als ich von dem scheußlichen Selbstmord meines Jugendfreundes berichtete.

«It's okay», und zum Schluß sagte er: «What about some holidays, Walter?»

Ich begriff ihn nicht.

«What about some holidays?» sagte er, «You're looking like –» Wir wurden unterbrochen.

«This is Mr. Faber, this is –»

Ob Williams es übelnahm, daß ich nicht geflogen, sondern ausnahmsweise einmal mit dem Schiff gekommen war, weiß ich nicht; seine Anspielung, ich hätte Ferien sehr nötig, konnte ja nur ironisch gemeint sein, denn ich war sonnengebräunt wie noch selten, nach der Esserei an Bord auch weniger hager als sonst, dazu sonnengebräunt –

Williams war merkwürdig.

Später, nach der Konferenz, ging ich in ein Restaurant, das ich nicht kannte, allein und verstimmt, wenn ich an Williams dachte. Er war sonst nicht kleinlich. Meinte er vielleicht, ich habe in Guatemala oder sonstwo auf der Strecke ein bißchen love-affair gemacht? Sein Lächeln kränkte mich, da ich in beruflichen Dingen, wie erwähnt, die Gewissenhaftigkeit in Person bin; noch nie – und das wußte Williams genau! – bin ich wegen einer Frau auch nur eine halbe Stunde später zur Konferenz gekommen. Das gab es einfach nicht bei mir. Vor allem aber verstimmte mich, daß mich sein Mißtrauen oder was es nun war, wenn er immerzu sagte: It's okay! überhaupt beschäftigte, derart, daß der Kellner mich auch noch wie einen Idioten behandelte.

«Beaune, Monsieur, c'est un vin rouge.»

«It's okay», sagte ich.

«Du vin rouge», sagte er, «du vin rouge – avec des poissons?»

Ich hatte einfach vergessen, was ich bestellt habe, ich hatte anderes im Kopf; kein Grund, deswegen einen roten Kopf zu bekommen – ich war wütend, wie dieser Kellner (als bediene er einen Barbar) mich unsicher machte. Ich habe schließlich nicht nötig, Minderwertigkeitsgefühle zu haben, ich leiste meine Arbeit, es ist nicht mein Ehrgeiz, ein Erfinder zu sein, aber so viel wie ein Baptist aus Ohio, der sich über die Ingenieure lustig macht, leiste ich auch, ich glaube: was unsereiner leistet, das ist nützlicher, ich leite Montagen, wo es in die Millionen geht, und hatte schon ganze Kraftwerke unter mir, habe in Persien gewirkt und in Afrika (Liberia) und Panama, Venezuela, Peru, ich bin nicht hinterm Mond daheim – wie dieser Kellner offenbar meinte.

«Voilà, Monsieur! –»

Das Theater, wenn sie die Flasche zeigen, dann entkorken, dann einen Probeschluck einfüllen – fragen:

«Il est bon?»

Ich hasse Minderwertigkeitsgefühle.

«It's okay», sagte ich und ließ mich nicht einschüchtern, ich bemerkte genau den Zapfengeruch, aber wollte keine Debatte, «it's okay.»

Ich hatte andres im Kopf.

Ich war der einzige Gast, weil noch früh am Abend, und was mich irritierte, war lediglich der Spiegel gegenüber, Spiegel in Goldrahmen. Ich sah mich, sooft ich aufblickte, sozusagen als Ahnenbild: Walter Faber, wie er Salat ißt, in Goldrahmen. Ich hatte Ringe unter den Augen, nichts weiter, im übrigen war ich sonnengebräunt, wie gesagt, lange nicht so hager wie üblich, im Gegenteil, ich sah ausgezeichnet aus. Ich bin nun einmal (das wußte ich auch ohne Spiegel) ein Mann in den besten Jahren, grau, aber sportlich. Ich halte nichts von schönen Männern. Daß meine Nase etwas lang ist, hat mich in der Pubertät beschäftigt, seither nicht mehr; seither hat es genug Frauen gegeben, die mich von falschen Minderwertigkeitsgefühlen befreit haben, und was mich irritierte, war einzig und allein dieses Lokal: wo man hinblickte, gab es Spiegel, ekelhaft, dazu die endlose Warterei auf meinen Fisch. Ich reklamierte entschieden, zwar hatte ich Zeit, aber das Gefühl, daß die Kellner mich nicht ernst nehmen, ich weiß nicht warum, ein leeres Etablissement mit fünf Kellnern, die miteinander flüstern, und ein einziger Gast: Walter Faber, der Brot verkrümelt, in Goldrahmen, wohin ich auch blicke; mein Fisch, als er endlich kam, war ausgezeichnet, aber schmeckte mir überhaupt nicht, ich weiß nicht, was mit mir los war.

«You are looking like –»

Nur wegen dieser blöden Bemerkung von Williams (dabei mag er mich, das weiß ich!) blickte ich immer wieder, statt meinen Fisch zu essen, in diese lächerlichen Spiegel, die mich insgesamt in achtfacher Ausfertigung zeigten:

Natürlich wird man älter –

Natürlich bekommt man bald eine Glatze –

Ich bin nicht gewohnt, zu Ärzten zu gehen, nie in meinem Leben krank gewesen, abgesehen vom Blinddarm – ich blickte in die Spiegel, bloß weil Williams gesagt hatte: What about some holidays, Walter? Dabei war ich sonnengebräunt wie noch selten. In den Augen eines jungen Mädchens, das Stewardeß werden möchte, war ich ein gesetzter Herr, mag sein, jedoch nicht lebensmüde, im Gegenteil, ich vergaß sogar, in Paris zu einem Arzt zu gehen, wie ich es mir eigentlich vorgenommen hatte –

Ich fühlte mich vollkommen normal.

Anderntags (Sonntag) ging ich in den Louvre, aber von einem Mädchen mit rötlichem Roßschwanz war nichts zu sehen, dabei verweilte ich eine volle Stunde in diesem Louvre.

Meine erste Erfahrung mit einer Frau, die allererste, habe ich eigentlich vergessen, das heißt, ich erinnere mich überhaupt nicht daran, wenn ich nicht will. Sie war die Gattin meines Lehrers, der mich damals, kurz vor meiner Maturität, über einige Wochenende zu sich ins Haus nahm; ich half ihm bei den Korrekturen einer Neuauflage seines Lehrbuches, um etwas zu verdienen. Mein sehnlichster Wunsch war ein Motorrad, eine Occasion, das Vehikel konnte noch so alt sein, wenn es nur lief. Ich mußte Figuren zeichnen, Lehrsatz des Pythagoras und so, in Tusche, weil ich in Mathematik und Geometrie der beste Schüler war. Seine Gattin war natürlich, von meinem damaligen Alter aus gesehen, eine gesetzte Dame, vierzig, glaube ich, lungenkrank, und wenn sie meinen Bubenkörper küßte, kam sie mir wie eine Irre vor oder wie eine Hündin; dabei nannte ich sie nach wie vor Frau Professor. Das war absurd. Ich vergaß es von Mal zu Mal; nur wenn mein Lehrer ins Klassenzimmer trat und die Hefte aufs Pult legte, ohne etwas zu sagen, hatte ich Angst, er habe es erfahren und die ganze Welt werde es erfahren. Meistens war ich der erste, den er aufrief, wenn es ans Verteilen der Hefte ging, und man mußte vor die Klasse treten – als der einzige, der keinen Fehler gemacht hat. Sie starb noch im gleichen Sommer, und ich vergaß es, wie man Wasser vergißt, das man irgendwo im Durst getrunken hat. Natürlich kam ich mir schlecht vor, weil ich es vergaß, und ich zwang mich, einmal im Monat an ihr Grab zu gehen; ich nahm ein paar Blumen aus meiner Mappe, wenn niemand es sah, und legte sie geschwind auf das Grab, das noch keinen Grabstein hatte, nur eine Nummer; dabei schämte ich mich, weil ich jedesmal froh war, daß es vorbei ist.

Nur mit Hanna ist es nie absurd gewesen.

Es war Frühling, aber es schneite, als wir in den Tuilerien saßen, Schneegestöber aus blauem Himmel; wir hatten uns fast eine Woche lang nicht gesehen, und sie war froh um unser Wiedersehen, schien mir, wegen der Zigaretten, sie war bankrott.

«Das habe ich Ihnen auch nie geglaubt», sagte sie, «daß Sie nie in den Louvre gehen –»

«Jedenfalls selten.»

«Selten!» lachte sie. «Vorgestern schon habe ich Sie gesehen – unten bei den Antiken – und gestern auch.»

Sie war wirklich ein Kind, wenn auch Kettenraucherin, sie hielt es wirklich für Zufall, daß man sich in diesem Paris nochmals getroffen hatte. Sie trug wieder ihre schwarzen Hosen und ihre Espadrilles, dazu Kapuzenmantel, natürlich keinerlei Hut, sondern nur ihren rötlichen Roßschwanz, und es schneite, wie gesagt, sozusagen aus blauem Himmel.

«Haben Sie denn nicht kalt?»

«Nein», sagte sie, «aber Sie!»

Um 16.00 Uhr hatte ich nochmals Konferenz –

«Trinken wir einen Kaffee?» sagte ich.

«Oh», sagte sie, «sehr gerne.»

Als wir über die Place de la Concorde gingen, gehetzt vom Pfiff eines Gendarmen, gab sie mir ihren Arm. Das hatte ich nicht erwartet. Wir mußten rennen, da der Gendarm bereits seinen weißen Stab hob, eine Meute von Autos startete auf uns los; auf dem Trottoir, Arm in Arm gerettet, stellte ich fest, daß ich meinen Hut verloren hatte – er lag draußen im braunen Matsch, bereits von einem Pneu zerquetscht. Eh bien! sagte ich und ging Arm in Arm mit dem Mädchen weiter, hutlos wie ein Jüngling im Schneegestöber.

Sabeth hatte Hunger.

Um mir nichts einzubilden, sagte ich mir, daß unser Wiedersehen sie freut, weil sie fast kein Geld mehr hat; sie futterte Patisserie, so daß sie kaum aufblicken konnte, kaum reden . . . Ihre Idee, mit Autostop nach Rom zu reisen, war ihr nicht auszureden; sie hatte sogar ein genaues

Programm: Avignon, Nîmes, Marseille nicht unbedingt, aber unbedingt Pisa, Firenze, Siena, Orvieto, Assisi und was weiß ich, sie hatte es an jenem Vormittag schon versucht, aber offenbar an der falschen Ausfallstraße.

«Und Ihre Mama weiß das?»

Sie behauptete: ja.

«Ihre Mama macht sich keine Sorgen?»

Ich saß nur noch, weil ich zahlen mußte, zum Gehen bereit, meine Mappe auf das Knie gestützt; gerade jetzt, wo Williams so merkwürdig tat, wollte ich nicht zu spät zur Konferenz kommen.

«Natürlich macht sie sich Sorgen», sagte das Mädchen, während sie das letzte Restchen ihrer Patisserie zusammenlöffelte, nur durch Erziehung daran verhindert, ihren Teller auch noch mit der Zunge zu lekken, und lachte, «Mama macht sich immer Sorgen –»

Später sagte sie:

«Ich habe ihr versprechen müssen, daß ich nicht mit jedermann fahre – aber das ist ja klar, ich bin ja nicht blöd.»

Ich hatte unterdessen gezahlt.

«Ich danke Ihnen», sagte sie.

Ich wagte nicht zu fragen: Was machen Sie denn heute abend? Ich wußte immer weniger, was für ein Mädchen sie eigentlich war. Unbekümmert in welchem Sinn? Vielleicht ließ sie sich wirklich von jedem Mann einladen, eine Vorstellung, die mich nicht entrüstete, aber eifersüchtig machte, geradezu sentimental.

«Ob wir uns nochmals sehen?» fragte ich und fügte sofort hinzu: «Wenn nicht, dann wünsche ich Ihnen alles Gute –»

Ich mußte wirklich gehen.

«Sie bleiben noch hier?»

Ja«, sagte sie, «ich habe ja Zeit –»

Ich stand bereits.

«Wenn Sie Zeit haben», sagte ich, «mir einen Gefallen zu erweisen –»

Ich suchte meinen verlorenen Hut.

«Ich wollte in die Opéra», sagte ich, «aber ich habe noch keine Karten –»

Ich staunte selbst über meine Geistesgegenwart, ich war noch nie in der Opéra gewesen, versteht sich, aber Sabeth mit ihrer Menschenkenntnis zweifelte nicht eine Sekunde, obschon ich nicht wußte, was in der Opéra gegeben wurde, und nahm das Geld für die Karten, bereit, mir einen Gefallen zu erweisen.

«Wenn Sie auch Lust haben», sagte ich, «nehmen Sie zwei, und wir treffen uns um sieben Uhr – hier.»

«Zwei?»

«Es soll großartig sein!»

Das hatte ich von Mrs. Williams gehört.

«Mister Faber», sagte sie, «das kann ich aber nicht annehmen –»

Zur Konferenz kam ich verspätet.

Ich hatte Professor O. wirklich nicht erkannt, wie er da plötzlich vor mir steht: Wohin denn so eilig, Faber, wohin denn? Sein Gesicht ist nicht einmal bleich, aber vollkommen verändert; ich weiß nur: Dieses Gesicht kenne ich. Sein Lachen kenne ich, aber woher? Er muß es gemerkt haben. Kennen Sie mich denn nicht mehr? Sein Lachen ist gräßlich geworden. Jaja, lacht er, ich habe etwas durchgemacht! Sein Gesicht ist kein Gesicht mehr, sondern ein Schädel mit Haut drüber, sogar mit Muskeln, die eine Mimik machen, und die Mimik erinnert mich an Professor O., aber es ist ein Schädel, sein Lachen viel zu groß, es entstellt sein Gesicht, viel zu groß im Verhältnis zu den Augen, die weit hinten liegen. Herr Professor! sage ich und muß aufpassen, daß ich nicht sage: Ich weiß, man sagte es mir, daß Sie gestorben sind. Statt dessen: Wie geht's denn immer? Er ist nie so herzlich gewesen, ich habe ihn geschätzt, aber herzlich wie jetzt, da ich die Taxi-Türe halte, ist er nie gewesen. Frühling in Paris! lacht er, und es ist nicht einzusehen, warum er immer lacht, ich kenne ihn als Professor der ETH und nicht als Clown, aber sobald er den Mund aufmacht, sieht es aus wie Lachen. Jaja, lacht er, jetzt geht's wieder besser! Dabei lacht er nämlich gar nicht, so wenig wie ein Totenschädel lacht, es wirkt nur so, und ich entschuldige mich, daß ich ihn in der Eile nicht sofort erkannt habe. Er hat einen Bauch, was er nie gehabt hat, einen Ballon von Bauch, der unter den Rippen hervorquillt, alles andere ist mager, seine Haut wie Leder oder wie Lehm, seine Augen lebhaft, aber weit hinten. Ich erzähle irgend etwas. Seine Ohren stehen ab. Wohin denn so eilig? lacht er und fragt mich, ob ich nicht zu einem Apéro komme. Auch seine Herzlichkeit, wie gesagt, ist viel zu groß; er ist mein Professor gewesen damals in Zürich, ich habe ihn geschätzt, aber ich habe wirklich keine Zeit für einen Apéro. Lieber Herr Professor! Das habe ich sonst nie gesagt. Lieber Herr Professor! sage ich, weil er mich am Arm faßt, und weiß, was jedermann weiß; aber er, scheint es, weiß es nicht. Er lacht. Dann halt ein andermal! sagte er, und ich weiß genau, daß dieser Mann eigentlich schon gestorben ist, und sage: Gerne! und steige in meinen Taxi –

Die Konferenz ging mich nichts an.

Professor O. ist für mich immer eine Art Vorbild gewesen, obschon kein Nobelpreisträger, keiner von den Professoren der ETH Zürich, die Weltruhm genießen, immerhin ein seriöser Fachmann – Ich werde nie vergessen, wie wir in weißen Zeichenmänteln, Studenten, um ihn herumstehen und lachen über seine Offenbarung: Eine Hochzeitsreise (so sagte er immer) genügt vollkommen, nachher finden Sie alles Wichtige in Publikationen, lernen Sie fremde Sprachen, meine Herren, aber Reisen, meine Herren, ist mittelalterlich, wir haben heute schon Mittel der

Kommunikation, geschweige denn morgen und übermorgen, Mittel der Kommunikation, die uns die Welt ins Haus liefern, es ist ein Atavismus, von einem Ort zum andern zu fahren. Sie lachen, meine Herren, aber es ist so, Reisen ist ein Atavismus, es wird kommen der Tag, da es überhaupt keinen Verkehr mehr gibt, und nur noch die Hochzeitspaare werden mit einer Droschke durch die Welt fahren, sonst kein Mensch – Sie lachen, meine Herren, aber Sie werden es noch erleben!

Plötzlich stand er in Paris.

Vielleicht hat er darum immerzu gelacht. Vielleicht stimmt's gar nicht, daß er (wie es hieß) Magenkrebs hat, und er lacht, weil seit zwei Jahren jedermann sagt, daß die Ärzte ihm keine zwei Monate mehr geben, er lacht über uns; er ist so sicher, daß wir uns ein andermal sehen –

Die Konferenz dauerte knapp zwei Stunden.

«Williams», sagte ich, «I changed my mind.»

«What's the matter?»

«Well, I changed my mind –»

Williams fuhr mich zu meinem Hotel, während ich darlegte, daß ich doch daran denke, ein bißchen auszusetzen, ein bißchen Ferien zu machen, frühlingshalber, zwei Wochen oder so, eine kleine Reise (trip) nach Avignon und Pisa, Florenz, Rom, er war keineswegs merkwürdig, im Gegenteil, Williams war großartig wie je: sofort bot er seinen Citroën an, da er anderntags nach New York flog.

«Walter», sagte er, «have a nice time!»

Ich rasierte mich und kleidete mich um. Für den Fall, daß es mit der Opéra klappen sollte. Ich war viel zu früh, obschon ich zu Fuß in die Champs-Élysées ging. Ich setzte mich übrigens in ein Café nebenan, Glasveranda mit Infra-Heizung, und hatte noch kaum meinen Pernod bekommen, als das fremde Mädchen mit dem Roßschwanz vorbeiging, ohne mich zu sehen, ebenfalls viel zu früh, ich hätte sie rufen können –

Sie setzte sich ins Café.

Ich war glücklich und trank meinen Pernod, ohne zu eilen, ich beobachtete sie durchs Glas der Veranda, wie sie bestellte, wie sie wartete, wie sie rauchte und einmal auf die Uhr blickte. Sie trug den schwarzen Kapuzenmantel mit den Hölzchen und Schnüren, darunter ihr blaues Abendkleidchen, bereit für die Opéra, eine junge Dame, die ihr Rouge prüft. Sie trank Citron-pressé. Ich war glücklich wie noch nie in diesem Paris und wartete auf den Kellner, um zu zahlen, um gehen zu können – hinüber zu dem Mädchen, das auf mich wartet! – dabei war ich fast froh, daß der Kellner mich immer wieder warten ließ, obschon ich protestierte; ich konnte nie glücklicher sein als jetzt.

Seit ich weiß, wie alles gekommen ist, vor allem angesichts der Tatsache, daß das junge Mädchen, das mich in die Pariser Opéra begleitete, dasselbe Kind gewesen ist, das wir beide (Hanna auch) mit Rücksicht auf unsere persönlichen Umstände, ganz abgesehen von der politischen Weltlage damals, nicht hatten haben wollen, habe ich mit mehreren und verschiedenartigen Leuten darüber gesprochen, wie sie sich zur Schwangerschaftsunterbrechung stellen, und dabei festgestellt, daß sie (wenn man es grundsätzlich betrachtet) meine Ansicht teilen. Schwangerschaftsunterbrechung ist heutzutage eine Selbstverständlichkeit. Grundsätzlich betrachtet: Wo kämen wir hin ohne Schwangerschaftsunterbrechungen? Fortschritt in Medizin und Technik nötigen gerade den verantwortungsbewußten Menschen zu neuen Maßnahmen. Verdreifachung der Menschheit in einem Jahrhundert. Früher keine Hygiene. Zeugen und gebären und im ersten Jahr sterben lassen, wie es der Natur gefällt, das ist primitiver, aber nicht ethischer. Kampf gegen das Kindbettfieber. Kaiserschnitt. Brutkasten für Frühgeburten. Wir nehmen das Leben ernster als früher. Johann Sebastian Bach hatte dreizehn Kinder (oder so etwas) in die Welt gestellt, und davon lebten nicht 50 Prozent. Menschen sind keine Kaninchen, Konsequenz des Fortschrittes: wir haben die Sache selbst zu regeln. Die drohende Überbevölkerung unserer Erde. Mein Oberarzt war in Nordafrika, er sagt wörtlich: Wenn die Araber eines Tages dazu kommen, ihre Notdurft nicht rings um ihr Haus herum zu verrichten, so ist mit einer Verdoppelung der arabischen Bevölkerung innerhalb von zwanzig Jahren zu rechnen. Wie die Natur es überall macht: Überproduktion, um die Erhaltung der Art sicherzustellen. Wir haben andere Mittel um die Erhaltung der Art sicherzustellen. Heiligkeit des Lebens! Die natürliche Überproduktion (wenn wir drauflos gebären wie die Tiere) wird zur Katastrophe; nicht Erhaltung der Art, sondern Vernichtung der Art. Wieviel Menschen ernährt die Erde? Steigerung ist möglich, Aufgabe der Unesco: Industrialisierung der unterentwickelten Gebiete, aber die Steigerung ist nicht unbegrenzt. Politik vor ganz neuen Problemen. Ein Blick auf die Statistik: Rückgang der Tuberkulose beispielsweise, Erfolg der Prophylaxe, Rückgang von 30 Prozent auf 8 Prozent. Der liebe Gott! Er machte es mit Seuchen; wir haben ihm die Seuchen aus der Hand genommen. Folge davon: wir müssen ihm auch die Fortpflanzung aus der Hand nehmen. Kein Anlaß zu Gewissensbissen, im Gegenteil: Würde des Menschen, vernünftig zu handeln und selbst zu entscheiden. Wenn nicht, so ersetzen wir die Seuchen durch Krieg. Schluß mit Romantik. Wer die Schwangerschaftsunterbrechung grundsätzlich ablehnt, ist romantisch und unverantwortlich. Es sollte nicht aus Leichtsinn geschehen, das ist klar, aber grundsätzlich: wir müssen den Tatsachen ins Auge sehen, beispielsweise der Tatsache, daß die Existenz der Menschheit nicht zuletzt eine Rohstoff-Frage ist. Unfug der staatlichen Geburtenförderung in faschistischen Ländern, aber auch in Frankreich. Frage des Lebensraumes. Nicht zu vergessen die Automation: wir brauchen gar nicht mehr so viele Leute. Es wäre gescheiter, Lebensstandard zu heben. Alles andere führt zum Krieg und zur totalen Vernichtung. Unwissenheit, Unsachlichkeit noch immer sehr verbreitet. Es sind immer die Moralisten, die das meiste Unheil anrichten. Schwangerschaftsunterbrechung: eine Konsequenz der Kultur, nur der Dschungel gebärt und verwest, wie die Natur will. Der Mensch plant. Viel Unglück aus Romantik, die Unmenge katastrophaler Ehen, die aus bloßer Angst vor Schwangerschaftsunterbrechung geschlossen werden heute noch. Unterschied zwischen Verhütung und Eingriff? In jedem Fall ist es ein menschlicher Wille, kein Kind zu haben. Wie viele Kinder sind wirklich gewollt? Etwas anderes ist es, daß die Frau eher will, wenn es einmal da ist, Automatismus der Instinkte, sie vergißt, daß sie es hat vermeiden wollen, dazu Gefühl der Macht gegenüber dem Mann, Mutterschaft als wirtschaftliches Kampfmittel der Frau. Was heißt Schicksal? Es ist lächerlich, Schicksal abzuleiten aus mechanisch-physiologischen Zufällen, es ist eines modernen Menschen nicht würdig. Kinder sind etwas, was wir wollen, beziehungsweise nicht wollen. Schädigung der Fau? Physiologisch jedenfalls nicht, wenn nicht Eingriff durch Pfuscher; psychisch nur insofern, als die betroffene Person von moralischen oder religiösen Vorstellungen beherrscht wird. Was wir ablehnen: Natur als Götze! Dann müßte man schon konsequent sein: dann auch kein Penicillin, keine Blitzableiter, keine Brille, kein DDT, kein Radar und so weiter. Wir leben technisch, der Mensch als Beherrscher der Natur, der Mensch als Ingenieur, und wer dagegen redet, der soll auch keine Brücke benutzen, die nicht die Natur gebaut hat. Dann müßte man schon konsequent sein und jeden Eingriff ablehnen, das heißt: sterben an jeder Blinddarmentzündung. Weil Schicksal! Dann auch keine Glühbirne, keinen Motor, keine Atom-Energie, keine Rechenmaschine, keine Narkose – dann los in den Dschungel!

Unsere Reise durch Italien – ich kann nur sagen, daß ich glücklich gewesen bin, weil auch das Mädchen, glaube ich, glücklich gewesen ist trotz Altersunterschied.

Ihr Spott über die jungen Herren:

«Buben!» sagte sie. «Das kannst du dir ja nicht vorstellen – man kommt sich wie ihre Mutter vor, und das ist furchtbar!»

Wir hatten fantastisches Wetter.

Was mir Mühe machte, war lediglich ihr Kunstbedürfnis, ihre Manie, alles anzuschauen. Kaum in Italien, gab es keine Ortschaft mehr, wo ich nicht stoppen mußte: Pisa, Florenz, Siena, Perugia, Arezzo, Orvieto, Assisi. – Ich bin nicht gewohnt, so zu reisen. In Florenz rebellierte ich, indem ich ihren Fra Angelico, offen gesagt, etwas kitschig fand. Ich verbesserte mich dann: Naiv. Sie bestritt es nicht, im Gegenteil, sie war begeistert; es kann ihr nicht naiv genug sein.

Was ich genoß: Campari!

Meinetwegen auch Mandolinen-Bettler –

Was mich interessierte: Straßenbau, Brückenbau, der neue Fiat, der neue Bahnhof in Rom, der neue Rapido-Triebwagen, die neue Olivetti --

Ich kann mit Museen nichts anfangen.

Ich saß draußen auf der Piazza San Marco, während Sabeth aus purem Trotz, glaube ich, das ganze Kloster besichtigte, und trank meinen Campari wie üblich. Ich hatte mir in diesen letzten Tagen, seit Avignon, schon allerhand angeschaut, bloß um in ihrer Nähe zu sein. Ich sah keinen Grund, eifersüchtig zu sein, und war es doch. Ich wußte nicht, was so ein junges Mädchen sich eigentlich denkt. Bin ich ihr Chauffeur? Dann gut; dann habe ich das Recht, unterdessen einen Campari zu trinken, bis meine Herrschaft aus der nächsten Kirche kommt. Es hätte mir nichts ausgemacht, ihr Chauffeur zu sein, wäre nicht Avignon gewesen. Ich zweifelte manchmal, wofür ich sie halten sollte. Ihre Idee: mit Autostop nach Rom! Auch wenn sie es schließlich nicht getan hatte, die bloße Idee machte mich eifersüchtig. Was in Avignon gewesen ist, wäre es mit jedem Mann gewesen?

Ich dachte an Heirat wie noch nie –

Ich wollte ja das Kind, je mehr ich es liebte, nicht in ein solches Fahrwasser bringen. Ich hoffte von Tag zu Tag, daß ich einmal mit ihr sprechen kann, ich war entschlossen, offen zu sein, nur hatte ich Angst, daß sie mir dann nicht glauben, beziehungsweise mich auslachen würde . . . Noch immer fand sie mich zynisch, glaube ich, sogar schnoddrig (nicht ihr gegenüber, aber gegenüber dem Leben ganz allgemein) und ironisch, was sie nicht vertrug, und oft wußte ich überhaupt nichts mehr zu sagen. Hörte sie mich überhaupt? Ich hatte geradezu das Gefühl, daß ich die Jugend nicht mehr verstehe. Ich kam mir oft wie ein Betrüger vor. Warum eigentlich? Ich wollte ihre Erwartung, daß Tivoli alles übertreffe, was ich auf dieser Welt gesehen habe, und daß ein Nachmittag in Tivoli beispielsweise das Glück im Quadrat wäre, nicht zerstören; nur konnte ich's nicht glauben. Ihre stete Sorge, ich nehme sie nicht ernst, war verkehrt; ich nahm mich selbst nicht ernst, und irgend etwas machte mich immer eifersüchtig, obschon ich mir Mühe gab, jung zu sein. Ich fragte mich, ob die Jugend heute (1957) vollkommen anders ist als zu unsrer Zeit, und stellte nur fest, daß ich überhaupt nicht weiß, wie die derzeitige Jugend ist. Ich beobachtete sie. Ich folgte ihr in etliche Museen, bloß um in ihrer Nähe zu sein, um Sabeth wenigstens zu sehen in der Spiegelung einer Vitrine, wo es von etruskischen Scherben wimmelte, ihr junges Gesicht, ihren Ernst, ihre Freude! Sabeth glaubte nicht, daß ich nichts davon verstehe, und hatte einerseits ein maßloses Vertrauen zu mir, bloß weil man dreißig Jahre älter ist, ein kindisches Vertrauen, andererseits überhaupt keinen Respekt. Es verstimmte mich, daß ich Respekt erwarte. Sabeth hörte zu, wenn ich von meinen Erfahrungen redete, jedoch wie man einem Alten zuhört; ohne zu unterbrechen, höflich, ohne zu glauben, ohne sich zu ereifern. Höchstens unterbrach sie, um mir vorzugreifen in der Erzählung und dadurch anzudeuten, daß ich all das schon einmal erzählt hatte. Dann schämte ich mich. Überhaupt zählte für sie nur die Zukunft, ein bißchen auch die Gegenwart; aber auf Erfahrungen ließ sie sich überhaupt nicht ein, wie alle Jungen. Es interessierte sie keinen Deut, daß alles schon dagewesen ist und was unsereiner daraus gelernt hat, beziehungsweise hätte lernen können. Ich achtete drauf, was sich Sabeth eigentlich von der Zukunft versprach, und stellte fest: sie weiß es selbst nicht, aber sie freut sich einfach. Hatte ich von der Zukunft etwas zu erwarten, was ich nicht schon kenne? Für Sabeth war alles ganz anders. Sie freute sich auf Tivoli, auf Mama, auf das Frühstück, auf die Zukunft, wenn sie einmal Kinder haben wird, auf ihren Geburtstag, auf eine Schallplatte, auf Bestimmtes und vor allem Unbestimmtes: auf alles, was noch nicht ist. Das machte mich eifersüchtig, mag sein, aber daß ich mich meinerseits nicht freuen kann, stimmt nicht; ich freute mich über jeden Augenblick, der sich einigermaßen dazu eignete. Ich mache keine Purzelbäume, ich singe nicht, aber ich freue mich schon auch. Und nicht nur über ein gutes Essen! Ich kann mich vielleicht nicht immer ausdrücken. Wie viele von den Menschen, die unsereiner trifft, haben denn ein Interesse an meiner Freude, überhaupt an meinen Gefühlen! Sabeth fand, ich untertreibe immer, beziehungsweise ich verstelle mich. Was mich am meisten freute, war ihre Freude. Ich staunte manchmal, wie wenig sie brauchte, um zu singen, eigentlich überhaupt nichts; sie zog die Vorhänge auseinander und stellte fest, daß es nicht regnete, und sang. Leider hatte ich einmal meine Magenbeschwerden erwähnt; nun meinte sie immer, ich hätte Magenbeschwerden, mütterlich besorgt, als wäre ich unmündig. Insofern war sie nicht immer leicht, unsere Reise, oft komisch: ich langweilte sie mit Lebenserfahrung, und sie machte mich alt, indem sie von Morgen bis Abend überall auf meine Begeisterung wartete . . .

In einem großen Kreuzgang *(Museo Nazionale)* weigerte ich mich, ihren Baedeker anzuhören, ich hockte auf der Brüstung und versuchte eine italienische Zeitung zu lesen, ich hatte sie satt, diese Sammlungen von steinernen Trümmern. Ich streikte, aber Sabeth war noch immer überzeugt, ich halte sie zum besten mit meinem Geständnis, daß ich nichts von Kunst verstehe – ihrerseits gestützt auf einen Ausspruch ihrer Mama, jeder Mensch könne ein Kunstwerk erleben, bloß der Bildungsspießer nicht.

«Eine gnädige Mama!» sagte ich.

Ein italienisches Paar, das durch den großen Kreuzgang ging, interessierte mich mehr als alle Statuen, vor allem der Vater, der ihr schlafendes Kind auf den Armen trug –

Sonst kein Mensch.

Vögel zwitscherten, sonst Grabesstille.

Dann, als Sabeth mich allein gelassen hatte, steckte ich die Zeitung ein, die ich sowieso nicht lesen konnte, und stellte mich vor irgendeine Statue, um den Ausspruch ihrer Mama zu prüfen. Jeder Mensch könne ein Kunstwerk erleben! – aber die Mama, fand ich, irrte sich.

Ich langweilte mich bloß.

Im kleinen Kreuzgang (Verglasung) hatte ich Glück: eine ganze Gruppe deutscher Touristen, geführt von einem katholischen Priester, drängte sich vor dem Relief wie vor einer Unglücksstätte, so daß ich neugierig wurde, und als Sabeth mich fand («Da bist du ja, Walter, ich dachte schon, du bist zu deinem Campari verschwunden!»), sagte ich, was ich eben von dem Priester gehört hatte: *Geburt der Venus.* Vor allem das Mädchen auf der Seite, Flötenbläserin, fand ich entzückend ... Entzückend, fand Sabeth, das sei kein Wort für ein solches Relief; sie fand es toll, geradezu irrsinnig, maximal, genial, terrific.

Zum Glück kamen Leute –

Ich kann es nicht ausstehen, wenn man mir sagt, was ich zu empfinden habe; dann komme ich mir, obschon ich sehe, wovon die Rede ist, wie ein Blinder vor.

Kopf einer schlafenden Erinnye.

Das war meine Entdeckung (im selben Seitensaal links) ohne Hilfe eines bayerischen Priesters; ich wußte allerdings den Titel nicht, was mich keineswegs störte, im Gegenteil, meistens stören mich die Titel, weil ich mich mit antiken Namen sowieso nicht auskenne, dann fühlt man sich wie im Examen ... Hier fand ich: Großartig, ganz großartig, beeindruckend, famos, tiefbeeindruckend. Es war ein steinerner Mädchenkopf, so gelegt, daß man drauf blickt wie auf das Gesicht einer schlafenden Frau, wenn man sich auf die Ellbogen stützt.

«Was sie wohl zusammenträumt –?»

Keine Art der Kunstbetrachtung, mag sein, aber es interessierte mich mehr als die Frage, ob viertes Jahrhundert oder drittes Jahrhundert v. Chr. ... Als ich nochmals die Geburt der Venus besichtige, sagt sie plötzlich: Bleib! Ich darf mich nicht rühren. Was ist los? frage ich. Bleib! sagt sie: Wenn du dort stehst, ist sie viel schöner, die Erinnye hier, unglaublich, was das ausmacht! Ich muß mich davon überzeugen, Sabeth besteht darauf, daß wir die Plätze wechseln. Es macht etwas aus, in der Tat, was mich aber nicht verwundert; eine Belichtungssache. Wenn Sabeth (oder sonst jemand) bei der Geburt der Venus steht, gibt es Schatten, das Gesicht der schlafenden Erinnye wirkt, infolge einseitigen Lichteinfalls, sofort viel wacher, lebendiger, geradezu wild.

«Toll», sagt sie, «was das ausmacht!»

Wir tauschten noch einmal oder zweimal die Plätze, dann war ich dafür, endlich weiterzugehen, es gab noch ganze Säle voll Statuen, die Sabeth gesehen haben wollte –

Ich hatte Hunger.

Von einem Ristorante zu sprechen, das mir durch den Kopf ging, war ausgeschlossen; ich bekam nicht einmal Antwort auf meine Frage, woher Sabeth all ihre gescheiten Wörter bezieht, nur diese Wörter selbst: – archaisch, linear, hellenistisch, dekorativ, sakral, naturalistisch, expressiv, kubisch, allegorisch, kultisch, kompositorisch und so weiter, ein ganzes highbrow-Vokabular. Erst beim Ausgang, wo es nichts mehr zu sehen gibt als Bögen aus antikem Ziegelstein, eine simple, aber korrekte Maurerarbeit, die mich interessierte, antwortete sie auf meine Frage, indem sie durch das Drehkreuz voranging, beiläufig wie üblich, wenn von Mama die Rede war:

«Von Mama.»

Das Mädchen gefiel mir, wenn wir in einem Ristorante saßen, jedesmal aufs neue, ihre Freude am Salat, ihre kinderhafte Art, Brötchen zu verschlingen, ihre Neugierde ringsherum, sie kaute Brötchen um Brötchen und blickte ringsherum, ihre festliche Begeisterung vor einem Hors d'œuvre, ihr Übermut –

Betreffend ihre Mama:

Wir rupften unsere Artischocken, tauchten Blatt um Blatt in die Mayonnaise und zogen's durch unsere Zähne, Blatt um Blatt, während ich einiges von der gescheiten Dame erfuhr, die ihre Mama ist. Ich war nicht sehr neugierig, offen gestanden, da ich intellektuelle Damen nicht mag. Ich erfuhr: sie hat eigentlich nicht Archäologie studiert, sondern Philologie; sie arbeitet aber in einem Archäologischen Institut, sie muß ja Geld verdienen, weil von Herrn Piper getrennt – ich wartete, mein Glas in der Hand, um anzustoßen; Herr Piper interessierte mich schon gar nicht, ein Mann, der aus Überzeugung in Ostdeutschland lebt. Ich hob mein Glas und unterbrach: Prosit! und wir tranken ... Ferner erfuhr ich:

Mama ist auch einmal Kommunistin gewesen, aber mit Herrn Piper geht es trotzdem nicht, daher die Trennung, das kann ich verstehen, und nun arbeitet Mama eben in Athen, weil sie das derzeitige Westdeutschland auch nicht mag, das kann ich verstehen, und Sabeth ihrerseits leidet an dieser Trennung keineswegs, im Gegenteil, sie hatte einen herrlichen Appetit, während sie davon erzählte, und trank von dem weißen Orvieto – der mir immer zu süß war, aber ihr Lieblingswein: *Orvieto Abbocato* ... Sie hat ihren Vater nicht allzu sehr geliebt, beziehungsweise ist Herr Piper gar nicht ihr Vater, denn Mama ist früher schon einmal verheiratet gewesen, Sabeth also ein Kind aus erster Ehe, ihre Mama hat Pech gehabt mit den Männern, so schien mir, vielleicht weil zu intellektuell, so dachte ich, sagte natürlich nichts, sondern bestellte nochmals ein halbes Fläschchen *Orvieto Abbocato*, und dann sprach man wieder über alles mögliche, über Artischocken, über Katholizismus, über Cassata, über die Schlafende Erinnye, über Verkehr, die Not unsrer Zeit, und wie man zur Via Appia kommt –

Sabeth mit ihrem Baedeker:

«Die *Via Appia*, die 312 vor Christus vom Censor Appius Claudius Caecus angelegte Königin der Straßen, führte über Terracina nach Capua, von wo sie später bis Brindisi verlängert wurde –»

Wir waren die Via Appia hinaus gepilgert, drei Kilometer zu Fuß, wir lagen auf einem solchen Grabmal, Steinhügel, Schutthügel mit Unkraut, worüber zum Glück nichts im Baedeker steht. Wir lagen im Schatten einer Pinie und rauchten eine Zigarette.

«Walter, schläfst du?»

Ich genoß es, nichts besichtigen zu müssen.

«Du» sagte sie, «dort drüben ist Tivoli.»

Sabeth wie üblich in ihren schwarzen Cowboy-Hosen mit den ehemals weißen Nähten, dazu ihre ehemals weißen Espadrilles, obschon ich ihr ein Paar italienische Schuhe gekauft hatte schon in Pisa.

«Interessiert es dich wirklich nicht?»

«Es interessiert mich wirklich nicht», sagte ich, «aber ich werde mir alles ansehen, mein Liebes. Was tut man nicht alles auf einer Hochzeitsreise!»

Sabeth fand mich wieder zynisch.

Es genügte mir, im Gras zu liegen, Tivoli hin oder her, Hauptsache: ihr Kopf an meiner Schulter.

«Du bist ein Wildfang», sagte ich, «keine Viertelstunde hast du Ruhe –»

Sie kniete und hielt Ausschau.

Man hörte Stimmen –

«Soll ich?» fragte sie, ihr Mund dabei, wie wenn man spucken will. «Soll ich?»

Ich zog sie an ihrem Roßschwanz herunter, aber sie duldete es nicht. Ich fand es auch schade, daß wir nicht allein sind, aber nicht zu ändern. Auch nicht, wenn man ein Mann ist! Ihre komische Idee immer: Du bist ein Mann! Offenbar hatte sie erwartet, daß ich aufspringe und Steine schleudere, um die Leute zu vertreiben wie eine Gruppe von Ziegen. Sie war allen Ernstes enttäuscht, ein Kind, das ich als Frau behandelte, oder eine Frau, die ich als Kind behandelte, das wußte ich selber nicht.

«Ich finde», sagte sie, «das ist unser Platz!»

Offenbar waren es Amerikaner, ich hörte bloß die Stimmen, eine Gesellschaft, die um unser Grabmal schlenderte; nach den Stimmen zu schließen, hätten es die Stenotypistinnen von Cleveland sein können.

Oh, isn't it lovely?

Oh, this is the Campagna?

Oh, how lovely here!

Oh, usw.

Ich richtete mich auf, um über das Gestrüpp zu spähen. Die violetten Frisuren von Damen, dazwischen Glatzen von Herren, die ihre Panama-

Hüte abnehmen – Ausbruch aus einem Altersheim! dachte ich, sagte es aber nicht.

«Unser Grabhügel», sagte ich, «scheint doch ein berühmter Grabhügel zu sein –»

Sabeth ganz ungehalten:

«Du, da kommen immer mehr!»

Sie stand, ich lag wieder im Gras.

«Du», sagt sie – «ein ganzer Autocar!»

Wie Sabeth über mir steht beziehungsweise neben mir: Ihre Espadrilles, dann ihre bloßen Waden, ihre Schenkel, die noch in der Verkürzung sehr schlank sind, ihr Becken in den straffen Cowboy-Hosen; sie hatte beide Hände in den Hosentaschen, als sie so stand. Ihre Taille nicht zu sehen wegen der Verkürzung. Dann ihre Brust und ihre Schultern, Kinn, Lippen, darüber schon die Wimpern, ihre Augenbogen blaß wie Marmor, weil Widerschein von unten, dann ihr Haar im knallblauen Himmel, man hätte meinen können, es werde sich im Geäst der schwarzen Pinie verfangen, ihr rötliches Haar. So stand sie, während ich auf der Erde lag, im Wind. Schlank und senkrecht, dabei sprachlos wie eine Statue.

«Hello!» rief jemand von unten.

Sabeth ganz mürrisch: «Hello –»

Sabeth konnte es nicht fassen.

«Du», sagte sie, – «die machen Picnic!»

Dann, wie zum Trotz gegen die amerikanischen Belagerer, kam sie herunter und legte sich auf meine Brust, als wollte sie einschlafen; aber nicht lange. Sie stützte sich auf und fragte, ob sie schwer sei.

«Nein», sagte ich, «du bist leicht –»

«Aber?»

«Kein Aber!» sagte ich.

«Doch», sagte sie, «du denkst etwas.»

Meinerseits keine Ahnung, was ich gedacht hatte; irgend etwas denkt man meistens, aber ich wußte es wirklich nicht. Ich fragte, was sie denn gedacht hätte. Sie bat um eine Zigarette, ohne zu antworten.

«Du rauchst zuviel!» sagte ich. «Als ich in deinem Alter war –»

Ihre Ähnlichkeit mit Hanna ist mir immer seltener in den Sinn gekommen, je vertrauter wir uns geworden sind, das Mädchen und ich. Seit Avignon überhaupt nicht mehr! Ich wunderte mich höchstens, daß mir eine Ähnlichkeit mit Hanna je in den Sinn gekommen ist. Ich musterte sie daraufhin. Von Ähnlichkeit keine Spur! Ich gab ihr Feuer, obschon überzeugt, daß sie viel zu früh raucht, ein Kind von zwanzig Jahren –

Dann immer ihr Spott:

«Du tust wie ein Papa!»

Vielleicht hatte ich (wieder einmal) daran gedacht, daß ich für Sabeth, wenn sie sich auf meine Brust stützt und mein Gesicht mustert, eigentlich ein alter Mann bin.

«Du», sagte sie, «das ist also der Ludovisische Altar, was uns heute vormittag so gefallen hat. Wahnsinnig berühmt!» Ich ließ mich belehren.

Wir hatten unsere Schuhe ausgezogen, unsere bloßen Füße auf der warmen Erde, ich genoß es, barfuß zu sein, und überhaupt.

Ich dachte an unser Avignon. (Hotel Henri IV.)

Sabeth mit ihrem offenen Baedeker wußte von Anfang an, daß ich ein Techniker bin, daß ich nach Italien fahre, um mich zu erholen. Trotzdem las sie vor:

«Die *Via Appia,* die 312 vor Christus vom Censor Appius Claudius Caecus angelegte Königin der Straßen –»

Heute noch höre ich ihre Baedeker-Stimme!

«Der interessantere Teil der Straße beginnt, das alte Pflaster liegt mehrfach zutage, links die großartigen Bogenreihen der Aqua Marcia (vergleiche Seite 261).»

Dann blätterte sie jedesmal nach.

Einmal meine Frage:

«Wie heißt eigentlich deine Mama mit Vornamen?»

Sie ließ sich nicht unterbrechen.

«Wenige Minuten weiter das Grabmal der *Caecilia Metella,* die bekannteste Ruine der Campagna, ein Rundbau von zwanzig Meter Durchmesser, auf viereckiger Basis, mit Travertin verkleidet. Die Inschrift auf einer Marmortafel lautet: Caecilia Q. Cretici f(iliae) Metellae Crassi, der Tochter des Metellus Cretius, Schwiegertochter des Triumvirn Crassus. Das Innere (Trkg.) enthielt die Grabkammern.»

Sie hielt inne und sann.

«Trkg. – was heißt denn das?»

«Trinkgeld», sagte ich. «Aber ich habe dich etwas anderes gefragt –»

«Entschuldigung.»

Sie klappte ihren Baedeker zusammen.

«Was hast du gefragt?»

Ich ergriff ihren Baedeker und öffnete ihn.

«Das dort drüben», fragte ich, «das ist Tivoli?»

In der Ebene vor Tivoli mußte ein Flugplatz liegen, wenn auch auf den Karten in diesem Baedeker nicht zu finden; die ganze Zeit hörte man Motoren, genau dieses vibrierende Summen wie über meinem Dachgarten am Central Park West, ab und zu eine DC-7 oder Super-Constellation, die über unsere Pinie flog, das Fahrgestell ausgeschwenkt, um zur Landung anzusetzen und irgendwo in dieser Campagna zu verschwinden.

«Dort muß der Flugplatz sein», sagte ich.

Es interessierte mich tatsächlich.
«Was du gefragt hast?» fragte sie.
«Wie deine Mama eigentlich heißt.»
«Piper!» sagte sie. «Wie sonst?»
Ich meinte natürlich den Vornamen.
«Hanna.»
Sie hatte sich schon wieder erhoben, um über das Gestrüpp zu spähen, ihre beiden Hände in den Hosentaschen, ihr rötlicher Roßschwanz auf der Schulter. Sie merkte mir nichts an.
«My goodness!» sagte sie. «Was die zusammenfressen da unten, das nimmt ja kein Ende – jetzt fangen sie noch mit Früchten an!»
Sie stampfte wie ein Kind.
«Herrgott», sagte sie, «ich sollte verschwinden.»
Dann meine Fragen:
Hat Mama einmal in Zürich studiert?
Was?
Wann?
Ich fragte weiter, obschon das Mädchen, wie gesagt, verschwinden sollte. Ihre Antworten etwas unwillig, aber ausreichend.
«Walter, das weiß ich doch nicht!»
Es ging mir, versteht sich, um genaue Daten.
«Damals war ich noch nicht dabei!» sagte sie.
Es amüsierte sie, was ich alles wissen wollte. Ihrerseits keine Ahnung, was ihre Antworten bedeuten. Es amüsierte sie, aber das änderte nichts dran, daß Sabeth eigentlich verschwinden mußte. Ich saß, ich hatte ihren Unterarm gefaßt, damit sie nicht davonläuft.
«Bitte», sagte sie, «bitte.»
Meine letzte Frage:
«Und ihr Mädchenname: – Landsberg?»
Ich hatte ihren Unterarm losgelassen. Wie erschöpft. Ich brauchte meine ganze Kraft nur um dazusitzen. Vermutlich mit Lächeln. Ich hatte gehofft, daß sie nun davonläuft.
Statt dessen setzte sie sich, um ihrerseits Fragen zu stellen.
«Hast du Mama denn gekannt?»
Mein Nicken –
«Aber nein», sagte sie, «wirklich?»
Ich konnte einfach nicht sprechen.
«Ihr habt euch gekannt», sagte sie, «als Mama noch studiert hat?»
Sie fand es toll; nur toll.
«Du», sagte sie beim Weggehen, «das werde ich ihr aber schreiben, Mama wird sich freuen –»
Heute, wo ich alles weiß, ist es für mich unglaublich, daß ich nicht schon damals, nach dem Gespräch an der Via Appia, alles wußte. Was ich gedacht habe in diesen zehn Minuten, bis das Mädchen zurückkam,

weiß ich nicht. Eine Art von Bilanz, das schon. Ich weiß nur: Am liebsten wäre ich auf den Flugplatz gegangen. Kann sein, daß ich überhaupt nichts dachte. Eine Überraschung war es ja nicht, bloß die Gewißheit. Ich schätze es, Gewißheit zu haben. Wenn sie einmal da ist, dann amüsiert sie mich fast. Sabeth: die Tochter von Hanna! Was mir dazu einfiel: eine Heirat kam wohl nicht in Frage. Dabei dachte ich nicht einen Augenblick daran, daß Sabeth sogar mein eignes Kind sein könnte. Es lag im Bereich der Möglichkeit, theoretisch, aber ich dachte nicht daran. Genauer gesagt, ich glaubte es nicht. Natürlich dachte ich daran: unser Kind damals, die ganze Geschichte, bevor ich Hanna verlassen habe, unser Beschluß, daß Hanna zu einem Arzt geht, zu Joachim – Natürlich dachte ich daran, aber ich konnte es einfach nicht glauben, weil zu unglaublich, daß dieses Mädchen, das kurz darauf wieder auf unseren Grabhügel zurückkletterte, mein eigenes Kind sein soll.

«Walter», fragte sie, «was ist los?»

Sabeth ganz ahnungslos.

«Weißt du», sagte sie, «du rauchst auch zuviel!»

Dann unser Gespräch über Aquaedukte –

Um zu reden!

Meine Erklärung der Kommunizierenden Röhre.

«Jaja», sagte sie, «das haben wir gehabt.»

Ihr Spaß, als ich beweise, daß die alten Römer, wären sie bloß im Besitz dieser Skizze auf meiner Zigarettenschachtel gewesen, mindestens 90 Prozent ihrer Maurerarbeit hätten sparen können.

Wir lagen wieder im Gras.

Die Flugzeuge über uns –

«Weißt du», sagte sie, «eigentlich solltest du nicht zurückfliegen.»

Es war unser vorletzter Tag.

«Einmal müssen wir uns doch trennen, mein liebes Kind, so oder so –»

Ich beobachtete sie.

«Natürlich», sagte sie – sie hatte sich aufgesetzt, um einen Halm zu nehmen, dann Blick gradaus; der Gedanke, daß wir uns trennen, machte ihr nichts aus, so schien mir, überhaupt nichts. Sie steckte den Halm nicht zwischen die Zähne, sondern wickelte ihn um den Finger und sagte:

Natürlich –»

Ihrerseits kein Gedanke an Heirat!

«Ob Mama sich noch an dich erinnert?»

Es amüsierte sie.

«Mama als Studentin», sagte sie, «das kann ich mir nicht vorstellen, weißt du, Mama als Studentin mit einer Bude, sagst du, mit einer Dachbude – davon hat Mama nie erzählt.»

Es amüsierte sie.

«Wie war sie denn?»

Ich hielt ihren Kopf so, daß sie sich nicht rühren konnte, mit beiden Händen, wie man beispielsweise den Kopf eines Hundes hält. Ich spürte ihre Kraft, die ihr aber nichts nützte, die Kraft ihres Nackens; meine Hände wie ein Schraubstock. Sie schloß die Augen. Ich küßte nicht. Ich hielt bloß ihren Kopf. Wie eine Vase, leicht und zerbrechlich, dann immer schwerer.

«Du», sagte sie, «du tust mir weh –»

Meine Hände hielten ihren Kopf, bis sie langsam die Augen aufmachte, um zu sehen, was ich eigentlich will: ich wußte es selber nicht.

«Im Ernst», sagte sie, «du tust mir weh!»

Es war an mir, irgend etwas zu sagen; sie schloß wieder ihre Augen, wie ein Hund, wenn man ihn so festhält.

Dann meine Frage –

«Laß mich!» sagte sie.

Ich wartete auf Antwort.

«Nein», sagte sie, «du bist nicht der erste Mann in meinem Leben, das hast du doch gewußt –»

Nichts hatte ich gewußt.

«Nein», sagte sie, «mach dir keine Sorge –»

Wie sie sich das gepreßte Haar aus den Schläfen strich, man hätte meinen können, es geht nur um die Haare. Sie nahm den Kamm aus ihrer schwarzen Cowboy-Hose, um sich zu kämmen, während sie erzählte, beziehungsweise nicht erzählte, sondern nur so bekanntgab: He's teaching in Yale. Sie hatte eine Spange zwischen den Zähnen.

«Und der andere», sagte sie mit der Spange zwischen den Zähnen, während sie den Roßschwanz auskämmte, «den hast du ja gesehen.»

Gemeint war wohl der Pingpong-Jüngling.

«Er will mich heiraten», sagte sie, «aber das war ein Irrtum von mir, weißt du, ich mag ihn gar nicht.»

Dann brauchte sie die Spange, nahm sie aus dem Mund, der nun offenblieb, dabei stumm, während sie sich zu Ende kämmte. Dann blies sie den Kamm aus, Blick gegen Tivoli, und war fertig.

«Gehen wir?» fragte sie.

Eigentlich wollte ich nicht sitzen bleiben, sondern mich aufrichten, meine Schuhe holen, meine Schuhe anziehen, zuerst natürlich die Socken, dann die Schuhe, damit wir gehen können –

«Du findest mich schlimm?»

Ich fand gar nichts.

«Walter!» sagte sie –

Ich nahm mich zusammen.

«It's okay», sagte ich, «it's okay.»

Dann zu Fuß auf der Via Appia zurück.

Wir saßen bereits im Wagen, als Sabeth nochmals damit anfing («Du findest mich schlimm?») und wissen wollte, was ich die ganze Zeit denke – ich steckte das Schlüsselchen, um den Motor anzulassen.

«Komm», sagte ich, «reden wir nicht.»

Ich wollte jetzt fahren.

Sabeth redete, während wir im Wagen saßen, ohne zu fahren, von ihrem Papa, von Scheidung, von Krieg, von Mama, von Emigration, von Hitler, von Rußland –

«Wir wissen nicht einmal», sagt sie, «ob Papa noch lebt.»

Ich stellte den Motor ab.

«Hast du den Baedeker?» fragte sie.

Sie studierte die Karte.

«Das ist die Porta San Sebastiano», sagte sie, «jetzt rechts, dann kommen wir zu San Giovanni in Laterano!»

Ich ließ den Motor wieder an.

«Ich habe ihn gekannt», sagte ich –

«Papa?»

«Joachim», sagte ich, «ja –»

Dann fuhr ich, wie befohlen: zur Porta San Sebastiano, dann rechts, bis wieder eine Basilika vor uns stand.

Wir besichtigten weiter.

Vielleicht bin ich ein Feigling. Ich wagte nichts mehr zu sagen, Joachim betreffend, oder zu fragen. Ich rechnete im stillen (während ich redete, mehr als sonst, glaube ich) pausenlos, bis die Rechnung aufging, wie ich sie wollte: Sie konnte nur das Kind von Joachim sein! Wie ich's rechnete, weiß ich nicht; ich legte mir die Daten zurecht, bis die Rechnung wirklich stimmte, die Rechnung als solche. In der Pizzeria, als Sabeth eine Weile weggegangen war, genoß ich es, die Rechnung auch noch schriftlich zu überprüfen. Sie stimmte; ich hatte ja die Daten (die Mitteilung von Hanna, daß sie ein Kind erwartet, und meine Abreise nach Bagdad) so gewählt, daß die Rechnung stimmte; fix blieb nur der Geburtstag von Sabeth, der Rest ging nach Adam Riese, bis mir ein Stein vom Herzen fiel. Ich weiß, daß das Mädchen mich an jenem Abend lustiger fand als je, geradezu witzig. Wir saßen bis Mitternacht in dieser volkstümlichen Pizzeria zwischen Pantheon und Piazza Colonna, wo die Gitarrensänger, nachdem sie vor den Touristen-Restaurants gebettelt haben, ihre Pizza essen und Chianti per Glas trinken; ich zahlte ihnen Runde um Runde, und die Stimmung war ganz groß.

«Walter», sagte sie, «haben wir es toll!»

Auf dem Weg zu unserem Hotel (Via Veneto) waren wir vergnügt, nicht betrunken, aber geradezu geistreich – bis zum Hotel, wo man uns die große Glastüre hält und in der Alabaster-Halle sofort die Zimmerschlüssel überreicht, gemäß unsrer eignen Anmeldung.

«Mister Faber, Miss Faber – Goodnight!»

Ich weiß nicht, wie lange ich in meinem Zimmer stand, ohne die Vorhänge zu ziehen, so ein Grandhotel-Zimmer, viel zu groß, viel zu hoch. Ich stand, ohne mich auszuziehen. Wie ein Apparat, der die Information bekommt: Wasch dich! – aber nicht funktioniert.

«Sabeth», fragte ich, «was ist los?»

Sie stand vor meiner Türe; ohne zu klopfen.

«Sag's doch!» sagte ich.

Sie stand barfuß und trug ihr gelbes Pyjama, darüber ihren schwarzen Kapuzenmantel; sie wollte nicht eintreten, sondern nur nochmals Gutnacht sagen. Ich sah ihre verheulten Augen –

«Warum soll ich dich nicht mehr lieb haben?» fragte ich.

«Wegen Hardy oder wie er heißt?»

Plötzlich ihr Schluchzen –

Später schlief sie, ich hatte sie zugedeckt, denn die Nacht durchs offene Fenster war kühl; die Wärme, scheint es, beruhigte sie, so daß sie wirklich schlief trotz Lärm draußen in der Straße, trotz ihrer Angst, daß ich fortgehe. Es mußte eine Stop-Straße sein, daher der Lärm. Motorräder, die im Leerlauf aufheulen, dann schalten, am schlimmsten ein Alfa Romeo, der immer wiederkommt und jedesmal wie zu einem Rennstart ansetzt, sein Hall zwischen den Häusern, kaum drei Minuten lang blieb es ruhig, dann und wann der Glockenschlag einer römischen Kirche, dann neuerdings Hupen, Stop mit quietschenden Pneus, Vollgas auf Leerlauf, sinnlos, Lausbüberei, dann wieder das blecherne Dröhnen, es schien wirklich der gleiche Alfa Romeo zu sein, der uns die ganze Nacht lang umkreiste. Ich wurde immer wacher. Ich lag neben ihr, nicht einmal die staubigen Schuhe und meine Krawatte hatte ich ausgezogen, ich konnte mich nicht rühren, da ihr Kopf an meiner Schulter lag. In den Vorhängen blieb der Schein einer Bogenlampe, die ab und zu wankte, und ich lag wie gefoltert, da ich mich nicht rühren konnte; das schlafende Mädchen hatte ihre Hand auf meine Brust gelegt, beziehungsweise auf meine Krawatte, so daß sie zog, die Krawatte. Ich hörte Stundenschlag um Stundenschlag, während Sabeth schlief, ein schwarzes Bündel mit heißem Haar und Atem, meinerseits nicht imstande, vorwärts zu denken. Dann wieder der Alfa Romeo, sein Hupen in den Gassen, Bremsen, Vollgas im Leerlauf, Schalten, sein blechernes Dröhnen in der Nacht –

Was ist denn meine Schuld? Ich habe sie auf dem Schiff getroffen, als man auf die Tischkarten wartete, ein Mädchen mit baumelndem Roßschwanz vor mir. Sie war mir aufgefallen. Ich hatte sie angesprochen, wie sich Leute auf einem solchen Schiff eben ansprechen; ich habe dem Mädchen nicht nachgestellt. Ich habe dem Mädchen nichts vorgemacht, im Gegenteil, ich habe offener mit ihr gesprochen, als es sonst meine Art ist, beispielsweise über mein Junggesellentum. Ich habe einen Heiratsantrag gemacht, ohne verliebt zu sein, und wir haben sofort gewußt, daß es Unsinn ist, und wir haben Abschied genommen. Warum habe ich sie in Paris gesucht! Wir sind zusammen in die Opéra gegangen, und nachher nahmen wir noch ein Eis, dann fuhr ich sie, ohne sie länger aufzuhalten, zu ihrem billigen Hotel bei Saint Germain, ich habe ihr angeboten, ihre Autostop-Fahrt mit mir zu machen, da ich den Citroën von Williams hatte, und in Avignon, wo wir zum ersten Mal übernachteten, wohnten wir selbstverständlich (alles andere hätte auf eine Absicht schließen lassen, die ich gar nicht hatte) im gleichen Hotel, aber nicht einmal auf der gleichen Etage; ich dachte nicht einen Augenblick daran, daß es dazu kommen würde. Ich erinnere mich genau. Es war die Nacht (13. V.) mit der Mondfinsternis, die uns überraschte; ich hatte keine Zeitung gelesen, und wir waren nicht darauf gefaßt. Ich sagte: Was ist denn mit dem Mond los? Wir hatten im Freien gesessen, und es war ungefähr zehn Uhr, Zeit zum Aufbrechen, da wir in der Morgenfrühe weiterfahren wollten. Die bloße Tatsache, daß drei Himmelskörper, Sonne und Erde und Mond, gelegentlich in einer Geraden liegen, was notwendigerweise eine Verdunkelung des Mondes verursacht, brachte mich aus der Ruhe, als wisse ich nicht ziemlich genau, was es mit einer Mondfinsternis auf sich hat – ich zahlte, als ich den runden Erdschatten auf dem Vollmond bemerkte, sofort unseren Kaffee, und wir gingen Arm in Arm hinauf zur Terrasse über der Rhone, um eine volle Stunde lang, nach wie vor Arm in Arm, in der Nacht zu stehen und die verständliche Erscheinung zu verfolgen. Ich erklärte dem Mädchen noch, wieso der Mond, vom Erdschatten gänzlich überdeckt, trotzdem so viel Licht hat, daß wir ihn deutlich sehen konnten, im Gegensatz zum Neumond, deutlicher sogar als sonst: nicht als leuchtende Scheibe wie sonst, sondern deutlich als Kugel, als Ball, als Körper, als Gestirn, als eine ungeheure Masse im leeren All, orange. Ich erinnere mich nicht, was ich alles redete in jener Stunde. Das Mädchen fand damals (daran erinnere ich mich) zum ersten Mal, daß ich uns beide ernstnehme, und küßte mich wie nie vorher. Dabei war es, als bloßer Anblick, eher beklemmend, eine immerhin ungeheure Masse, die da im Raum schwebt, beziehungsweise saust, was die sachlich gerechtfertigte Vorstellung nahelegte, daß wir, die Erde, ebenso im Finstern schweben, beziehungsweise sausen. Ich redete von Tod und Leben, glaube ich, ganz allgemein, und wir waren beide aufgeregt, da wir noch nie eine dermaßen klare Mondfinsternis gesehen hatten, auch ich nicht, und zum ersten Mal hatte ich den verwirrenden Eindruck, daß das Mädchen, das ich bisher für ein Kind hielt, in mich verliebt war. Jedenfalls war es das Mädchen, das in jener Nacht, nachdem wir bis zum Schlottern draußen gestanden hatten, in mein Zimmer kam –

Dann das Wiedersehen mit Hanna.

(3. VI. in Athen.)

Ich erkannte sie schon, bevor ich erwacht war. Sie redete mit der Diakonissin. Ich wußte, wo ich bin, und wollte fragen, ob die Operation gemacht ist – aber ich schlief, vollkommen erschöpft, ich verdurstete, aber ich konnte es nicht sagen. Dabei hörte ich ihre Stimme, griechisch. Man hatte mir Tee gebracht, aber ich konnte ihn nicht nehmen; ich schlief, ich hörte alles und wußte, daß ich schlief, und ich wußte: Wenn ich erwache, dann vor Hanna.

Plötzlich die Stille –

Mein Schrecken, das Kind sei tot.

Plötzlich liege ich mit offenen Augen: – das weiße Zimmer, ein Laboratorium, die Dame, die vor dem Fenster steht und meint, ich schlafe und sehe sie nicht. Ihr graues Haar, ihre kleine Gestalt. Sie wartet, beide Hände in den Taschen ihres Jacketts, Blick zum Fenster hinaus. Sonst niemand im Zimmer. Eine Fremde. Ihr Gesicht ist nicht zu sehen, nur ihr Nacken, ihr Hinterkopf, ihr kurzgeschnittenes Haar. Ab und zu nimmt sie ihr Taschentuch, um sich zu schneuzen, und steckt es sofort wieder zurück, beziehungsweise knüllt es in ihrer nervösen Hand zusammen. Sonst reglos. Sie trägt eine Brille, schwarz, Hornbrille. Es könnte sich um eine Ärztin handeln, eine Anwältin oder so etwas. Sie weint. Einmal greift sie mit der Hand unter ihre Hornbrille, als halte sie ihr Gesicht; eine ganze Weile. Dann braucht sie ihre beiden Hände, um das nasse Taschentuch nochmals aufzufalten, dann steckt sie's wieder ein und wartet, Blick zum Fenster hinaus, wo nichts zu sehen ist als Sonnenstores. Ihre Gestalt: sportlich, geradezu mädchenhaft, wären nicht ihre grauen oder weißen Haare. Dann nimmt sie's nochmals, ihr Taschentuch, um die Brille zu putzen, dabei sehe ich endlich ihr nacktes Gesicht, das braun ist – es könnte abgesehen von ihren blauen Augen, das Gesicht von einem alten Indio sein.

Ich tat, als schliefe ich.

Hanna mit weißen Haaren!

Offenbar hatte ich tatsächlich nochmals geschlafen – eine halbe Minute oder eine halbe Stunde, bis mein Kopf von der Wand rutschte, so daß ich erschrak – sie sah, daß ich wach bin. Sie sagte kein Wort, sondern blickte mich nur an. Sie saß, ihre Beine verschränkt, und stützte ihren Kopf, sie rauchte.

«Wie geht es?» fragte ich.

Hanna rauchte weiter.

«Hoffen wir das beste», sagt sie, «es ist gemacht, hoffen wir das beste.»

«Sie lebt?»

«Ja», sagt sie –

Von Begrüßung kein Wort.

«Dr. Eleutheropulos war gerade hier», sagt sie, «es ist keine Kreuzotter gewesen, meint er –»

Sie füllte eine Tasse für mich.

«Komm», sagt sie, «trink deinen Tee.»

Es kam mir (ohne Verstellung) nicht in den Sinn, daß man sich zwanzig Jahre nicht mehr gesprochen hatte; wir redeten über die Operation, die vor einer Stunde gemacht worden war, oder nichts. Wir warteten gemeinsam auf weitere Meldungen des Arztes.

Ich leerte Tasse um Tasse.

«Das weißt du», sagt sie, «daß sie dir auch eine Injektion gemacht haben?»

Davon hatte ich nichts gemerkt.

«Nur zehn Kubikzentimeter, nur prophylaktisch», sagt sie, «wegen der Mundschleimhaut.»

Hanna überhaupt sehr sachlich.

«Wie ist das gekommen?» fragt sie. «Ihr seid heute in Korinth gewesen?»

Ich fror.

«Wo hast du denn deine Jacke?»

Meine Jacke lag am Meer.

«Seit wann seid ihr in Griechenland?»

Ich staunte über Hanna; ein Mann, ein Freund, hätte nicht sachlicher fragen können. Ich versuchte auch sachlich zu antworten. Wozu hundertmal versichern, daß ich nichts dafür kann! Hanna machte ja keinerlei Vorwürfe, sondern fragte bloß, Blick zum Fenster hinaus. Sie fragte, ohne mich anzublicken:

«Was hast du gehabt mit dem Kind?»

Dabei war sie sehr nervös, ich sah es.

«Wieso keine Kreuzotter?» fragte ich.

«Komm», sagt sie, «trink deinen Tee!»

«Seit wann trägst du eine Brille?» frage ich –

Ich hatte die Schlange nicht gesehen, nur gehört, wie Sabeth schrie. Als ich kam, lag sie bewußtlos. Ich hatte gesehen, wie Sabeth gestürzt war, und lief zu ihr. Sie lag im Sand, bewußtlos infolge ihres Sturzes, vermutete ich. Dann erst sah ich die Bißwunde oberhalb der Brust, klein, drei Stiche nahe zusammen, ich begriff sofort. Sie blutete nur wenig. Natürlich sog ich die Wunde sofort aus, wie vorgeschrieben, wußte, daß man abbinden sollte gegen das Herz hin. Aber wie? Der Biß war oberhalb der linken Brust. Ich wußte: sofortiges Ausschneiden der Wunde beziehungsweise Ausbrennen. Ich schrie um Hilfe, aber ich war schon außer Atem, bevor ich die Straße erreicht hatte, die Verunglückte auf den Armen, das Stapfen im weichen Sand, dazu die Verzweiflung, als ich den Ford vorbeifahren sah, ich schrie, so laut ich konnte. Aber der Ford fuhr vorbei. Ich stand außer Atem, die Bewußtlose auf den Armen, die immer schwerer wurde, ich konnte sie kaum noch halten, weil sie in keiner Weise half. Es war die richtige Straße, aber kein Fahrzeug weit und breit. Ich verschnaufte, dann weiter auf dieser Straße mit gekiestem Teer, zuerst Laufschritt, dann langsam und immer langsamer, ich war barfuß. Es war Mittag. Ich weinte und ging, bis endlich dieser Zweiräder kam. Vom Meer herauf. Ein Arbeiter, der nur griechisch redete, aber sofort verstand angesichts der Wunde. Ich saß auf dem holpernden Karren, der mit nassem Kies beladen war, mein Mädchen auf den Armen, so wie es gerade war, nämlich im Badkleid (Bikini) und sandig. Es schüttelte den Kies, so daß ich die Bewußtlose in den Armen tragen mußte, weiterhin, und es schüttelte auch mich. Ich bat den Arbeiter, geschwinder zu fahren. Der Esel gab nicht mehr Tempo als ein Fußgänger. Es war ein ächzender Karren mit schiefen wackligen Rädern, ein Kilometer wurde zur Ewigkeit; ich saß so, daß ich rückwärts schaute. Aber von einem Auto keine Spur. Ich verstand nicht, was der Grieche redete, warum er stoppte bei einem Ziehbrunnen, er band den Esel an; dazu Zeichen, ich sollte warten. Ich beschwor ihn, weiterzufahren und keine Zeit zu verlieren; ich wußte nicht, was er im Sinn hatte, als er mich allein auf dem Kieskarren ließ, allein mit der Verunglückten, die Serum brauchte. Ich sog neuerdings ihre Wunde aus. Offenbar ging er zu den Hütten, um Hilfe zu holen. Ich wußte nicht, wie er sich das vorstellte, Hilfe mit Kräutern oder Aberglauben oder was weiß ich. Er pfiff, dann ging er weiter, da keinerlei Antwort aus den Hütten. Ich wartete ein paar Minuten, dann los, ohne zu überlegen, weiter, die Verunglückte auf den Armen, zuerst wieder im Laufschritt, bis ich neuerdings außer Atem war. Ich konnte einfach nicht mehr. Ich legte sie an die Straßenböschung, weil Laufen sowieso sinnlos; ich konnte sie ja nicht nach Athen tragen. Entweder kam ein Motorfahrzeug, das uns aufnimmt, oder es kam nicht. Als ich wieder ihre kleine Wunde oberhalb der Brust aussog, sah ich, daß Sabeth langsam zum Bewußtsein kommt: ihre Augen weit offen, aber ohne Blick; sie klagt nur über Durst, ihre Stimme vollkommen heiser, ihr Puls sehr langsam, dann Erbrechen, dazu Schweiß. Ich sah jetzt die bläulich-rote Schwellung um ihre Wunde. Ich lief, um Wasser zu suchen. Ringsum nichts als Ginster, Disteln, Oliven auf einem trokkenen Acker, kein Mensch, ein paar Ziegen im Schatten, ich konnte rufen und schreien, soviel ich wollte – es war Mittag, Totenstille, ich kniete neben Sabeth; sie war nicht bewußtlos, nur sehr schläfrig, wie gelähmt. Zum Glück sah ich den Lastwagen noch zeitig genug, so daß ich auf die Straße laufen konnte; er stoppte, ein Lastwagen mit einem Bündel langer Eisenröhren. Sein Fahrziel war nicht Athen, sondern Megara, immerhin unsere Richtung. Ich saß nun neben dem Fahrer, die Verunglückte auf meinen Armen. Das Scheppern der langen Röhren, dazu das mörderische Tempo; kaum dreißig Stundenkilometer auf gerader Strecke! Ich hatte meine Jacke am Meer, mein Geld in der Jacke – in Megara, wo er stoppte, gab ich dem Fahrer, der ebenfalls nur Griechisch versteht, meine Omega-Uhr, damit er unverzüglich weiterfährt, ohne seine Röhren abzuladen. In Eleusis, wo er tanken mußte, ging wieder eine Viertelstunde verloren. Ich werde diese Strecke nie vergessen. Ob er fürchtete, daß ich meine Omega-Uhr zurückfordere, wenn ich mit einem schnelleren Vehikel weiterfahren könnte, oder was er sich dabei dachte, weiß ich nicht; jedenfalls verhinderte er es zweimal, daß ich umstieg. Einmal war es ein Bus, ein Pullman, einmal eine Limousine, die ich mit Winken hatte stoppen können; mein Fahrer redete griechisch, und die andern fuhren weiter. Er ließ es sich einfach nicht nehmen, unser Retter zu sein, dabei war er ein miserabler Fahrer. In der Steigung nach Daphni kamen wir kaum voran. Sabeth schlief, und ich wußte nicht, ob sie ihre Augen je wieder aufmachen würde. Endlich die Vororte von Athen, aber es ging immer langsamer; die Verkehrslichter, die üblichen Stockungen, unser Lastwagen mit langen Röhren hinten heraus war unbeweglicher als alle anderen, die kein Serum brauchten, die scheußliche Stadt, Wirrwarr mit Straßenbahn und Eselskarren, natürlich wußte unser Fahrer nicht, wo ein Hospital ist, er mußte fragen, ich hatte den Eindruck, er findet es nie, ich schloß meine Augen oder blickte auf Sabeth, die ganz langsam atmete. (Alle Krankenhäuser liegen am andern Ende von Athen.) Unser Fahrer, da er vom Land kam, kannte nicht einmal die Straßennamen, die man ihm nannte, ich verstand immer nur: Leofores, Leofores, ich versuchte zu helfen, aber konnte ja nicht einmal lesen – wir hätten es nie gefunden, wäre nicht der junge Bursche auf unser Trittbrett gestiegen, um uns zu führen. Dann dieses Vorzimmer –

Lauter griechische Fragen –

Endlich die Diakonissin, die englisch versteht, eine Person von satanischer Ruhe: ihre Hauptsorge, unsere Personalien zu wissen!

Der Arzt, der das Mädchen behandelt hatte, beruhigte uns. Er verstand englisch und antwortete griechisch; Hanna übersetzte mir das Wichtigste, seine Erklärung, warum keine Kreuzotter, sondern eine Viper (Aspisviper), seines Erachtens hatte ich das Einzigrichtige unternommen: Transport ins Hospital. Von den volkstümlichen Maßnahmen (Aussaugen der Bißwunde, Ausschneiden oder Ausbrennen, Abschnüren der betroffenen Gliedmaßen) hielt er als Fachmann nicht viel; zuverlässig nur die Serum-Injektion innerhalb drei bis vier Stunden, das Ausschneiden der Bißwunde nur als zusätzliche Maßnahme.

Er wußte nicht, wer ich bin.

Ich war auch in einem Zustand; verschwitzt und verstaubt, wie der Arbeiter auf dem Kieskarren, dazu Teer an den Füßen, zu schweigen von meinem Hemd, ein Landstreicher, barfuß und ohne Jacke, der Arzt kümmerte sich um meine Füße, die er der Diakonissin überließ, und redete nur mit Hanna, bis Hanna mich vorstellte.

«Mister Faber is a friend of mine.»

Was mich beruhigte: Die Mortalität bei Schlangenbiß (Kreuzotter, Viper aller Art) beträgt drei bis zehn Prozent, sogar bei Biß von Kobra nicht über fünfundzwanzig Prozent, was in keinem Verhältnis steht zu der abergläubischen Angst vor Schlangen, die man allgemein noch hat. Hanna war auch ziemlich beruhigt –

Wohnen konnte ich bei Hanna.

Ich wollte aber das Hospital nicht verlassen, ohne das Mädchen gesehen zu haben, ich bestand darauf, das Mädchen zu sehen, wenn auch nur für eine Minute, und fand Hanna (der Arzt willigte sofort ein!) sehr sonderbar – sie ließ mich, als wollte ich ihr die Tochter stehlen, nicht eine Minute lang im Krankenzimmer.

«Komm», sagt sie – «sie schläft jetzt.»

Vielleicht ein Glück, daß das Kind uns nicht mehr erkannt hat; sie schlief mit offenem Mund (sonst nicht ihre Art) und war sehr blaß, ihr Ohr wie aus Marmor, sie atmete in Zeitlupentempo, jedoch regelmäßig, sozusagen zufrieden, und einmal, während ich vor ihrem Bett stand, dreht sie den Kopf nach meiner Seite. Aber sie schlief.

«Komm», sagt Hanna, «laß sie!»

Ich wäre lieber in irgendein Hotel gefahren. Warum sagte ich's nicht? Vielleicht wäre es Hanna auch lieber gewesen. Wir hatten einander noch nicht einmal die Hand gegeben. Im Taxi, als es mir bewußt wurde, sagte ich:

«Grüß dich!»

Ihr Lächeln, wie stets über meine verfehlten Witze: mit einem Rümpfen ihrer Stirne zwischen den Brauen.

Sie glich ihrer Tochter schon sehr.

Ich sagte natürlich nichts.

«Wo hast du Elsbeth kennengelernt?» fragt sie. «Auf dem Schiff?»

Sabeth hatte geschrieben: von einem älteren Herrn, der ihr auf dem Schiff, kurz vor Le Havre, einen Heiratsantrag gemacht habe.

«Stimmt das?» fragt sie.

Unser Taxi-Gespräch: lauter Fragen, keine Antworten.

Wieso ich sie Sabeth nenne? Als Frage auf meine Frage: Wieso Elsbeth? Dazwischen ihre Hinweise: Das Dionysos-Theater. Wieso ich sie Sabeth nenne: weil Elisabeth, fand ich, ein unmöglicher Name ist. Dazwischen wieder ein Hinweis auf kaputte Säulen. Wieso gerade Elisabeth? Ich würde nie ein Kind so nennen. Dazwischen Stoplichter, die üblichen Stockungen. Nun heißt sie eben Elisabeth, nichts zu machen, auf Wunsch ihres Vaters. Dazwischen redete sie mit dem Fahrer, der einen Fußgänger beschimpfte, griechisch, ich hatte den Eindruck, wir fahren im Kreis herum, und es machte mich nervös, obschon wir jetzt, plötzlich, Zeit hatten; dann ihre Frage:

«Hast du Joachim je wiedergesehen?»

Ich fand Athen eine gräßliche Stadt, Balkan, ich konnte mir nicht vorstellen, wo man hier wohnt, Kleinstadt, teilweise sogar Dorf, levantinisch, Gewimmel von Leuten mitten auf der Straße, dann wieder Einöde, Ruinen, dazwischen Imitation von Großstadt, gräßlich, wir hielten kurz nach ihrer Frage.

«Hier?» frage ich –

«Nein», sagt sie, «ich komme gleich.»

Es war das Institut, wo Hanna arbeitet, und ich mußte im Taxi warten, ohne eine Zigarette zu haben; ich versuchte Anschriften zu lesen und kam mir wie ein Analphabet vor, völlig verloren.

Dann zurück zur Stadt –

Als sie aus dem Institut gekommen war, hatte ich Hanna, offen gestanden, nicht wieder erkannt; sonst hätte ich die Taxi-Türe selbstverständlich geöffnet.

Dann ihre Wohnung.

«Ich geh voran», sagt sie.

Hanna geht voran, die Dame mit grauem und kurzgeschnittenem Haar, mit Hornbrille, die Fremde, aber Mutter von Sabeth beziehungsweise Elsbeth (sozusagen meine Schwiegermutter!), ab und zu wundert es mich, daß man sich so ohne weiteres duzt.

«Komm», sagt sie, «mach es dir bequem.»

Wiedersehen nach zwanzig Jahren, damit hatte ich nicht gerechnet, Hanna auch nicht, übrigens hat sie recht: es sind einundzwanzig Jahre, genau gerechnet.

«Komm», sagt sie, «setz dich.»

Meine Füße schmerzten.

Ich wußte natürlich, daß sie ihre Frage («Was hast du gehabt mit dem Mädchen?») früher oder später wiederholen wird, und ich hätte schwören können: nichts! – ohne zu lügen, denn ich glaubte es selbst nicht, sowie ich Hanna vor mir sah.

«Walter», sagt sie, «warum setzt du dich nicht?»

Mein Trotz, zu stehen –

Hanna zog die Sonnenstores herauf.

Hauptsache, daß das Kind gerettet ist! – ich sagte es mir ununterbrochen, während ich irgend etwas redete oder schwieg, Zigaretten von Hanna rauchte; sie räumte Bücher aus den Sesseln, damit ich mich setzen könnte.

«Walter», fragt sie, «hast du Hunger?»

Hanna als Mutter –

Ich wußte nicht, was denken.

«Eine hübsche Aussicht», sage ich, «was du hier hast! Das also ist diese berühmte Akropolis?»

«Nein», sagt sie, «das ist der Lykabettos.»

Sie hatte immer schon diese Art, geradezu eine Manie, noch in Nebensachen ganz genau zu sein: Nein, das ist der Lykabettos!

Ich sage es ihr:
«Du hast dich nicht verändert!»
«Meinst du?» fragt sie. «Hast du dich verändert?»
Ihre Wohnung: wie bei einem Gelehrten, (auch das habe ich offenbar gesagt; später hat Hanna, in irgendeinem Gespräch über Männer, meinen damaligen Ausspruch von der Gelehrten-Wohnung zitiert als Beweis dafür, daß auch ich die Wissenschaft für ein männliches Monopol halte, überhaupt den Geist) – alle Wände voller Bücher, ein Schreibtisch voller Scherben mit Etiketten versehen, im übrigen fand ich auf den ersten Blick nichts Antiquarisches, im Gegenteil, die Möbel waren durchaus modern, was mich bei Hanna wunderte.
«Hanna», sage ich, «du bist ja fortschrittlich geworden!»
Sie lächelte bloß.
«Ich meine es im Ernst!» sage ich –
«Noch immer?» fragt sie.
Manchmal verstand ich sie nicht.
«Bist du noch immer fortschrittlich?» fragt sie, und ich war froh, daß Hanna wenigstens lächelte . . . Ich sah schon: die üblichen Gewissensbisse, die man sich macht, wenn man ein Mädchen nicht geheiratet hat, erwiesen sich als überflüssig. Hanna brauchte mich nicht. Sie lebte ohne eigenen Wagen, aber dennoch zufrieden; auch ohne Television.
«Eine hübsche Wohnung», sage ich, «was du da hast –»
Ich erwähnte ihren Mann.
«Der Piper», sagt sie.
Auch ihn brauchte sie nicht, schien es, nicht einmal ökonomisch. Sie lebte seit Jahren von ihrer eignen Arbeit (worunter ich mir heute noch nichts Genaues vorstellen kann, offen gestanden) nicht großartig, aber immerhin. Ich sah es. Ihre Kleidung hätte sogar vor Ivy bestehen können, und abgesehen von einer archaischen Wanduhr mit zersprungenem Zifferblatt ist ihre Wohnung, wie gesagt, durchaus modern.
«Und wie geht's denn dir?» fragt sie.
Ich trug eine fremde Jacke, die man mir im Hospital geliehen hatte, und es störte mich, eine Jacke, die mir zu groß war, ich spürte es schon die ganze Zeit: zu weit, da ich mager bin, und dabei zu kurz, Ärmel wie von einer Bubenjacke. Ich zog sie sofort aus, als Hanna in die Küche ging; jedoch mein Hemd ging auch nicht, weil blutig.
«Wenn du ein Bad nehmen willst», sagt Hanna, «bevor ich koche –»
Sie deckte den Tisch.
«Ja», sagte ich, «ich habe geschwitzt –»
Sie war rührend, dabei immer sachlich; sie stellte den Gasbrenner an und erklärte, wie man abstellt, und brachte ein frisches Frottiertuch, Seife.
«Wie geht's deinen Füßen?» fragt sie.
Dabei hantierte sie immer.

«Wieso ins Hotel?» fragt sie. «Das ist doch selbstverständlich, daß du hier wohnen kannst –»

Ich fühlte mich sehr unrasiert.

Das Bad füllte sich nur sehr langsam und dampfte, Hanna ließ kaltes Wasser hinzu, als könnte ich es nicht selber tun; ich saß auf einem Hokker, untätig wie ein Gast, meine Füße schmerzten sehr, Hanna öffnete das Fensterchen, im Dampf sah ich nur noch ihre Bewegungen, die sich nicht verändert haben, überhaupt nicht.

«Ich habe immer gemeint, du bist wütend auf mich», sage ich, «wegen damals.»

Hanna nur verwundert.

«Wieso wütend? Weil wir nicht geheiratet haben?» sagt sie. «Das wäre ein Unglück gewesen –»

Sie lachte mich geradezu aus.

«Im Ernst», sagt sie, «das hast du wirklich gemeint, daß ich wütend bin, Walter, einundzwanzig Jahre lang?»

Mein Bad war voll.

«Wieso ein Unglück?» frage ich –

Sonst haben wir nie wieder über die Heiratsgeschichte von damals gesprochen. Hanna hatte recht, wir hatten andere Sorgen.

«Hast du das gewußt?» frage ich, «daß die Mortalität bei Schlangenbiß nur drei bis zehn Prozent beträgt?»

Ich war erstaunt.

Hanna hält nichts von Statistik, das merkte ich bald. Sie ließ mich einen ganzen Vortrag halten – damals im Badezimmer – über Statistik, um dann zu sagen:

«Dein Bad wird kalt.»

Ich weiß nicht, wie lange ich in jenem Bad gelegen habe, meine verbundenen Füße auf dem Rand der Wanne – Gedanken über Statistik, Gedanken an Joachim, der sich erhängt hat, Gedanken in die Zukunft, Gedanken, bis mich fröstelte, ich wußte selbst nicht, was ich dachte, ich konnte mich sozusagen nicht entschließen, zu wissen, was ich denke. Ich sah die Fläschchen und Dosen, Tuben, lauter damenhafte Utensilien, ich konnte mir Hanna schon nicht mehr vorstellen, Hanna damals, Hanna heute, eigentlich keine von beiden. Ich fröstelte, aber ich hatte keine Lust, mein blutiges Hemd nochmals anzuziehen – ich antwortete nicht, als Hanna mich rief.

Was mit mir los sei?

Ich wußte es selbst nicht.

Ob Tee oder Kaffee?

Ich war erschöpft von diesem Tag, daher meine Entschlußlosigkeit, was sonst nicht meine Art ist, und daher die Spintisiererei (die Badewanne als Sarkophag; etruskisch!), geradezu ein Delirium von fröstelnder Entschlußlosigkeit. –

«Ja», sage ich, «ich komme.»

Eigentlich hatte ich nicht im Sinn gehabt, Hanna wiederzusehen; nach unsrer Ankunft in Athen wollte ich sofort auf den Flugplatz hinaus –

Meine Zeit war abgelaufen.

Wie ich den Citroën, den Williams mir geliehen hatte und der in Bari stand, nach Paris zurückbringe, war mir rätselhaft. Ich wußte nicht einmal den Namen der betreffenden Garage!

«Ja!» rufe ich. «Ich komme!»

Dabei blieb ich liegen.

Die Via Appia –

Die Mumie im Vatikan –

Mein Körper unter Wasser –

Ich halte nichts von Selbstmord, das ändert ja nichts daran, daß man auf der Welt gewesen ist, und was ich in dieser Stunde wünschte: Nie gewesen sein!

«Walter», fragt sie, «kommst du?»

Ich hatte die Badezimmertüre nicht abgeschlossen, und Hanna (so dachte ich) könnte ohne weiteres eintreten, um mich von rückwärts mit einer Axt zu erschlagen; ich lag mit geschlossenen Augen, um meinen alten Körper nicht zu sehen –

Hanna telefonierte.

Warum ging's nicht ohne mich!

Später, im Laufe des Abends, redete ich wieder, als wäre nichts dabei. Ohne Verstellung; es war eigentlich nichts dabei, Hauptsache, daß Sabeth gerettet war. Dank Serum. Ich fragte Hanna, wieso sie nicht an Statistik glaubt, statt dessen aber an Schicksal und Derartiges.

«Du mit deiner Statistik!» sagt sie. «Wenn ich hundert Töchter hätte, alle von einer Viper gebissen, dann ja! Dann würde ich nur drei bis zehn Töchter verlieren. Erstaunlich wenig! Du hast vollkommen recht.»

Ihr Lachen dabei.

«Ich habe nur ein einziges Kind!» sagt sie.

Ich widersprach nicht, trotzdem bekamen wir beinahe Streit, plötzlich hatten wir die Nerven verloren. Es begann mit einer Bemerkung meinerseits.

«Hanna», sage ich, «du tust wie eine Henne!»

Es war mir so herausgerutscht.

«Entschuldige», sage ich, «aber es ist so!»

Ich merkte erst später, was mich ärgerte: – Ich war aus dem Bad gekommen, Hanna am Telefon, sie hatte das Hospital angerufen, während ich im Badezimmer war – sie redete mit Elsbeth.

Ich hörte alles, ohne zu wollen.

Kein Wort über mich –

Sie redete, als gebe es nur Hanna, die Mutter, die um Sabeth gebangt hatte und sich freute, daß das Mädchen sich langsam wohler fühlte, sogar reden konnte, sie redeten deutsch, bis ich ins Zimmer trat, dann wechselte Hanna auf griechisch. Ich verstand kein Wort. Dann hängte sie den Hörer auf.

«Wie geht es?» frage ich.

Hanna sehr erleichtert –

«Hast du gesagt», frage ich, «daß ich hier bin?»

Hanna nahm sich eine Zigarette.

«Nein», sagt sie.

Hanna tat sehr merkwürdig, und ich glaubte es einfach nicht, daß das Mädchen nicht nach mir gefragt hätte; mindestens hatte ich ein Recht darauf, scheint mir, alles zu wissen, was gesprochen worden war.

«Komm», sagt Hanna, «essen wir etwas.»

Was mich wütend machte: ihr Lächeln, als hätte ich kein Recht darauf, alles zu wissen.

«Komm», sagt Hanna, «setz dich.»

Ich setzte mich aber nicht.

«Wieso bist du gekränkt, wenn ich mit meinem Kind spreche?» sagt sie. «Wieso?»

Sie tat wirklich (wie es die Art aller Frauen ist, vermute ich, auch wenn sie noch so intellektuell sind) wie eine Henne, die ihr Junges unter die Flügel nehmen muß; daher meine Bemerkung mit der Henne, ein Wort gab das andere, Hanna war außer sich wegen meiner Bemerkung, weibischer als ich sie je gesehen habe. Ihr ewiges Argument:

«Sie ist mein Kind, nicht dein Kind.»

Daher meine Frage:

«Stimmt es, daß Joachim ihr Vater ist?»

Darauf keine Antwort.

«Laß mich!» sagt sie. «Was willst du überhaupt von mir? Ich habe Elsbeth ein halbes Jahr lang nicht gesehen, plötzlich dieser Anruf vom Hospital, ich komme und finde sie bewußtlos – weiß nicht, was geschehen ist.»

Ich nahm alles zurück.

«Du», sagt sie, «du – was hast du zu sprechen mit meiner Tochter? Was willst du überhaupt von ihr? Was hast du mit ihr?»

Ich sah, wie sie zitterte.

Hanna ist alles andere als eine alte Frau, aber ich sah natürlich ihre mürbe Haut, ihre Tränensäcke, ihre Schläfen mit Krähenfüßen, die mich nicht störten, aber ich sah sie. Hanna war magerer geworden, zarter. Ihr Alter stand ihr eigentlich sehr gut, fand ich, vor allem im Gesicht, abgesehen von der Haut unter ihrem Kinn, die mich an die Haut von Eidechsen erinnert – Ich nahm alles zurück.

Ich verstand ohne weiteres, daß Hanna an ihrem Kind hängt, daß sie die Tage gezählt hat, bis das Kind wieder nach Hause kommt, und daß es für eine Mutter nicht leicht ist, wenn das Kind, das einzige, zum ersten Mal in die Welt hinaus reist.

«Sie ist ja kein Kind mehr», sagt sie, «ich selber habe sie ja auf diese Reise geschickt, eines Tages muß sie ja ihr eigenes Leben führen, das ist mir klar, daß sie eines Tages nicht wiederkommt –»

Ich ließ Hanna sprechen.

«Das ist nun einmal so», sagt sie, «wir können das Leben nicht in unseren Armen behalten, Walter, auch du nicht.»

«Ich weiß!» sage ich.

«Warum versuchst du es denn?» fragt sie.

Ich verstand Hanna nicht immer.

«Das Leben geht mit den Kindern», sagt sie –

Ich hatte mich nach ihrer Arbeit erkundigt.

«Das ist nun einmal so», sagt sie, «wir können uns nicht mit unseren Kindern nochmals verheiraten.»

Keine Antwort auf meine Frage.

«Walter», fragt sie, «wie alt bist du jetzt?»

Dann eben ihr Ausspruch: sie habe nicht hundert Töchter, sondern eine einzige (was ich wußte), und ihre Tochter hätte nur ein einziges Leben (was ich ebenfalls wußte) wie jeder Mensch; auch sie, Hanna, hätte nur ein einziges Leben, ein Leben, das verpfuscht sei, und auch ich, (ob ich es wisse?) hätte nur ein einziges Leben.

«Hanna», sage ich, «das wissen wir.»

Unser Essen wurde kalt.

«Wieso verpfuscht?» frage ich.

Hanna rauchte. Statt zu essen.

«Du bist ein Mann», sagt sie, «ich bin eine Frau – das ist ein Unterschied, Walter.»

«Hoffentlich!» lache ich.

«Ich werde keine Kinder mehr haben –»

Das sagte sie im Laufe des Abends zweimal.

«Was ich arbeite?» sagt sie. «Du siehst es ja, Scherbenarbeit. Das soll eine Vase gewesen sein. Kreta. Ich kleistere die Vergangenheit zusammen –»

Ich finde das Leben von Hanna gar nicht verpfuscht. Im Gegenteil. Ich kenne ihren zweiten Mann nicht, diesen Piper, eine Bekanntschaft aus der Emigration; Hanna erwähnt ihn fast nie, obschon sie (was mich noch heute jedesmal verwundert) seinen Namen trägt: Dr. Hanna Piper. Dabei hat Hanna immer getan, was ihr das Richtige schien, und das ist für eine Frau, finde ich, schon allerhand. Sie führte das Leben, wie sie's wollte. Warum es mit Joachim nicht gegangen war, sagte sie eigentlich nicht. Sie nennt ihn einen lieben Menschen. Von Vorwurf keine Spur; höchstens findet sie uns komisch, die Männer ganz allgemein. Hanna hat sich vielleicht zuviel versprochen, die Männer betreffend, wobei ich glaube, daß sie die Männer liebt. Wenn Vorwurf, dann sind es Selbstvorwürfe; Hanna würde die Männer, wenn sie nochmals leben könnte oder müßte, ganz anders lieben. Sie findet es natürlich, daß die Männer (sagt sie) borniert sind, und bereut nur ihre eigne Dummheit, daß sie jeden von uns (ich weiß nicht, wie viele es gewesen sind) für eine Ausnahme hielt. Dabei ist Hanna, wie ich finde, alles andere als dumm. Sie findet es aber. Sie findet es dumm von einer Frau, daß sie vom Mann verstanden werden will; der Mann (sagt Hanna) will die Frau als Geheimnis, um von seinem eignen Unverständnis begeistert und erregt zu sein. Der Mann hört nur sich selbst, laut Hanna, drum kann das Leben einer Frau, die vom Mann verstanden werden will, nicht anders als verpfuscht sein. Laut Hanna. Der Mann sieht sich als Herr der Welt, die Frau nur als seinen Spiegel. Der Herr ist nicht gezwungen, die Sprache der Unterdrückten zu lernen; die Frau ist gezwungen, doch nützt es ihr nichts, die Sprache ihres Herrn zu lernen, im Gegenteil, sie lernt nur eine Sprache, die ihr immer unrecht gibt. Hanna bereut, daß sie Dr. phil. geworden ist. Solange Gott ein Mann ist, nicht ein Paar, kann das Leben einer Frau, laut Hanna, nur so bleiben, wie es heute ist, nämlich erbärmlich, die Frau als Proletarier der Schöpfung, wenn auch noch so elegant verkleidet – Ich fand sie komisch, eine Frau von fünfzig Jahren, die wie ein Backfisch philosophiert, eine Frau, die noch so tadellos aussieht wie Hanna, geradezu attraktiv, dazu eine Persönlichkeit, das war mir klar, eine Dame von ihrem Aussehen, ich mußte daran denken, wie man Hanna beispielsweise im Hospital behandelt hatte, eine Ausländerin, die erst seit drei Jahren in Athen wohnt, geradezu wie eine Professorin, eine Nobelpreisträgerin! – sie tat mir leid.

«Walter, du ißt ja gar nichts.»

Ich faßte ihren Arm:

«Du, Proletarierin der Schöpfung! –»

Hanna war nicht gewillt zu lächeln, sie wartete darauf, daß ich ihren Arm losließ.

«Wo», fragt sie, «seid ihr in Rom gewesen?»

Ich rapportierte.

Ihr Blick –

Man hätte meinen können, ich sei ein Gespenst, so blickte Hanna mich an, während ich von Rom rapportierte; ein Ungetüm mit einem Rüssel und mit Krallen, ein Monstrum, was Tee trinkt.

Ich werde diesen Blick nie vergessen.

Ihrerseits kein Wort –

Ich redete neuerdings, weil Schweigen unmöglich, über Mortalität bei Schlangenbiß, beziehungsweise über Statistik im allgemeinen.

Hanna wie taub.

Ich wagte nicht, in ihre Augen zu blicken – so oft ich auch nur eine Sekunde lang (länger konnte ich nicht) daran dachte, daß ich Sabeth umarmt habe, beziehungsweise, daß Hanna, die vor mir sitzt, ihre Mutter ist, die Mutter meiner Geliebten, die selbst meine Geliebte ist.

Ich weiß nicht, was ich redete.

Ihre Hand (ich redete sozusagen nur noch zu ihrer Hand) war merkwürdig: klein wie eine Kinderhand, älter als die übrige Hanna, nervös und schlaff, häßlich, eigentlich gar keine Hand, sondern etwas Verstümmeltes, weich und knochig und welk, Wachs mit Sommersprossen, eigentlich nicht häßlich, im Gegenteil, etwas Liebes, aber etwas Fremdes, etwas Entsetzliches, etwas Trauriges, etwas Blindes, ich redete und redete, ich schwieg, ich versuchte mir die Hand von Sabeth vorzustellen, aber erfolglos, ich sah nur, was neben dem Aschenbecher auf dem Tisch lag. Menschenfleisch mit Adern unter der Haut, die wie zerknittertes Seidenpapier aussieht, so mürbe und zugleich glänzend.

Ich war selber todmüde.

«Eigentlich ist sie noch ein Kind», sagt Hanna, – «oder glaubst du, sie ist mit einem Mann zusammengewesen?»

Ich blickte Hanna in die Augen –

«Ich wünsche es ihr ja», sagt sie, «ich wünsche es ihr ja!»

Plötzlich tischte sie ab.

Ich half.

Betreffend Statistik: Hanna wollte nichts davon wissen, weil sie an Schicksal glaubt, ich merkte es sofort, obschon Hanna es nie ausdrücklich sagte. Alle Frauen haben einen Hang zum Aberglauben, aber Hanna ist hochgebildet; darum verwunderte es mich. Sie redet von Mythen, wie unsereiner vom Wärmesatz, nämlich wie von einem physikalischen Gesetz, das durch jede Erfahrung nur bestätigt wird, daher in einem geradezu gleichgültigen Ton. Ohne Verwunderung. Oedipus und die Sphinx, auf einer kaputten Vase dargestellt in kindlicher Weise, Athene, die Erinnyen beziehungsweise Eumeniden und wie sie alle heißen, das sind Tatsachen für sie; es hindert sie nichts, mitten im ernsthaften Gespräch gerade damit zu kommen. Ganz abgesehen davon, daß ich in Mythologie und überhaupt in Belletristik nicht beschlagen bin, ich wollte nicht streiten; wir hatten praktische Sorgen genug.

Am 5. VI. sollte ich in Paris sein –

Am 7. VI. in New York –

Am 10. VI. (spätestens) in Venezuela –

Hanna arbeitet in einem Archäologischen Institut, Götter gehören zu ihrem Job, das mußte ich mir immer wieder sagen: sicher hat auch unsereiner, ohne es zu merken, eine déformation professionelle. Ich mußte lächeln, wenn Hanna so redete.

«Du mit deinen Göttern!»

Dann ließ sie es sofort.

«Ich würde ja nicht abreisen», sage ich, «wenn es nicht feststehen würde, daß das Kind gerettet ist, das wirst du mir glauben.»

Hanna hatte volles Verständnis, schien es, sie wusch das Geschirr, während ich kurz von meinen beruflichen Verpflichtungen sprach, und ich trocknete ab – wie vor zwanzig Jahren, fand ich, beziehungsweise vor einundzwanzig Jahren.

«Findest du?»

«Findest du nicht?» sage ich.

Wie Hanna rechnete, daß sie auf einundzwanzig Jahre kam, wußte ich nicht. Aber ich hielt mich daran, damit sie mich nicht jedesmal verbesserte.

«Eine hübsche Küche», sage ich –

Plötzlich wieder ihre Frage:

«Hast du Joachim je wiedergesehen?»

Einmal, das war klar, mußte ich es sagen, daß Joachim aus dem Leben geschieden ist, aber nicht gerade heute, fand ich, nicht gerade am ersten Abend.

Ich redete von irgend etwas –

Unsere Abendessen damals in ihrer Bude!

«Erinnerst du dich an Frau Oppikofer?»

«Warum?» fragt sie.

«Einfach so!» sage ich. «Wie sie immer mit ihrem Besenstiel klopfte, wenn ich nach zweiundzwanzig Uhr noch in deiner Bude war –»

Unser Geschirr war gewaschen und getrocknet.

«Walter», fragt sie, «nimmst du einen Kaffee?»

Erinnerungen sind komisch.

«Ja», sage ich, «nach zwanzig Jahren kann man darüber lachen –»

Hanna setzte Wasser auf.

«Walter», fragt sie, «ob du Kaffee nimmst –»

Sie wollte keine Erinnerungen hören.

«Ja», sage ich, «gerne.»

Ich sehe nicht ein, wieso ihr Leben verpfuscht sein sollte. Im Gegenteil. Ich finde es allerhand, wenn jemand ungefähr so lebt, wie er's sich einmal in den Kopf gesetzt hat. Ich bewundere sie. Ich habe, offen gesprochen, nie daran geglaubt, daß Philologie und Kunstgeschichte sich bezahlt machen. Dabei kann man nicht einmal sagen, Hanna sei unfraulich. Es steht ihr, eine Arbeit zu haben. Schon in der Ehe mit Joachim, scheint es, hat sie stets gearbeitet, Übersetzungen und Derartiges, und in der Emigration sowieso. In Paris, nach ihrer Scheidung von Joachim, arbeitete sie in einem Verlag. Als dann die Deutschen kamen, floh sie nach England und sorgte allein für ihr Kind. Joachim war Arzt in Rußland, somit zahlungsunfähig. Hanna arbeitete als deutsche Sprecherin bei BBC. Heute noch ist sie britische Staatsbürgerin. Herr Piper verdankt ihr sein Leben, scheint mir; Hanna heiratete ihn aus einem Lager heraus (soviel ich verstanden habe) ohne viel Besinnen, dank ihrer alten Vorliebe für Kommunisten. Herr Piper war eine Enttäuschung, weil kein

Kommunist, sondern Opportunist. Wie Hanna sagt: linientreu bis zum Verrat, neuerdings bereit, Konzentrationslager gut zu finden. Hanna lacht nur: Männer! Er unterwirft sich jeder Devise, um seine Filme machen zu können. Juni 1953 hat Hanna ihn verlassen. Er merke es gar nicht, wenn er heute verkündet, was er gestern widerrufen hat, oder umgekehrt; was er verloren habe: ein spontanes Verhältnis zur Realität. Hanna berichtet ungern von ihm, dabei um so ausführlicher, je weniger es mich interessiert. Hanna findet es schade, beziehungsweise typisch für gewisse Männer, wie dieser Piper im Leben steht: stockblind, laut Hanna, ohne Kontakt. Früher habe er Humor besessen; jetzt lache er nur noch über den Westen. Hanna macht keine Vorwürfe; eigentlich lacht sie bloß über sich selbst, beziehungsweise über ihre Liebe zu Männern.

«Wieso soll dein Leben verpfuscht sein?» sage ich. «Das redest du dir ein, Hanna –»

Auch mich fand sie stockblind.

«Ich sehe nur», sage ich, «was da ist: deine Wohnung, deine wissenschaftliche Arbeit, deine Tochter – du solltest Gott danken!»

«Wieso Gott?»

Hanna wie früher: sie weiß genau, was man meint. Ihre Lust an Worten! Als käme es auf die Worte an. Wenn man es noch so ernst meint, plötzlich verfängt sie sich in irgendeinem Wort.

«Walter, seit wann glaubst du an Gott?»

«Komm», sage ich, «mach einen Kaffee!»

Hanna wußte genau, daß ich mit Gott nichts anfangen kann, und wenn man schließlich drauf eingeht, zeigt sich, daß Hanna es gar nicht ernst meint.

«Wieso kommst du darauf», fragt sie, «daß ich religiös bin? Du meinst, einer Frau im Klimakterium bleibt nichts anderes übrig.»

Ich machte Kaffee.

Ich konnte mir nicht vorstellen, wie es sein wird, wenn Sabeth aus dem Hospital kommt. Sabeth und Hanna und ich in einem Raum, beispielsweise in dieser Küche: – Hanna, die merkt, wie ich mich zusammennehmen muß, um nicht ihr Kind zu küssen oder wenigstens den Arm auf ihre Schulter zu legen, und Sabeth, die entdeckt, daß ich eigentlich (wie ein Schwindler, der seinen Ehering ausgezogen hat) zu Mama gehöre, obschon ich sie, Sabeth, um die Schulter halte.

«Sie soll bloß nicht Stewardeß werden», sage ich, «ich habe es ihr auszureden versucht.»

«Wieso?»

«Weil Stewardeß nicht in Frage kommt», sage ich, «nicht für ein Mädchen wie Sabeth, das schließlich nicht irgendein Mädchen ist –»

Unser Kaffee war gemacht.

«Warum soll sie nicht Stewardeß werden?»

Dabei wußte ich, daß auch Hanna, die Mutter, keineswegs entzückt war von dieser Backfisch-Idee; sie trotzte nur, um mir zu zeigen, daß es mich nichts angeht:

«Walter, das ist ihre Sache!»

Ein ander Mal:

«Walter, du bist nicht ihr Vater.»

«Ich weiß!» sage ich –

Vor dem Augenblick, da man sich setzt, weil es nichts zu hantieren, gibt, hatte ich mich von Anfang an gefürchtet – nun war es soweit.

«Komm», sagt sie, «rede –!»

Es war leichter als erwartet, fast alltäglich.

«Erzähl mir», sagt sie, «was gewesen ist.»

Ich staunte über ihre Ruhe.

«Du kannst dir meinen Schreck vorstellen», sagt sie, «als ich ins Hospital komme und dich sehe, wie du da sitzest und schläfst –»

Ihre Stimme ist unverändert.

In einem gewissen Sinn ging es weiter, als wären keine zwanzig Jahre vergangen, genauer: als hätte man diese ganze Zeit, trotz Trennung, durchaus gemeinsam verbracht. Was wir nicht voneinander wußten, waren Äußerlichkeiten, nicht der Rede wert. Karriere und Derartiges. Was hätte ich reden sollen? Hanna wartete aber.

«Nimmst du Zucker?» fragt sie.

Ich redete von meinem Beruf –

«Wieso reist du mit Elsbeth?» fragt sie.

Hanna ist eine Frau, aber anders als Ivy und die andern, die ich gekannt habe, nicht zu vergleichen; auch anders als Sabeth, die ihr in vielem gleicht. Hanna ist vertrauter; ohne Hader, als sie mich anblickt. Ich wunderte mich.

«Du liebst sie?» fragt sie.

Ich trank meinen Kaffee.

«Seit wann hast du gewußt», fragt sie, «daß ich ihre Mutter bin?»

Ich trank meinen Kaffee.

«Du weißt noch gar nicht», sage ich, «daß Joachim gestorben ist –»

Ich hatte es nicht sagen wollen.

«Gestorben?» fragt sie. «Wann?»

Ich hatte mich hinreißen lassen, nun war's zu spät, ich mußte berichten – ausgerechnet an diesem ersten Abend! – die ganze Geschichte in Guatemala, Hanna wollte alles erfahren, was ich meinerseits wußte, seine Heimkehr aus Rußland, seine Tätigkeit auf der Farm, sie hatte seit ihrer Scheidung nichts mehr von Joachim vernommen, zum Schluß sagte ich doch nicht, daß Joachim sich erhängt hat, sondern log: angina pectoris. Ich staunte, wie gefaßt sie blieb.

«Hast du's dem Mädchen gesagt?» fragt sie.

Dann unser endloses Schweigen.

Sie hatte ihre Hand wieder unter die Hornbrille geschoben, als halte sie ihr Gesicht zusammen; ich kam mir wie ein Scheusal vor.

«Was kannst denn du dafür!» sagt sie.

Daß Hanna nicht einmal weinte, machte alles nur schwerer; sie stand –

«Ja», sagt sie, «gehen wir schlafen.»

Es war Mitternacht – schätzungsweise, ich hatte ja meine Uhr nicht mehr, aber abgesehen davon, es war tatsächlich, als stehe die Zeit.

«Du hast das Zimmer von Elsbeth.»

Wir standen in ihrem Zimmer.

«Hanna», sage ich, «sag doch die Wahrheit: ist er ihr Vater?»

«Ja!» sagt sie. «Ja!»

Im Augenblick war ich erleichtert, ich hatte keinen Grund anzunehmen, daß Hanna lügt, und fand es im Augenblick (die Zukunft war sowieso nicht zu denken) wichtiger als alles andere, daß das Mädchen eine Serum-Injektion bekommen hat und gerettet ist.

Ich gab ihr die Hand.

Man stand, zum Hinsinken müde, Hanna auch, glaube ich, eigentlich hatten wir uns schon Gutnacht gesagt – als Hanna nochmals fragte:

«Walter, was hast du mit Elsbeth gehabt?»

Dabei wußte sie es bestimmt.

«Komm», sagt sie, «sag es!»

Ich weiß nicht, was ich antwortete.

«Ja oder nein!» fragt sie.

Gesagt war gesagt –

Hanna lächelte noch, als hätte sie's nicht gehört, ich war erleichtert, daß es endlich gesagt war, geradezu munter, mindestens erleichtert.

«Bist du mir böse?» frage ich.

Ich hätte lieber auf dem Boden geschlafen, Hanna bestand darauf, daß ich mich wirklich ausruhen sollte, das Bett war bereits mit frischen Tüchern bezogen – alles für die Tochter, die ein halbes Jahr in der Fremde gewesen ist: ein neues Pyjama, das Hanna wegnahm, Blumen auf dem Nachttisch, Schokolade, das blieb.

«Bist du mir böse?» frage ich.

«Hast du alles?» fragt sie, «Seife ist da –»

«Ich konnte nicht wissen», sage ich –

«Walter», sagt sie, «wir müssen schlafen.»

Sie war nicht böse, schien mir, sie gab mir sogar nochmals die Hand. Sie war nervös, nichts weiter. Sie war eilig. Ich hörte, daß sie in die Küche ging, wo alles getan war.

«Kann ich etwas helfen?»

«Nein», sagt sie, «schlaf jetzt!»

Das Zimmer von Sabeth: etwas klein, jedoch nett, viele Bücher auch hier, Blick gegen den Lykabettos, ich stand noch lange am offenen Fenster –

Ich hatte kein Pyjama.

Es ist nicht meine Art, in fremden Zimmern zu schnüffeln, aber das Foto stand gerade auf dem Büchergestell, und schließlich hatte ich Joachim, ihren Vater, selber gekannt – ich nahm's herunter.

Aufgenommen 1936 in Zürich.

Eigentlich war ich entschlossen ins Bett zu gehen, nichts mehr zu denken, aber ich hatte kein Pyjama, wie gesagt, bloß mein schmutziges Hemd –

Endlich ging Hanna in ihr Zimmer.

Das mochte gegen zwei Uhr sein, ich saß auf dem sauberen Bett, wie sie auf Bänken in öffentlichen Anlagen sitzen, wenn sie schlafen, die Obdachlosen, vornüber gekrümmt, (so denke ich stets beim Anblick solcher Schläfer:) wie ein Fötus – aber ich schlief nicht.

Ich wusch mich.

Einmal klopfte ich an ihre Wand.

Hanna tat, als schliefe sie.

Hanna wollte nicht mit mir reden, irgendwann an diesem Abend hatte sie gesagt, ich solle schweigen: Es wird alles so klein, wenn du darüber redest!

Vielleicht schlief Hanna tatsächlich.

Ihre Briefe aus Amerika – ich meine die Briefe von Sabeth – lagen auf dem Tisch, ein ganzes Bündel, Stempel von Yale, einer von Le Havre, dann Ansichtskarten aus Italien, ich las eine einzige, weil sie auf den Boden gefallen war: Gruß aus Assisi (ohne Erwähnung meiner Person) mit tausend Küssen für Mama, mit inniger Umarmung –

Ich rauchte nochmals eine Zigarette.

Dann mein Versuch, das Hemd zu waschen –

Ich weiß nicht, wieso ich auf die Idee kam, alles sei überstanden, jedenfalls das Schlimmste, und wieso ich glauben konnte, Hanna schlafe.

Ich wusch so leise wie möglich.

Ich gebe zu, daß ich Viertelstunden lang einfach vergaß, was los ist, beziehungsweise kam es mir wie ein bloßer Traum vor: wenn man träumt, man sei zum Tod verurteilt, und weiß, es kann nicht stimmen, ich brauche bloß zu erwachen –

Ich hängte mein nasses Hemd ins Fenster.

Das Gesicht von Joachim, das ich mir anschaute, ein männliches Gesicht, sympathisch, aber Ähnlichkeit mit Sabeth fand ich eigentlich nicht.

«Hanna?» rufe ich, «schläfst du?»

Keine Antwort.

Ich fröstelte, weil ohne Hemd, ich kam nicht auf die Idee, ihren Morgenrock zu nehmen, der an der Türe hing, ich sah ihn –

Überhaupt ihre Mädchensachen!

Ihre Flöte auf dem Bücherbrett –
Ich löschte das Licht.

Vermutlich hatte Hanna schon eine ganze Weile geschluchzt, ihr Gesicht in die Kissen gepreßt, bis es nicht mehr ging – ich erschrak, als ich sie hörte; mein erster Gedanke: Sie hat gelogen, und ich bin doch der Vater. Sie schluchzte immer lauter, bis ich an ihre Türe ging, um zu klopfen.

«Hanna», sage ich, «ich bin's.»

Sie verriegelte die Türe.

Ich stand und hörte nur ihr Schluchzen, meine vergeblichen Bitten, sie sollte in die Diele kommen und sagen, was los ist, aber als Antwort nichts als Schluchzen, einmal leise, dann wieder lauter, es hörte nicht auf, und wenn's einmal aufhörte, war es noch schlimmer, ich legte mein Ohr an die Türe, wußte nicht, was ich denken sollte, oft hatte sie einfach keine Stimme mehr, nur so ein Wimmern, so daß ich erleichtert war, wenn sie wieder aufschluchzte.

Ich hatte kein Taschenmesser und nichts –

«Hanna», sage ich, «mach auf!»

Als es mir gelungen war, mit dem Feuerhaken die Türe aufzusprengen, stemmte Hanna sich dagegen. Sie schrie geradezu, als sie mich sah. Ich stand mit nacktem Oberkörper; vielleicht drum. Natürlich tat sie mir leid, und ich ließ ab, die Türe aufzustoßen.

«Hanna», sage ich, «ich bin's!»

Sie wollte allein sein.

Vor vierundzwanzig Stunden (es kam mir wie eine Jugenderinnerung vor!) saßen wir noch auf Akrokorinth, Sabeth und ich, um den Sonnenaufgang zu erwarten. Ich werde es nie vergessen! Wir sind von Patras gekommen und in Korinth ausgestiegen, um die sieben Säulen eines Tempels zu besichtigen, dann Abendessen in einem Guest-House in der Nähe. Sonst ist Korinth ja ein Hühnerdorf. Als sich herausstellte, daß es keine Zimmer gibt, dämmerte es bereits; Sabeth fand es eine Glanzidee von mir, einfach weiterzuwandern in die Nacht hinaus und unter einem Feigenbaum zu schlafen. Eigentlich habe ich's als Spaß gemeint, aber da Sabeth es eine Glanzidee findet, ziehen wir wirklich los, um einen Feigenbaum zu finden, einfach querfeldein. Dann das Gebell von Hirtenhunden, Alarm ringsum, die Herden in der Nacht; es müssen ziemliche Bestien sein, nach ihrem Gekläff zu schließen, und in der Höhe, wohin sie uns treiben, gibt es keine Feigenbäume mehr, nur Disteln, dazu Wind. Von Schlafen keine Rede! Ich habe ja nicht gedacht, daß die Nacht in Griechenland so kalt sein würde, eine Nacht im Juni, geradezu naß. Und dazu keine Ahnung, wohin er uns führen wird, ein Saumpfad zwischen Felsen hinauf, steinig, staubig, daher im Mondlicht weiß wie

Gips. Sabeth findet: Wie Schnee! Wir einigen uns: Wie Joghurt! Dazu die schwarzen Felsen über uns: Wie Kohle! finde ich, aber Sabeth findet wieder irgend etwas anderes, und so unterhalten wir uns auf dem Weg, der immer höher führt. Das Wiehern eines Esels in der Nacht: Wie der erste Versuch auf einem Cello! findet Sabeth, ich finde: Wie eine ungeschmierte Bremse! Sonst Totenstille; die Hunde sind endlich verstummt, seit sie unsere Schritte nicht mehr hören. Die weißen Hütten von Korinth: Wie wenn man eine Dose mit Würfelzucker ausgeleert hat! Ich finde etwas anderes, bloß um unser Spiel weiterzumachen. Eine letzte schwarze Zypresse: Wie ein Ausrufzeichen! findet Sabeth, ich bestreite es; Ausrufzeichen haben ihre Spitze nicht oben, sondern unten. Wir sind die ganze Nacht gewandert. Ohne einen Menschen zu treffen. Einmal erschreckt uns Gebimmel einer Ziege, dann wieder Stille über schwarzen Hängen, die nach Pfefferminz duften, Stille mit Herzklopfen und Durst, nichts als Wind in trockenen Gräsern: Wie wenn man Seide reißt! findet Sabeth, ich muß mich besinnen, und oft fällt mir überhaupt nichts ein, dann ist das ein Punkt für Sabeth, laut Spielregel. Sabeth weiß fast immer etwas. Türme und Zinnen einer mittelalterlichen Bastion: Wie Kulissen in der Opéra! Wir gehen durch Tore und Tore, nirgends ein Geräusch von Wasser, wir hören das Echo unserer Schritte an den türkischen Mauern, sonst Totenstille, sobald wir stehen. Unsere Mondschatten: Wie Scherenschnitte! findet Sabeth. Wir spielen stets auf einundzwanzig Punkte, wie beim Pingpong, dann ein neues Spiel, bis wir plötzlich, noch mitten in der Nacht, oben auf dem Berg sind. Unser Komet ist nicht mehr zu sehen. In der Ferne das Meer: Wie Zinkblech! finde ich, während Sabeth findet, es sei kalt, aber trotzdem eine Glanzidee, einmal nicht im Hotel zu übernachten. Es ist ihre erste Nacht im Freien gewesen. Sabeth in meinem Arm, während wir auf den Sonnenaufgang warten, schlottert. Vor Sonnenaufgang ist es ja am kältesten. Dann rauchen wir zusammen noch unsere letzte Zigarette; vom kommenden Tag, der für Sabeth die Heimkehr bedeuten sollte, haben wir kein Wort gesprochen. Gegen fünf Uhr das erste Dämmerlicht: Wie Porzellan! Von Minute zu Minute wird es heller, das Meer und der Himmel, nicht die Erde; man sieht, wo Athen liegen muß, die schwarzen Inseln in hellen Buchten, es scheiden sich Wasser und Land, ein paar kleine Morgenwolken darüber! Wie Quasten mit Rosa-Puder: findet Sabeth, ich finde nichts und verliere wieder einen Punkt. 19:9 für Sabeth! Die Luft um diese Stunde: Wie Herbstzeitlosen! Ich finde: Wie Cellophan mit nichts dahinter. Dann erkennt man bereits die Brandung an den Küsten: Wie Bierschaum! Sabeth findet: Wie eine Rüsche!! Ich nehme meinen Bierschaum zurück, ich finde: Wie Glaswolle! Aber Sabeth weiß nicht, was Glaswolle ist – und dann die ersten Strahlen aus dem Meer: Wie eine Garbe, wie Speere, wie Sprünge in einem Glas, wie eine Monstranz, wie Fotos von Elektronen-Beschießungen. Für jede

Runde zählt aber nur ein einziger Punkt; es erübrigt sich, ein halbes Dutzend von Vergleichen anzumelden, kurz darauf ist die Sonne schon aufgegangen, blendend: Wie der erste Anstich in einem Hochofen! finde ich, während Sabeth schweigt und ihrerseits einen Punkt verliert ... Ich werde nie vergessen, wie sie auf diesem Felsen sitzt, ihre Augen geschlossen, wie sie schweigt und sich von der Sonne bescheinen läßt. Sie sei glücklich, sagt sie, und ich werde nie vergessen: das Meer, das zusehends dunkler wird, blauer, violett, das Meer von Korinth und das andere, das attische Meer, die rote Farbe der Äcker, die Oliven, grünspanig, ihre langen Morgenschatten auf der roten Erde, die erste Wärme und Sabeth, die mich umarmt, als habe ich ihr alles geschenkt, das Meer und die Sonne und alles, und ich werde nie vergessen, wie Sabeth singt!

Ich sah das Frühstück, das Hanna gerichtet hatte, und ihren Zettel: Komme bald, Hanna. Ich wartete. Ich fühlte mich sehr unrasiert und durchstöberte das ganze Badezimmer nach einer Klinge; nichts als Fläschlein, Dosen voll Puder, Lippenstift, Tuben, Nagellack, Spangen – im Spiegel sah ich mein Hemd: scheußlicher als gestern, die Blutflecken etwas blasser, dafür verschmiert.

Ich wartete mindestens eine Stunde.

Hanna kam aus dem Hospital.

«Wie geht es ihr?» frage ich.

Hanna sehr merkwürdig.

«Ich habe gedacht», sagt sie, «du solltest ausschlafen –»

Später ohne Ausrede:

«Ich wollte mit Elsbeth allein sein, du brauchst deswegen nicht gekränkt zu sein, Walter, ich bin zwanzig Jahre mit dem Kind allein gewesen.»

Meinerseits kein Wort.

«Das ist kein Vorwurf», sagt sie, «aber das mußt du schon verstehen. Ich wollte allein mit ihr sein. Nur das. Ich wollte sprechen mit ihr.»

Was sie denn gesprochen habe?

«Wirres Zeug!»

«Von mir?» frage ich.

«Nein», sagt sie, «sie redete von Yale, nur von Yale, von einem jungen Mann namens Hardy, aber lauter wirres Zeug.»

Was Hanna berichtete, gefiel mir nicht: Umspringen des Pulses, gestern schnell, heute langsam, viel zu langsam, dazu ihr gerötetes Gesicht, wie Hanna sagte, und sehr kleine Pupillen, dazu Atmungsstörungen.

«Ich will sie sehen!» sage ich.

Hanna fand, zuerst ein Hemd kaufen –

Soweit war ich einverstanden.

Hanna am Telefon –

«Es ist in Ordnung!« sagt sie. «Ich bekomme den Wagen vom Institut – damit wir nach Korinth fahren können, weißt du, um ihre Sachen zu holen, auch deine Sachen, deine Schuhe und deine Jacke.»

Hanna wie ein Manager.

«Es ist in Ordnung», sagte sie, «das Taxi ist bestellt –»

Hanna immer hin und her, ein Gespräch nicht möglich, Hanna leerte die Aschenbecher, dann ließ sie die Sonnenstores herunter.

«Hanna», frage ich, «warum siehst du mich nicht an?»

Sie wußte es nicht, mag sein, aber es war so, Hanna blickte mich an diesem Morgen überhaupt nicht an. Was konnte ich dafür, daß alles so gekommen war! Es stimmt: Hanna machte ja keine Vorwürfe, keine Anklagen, sie leerte nur die Aschenbecher vom Abend vorher.

Ich hielt es nicht mehr aus.

«Du», frage ich, «können wir nicht sprechen?»

Ich packte sie an den Schultern.

«Du», sage ich, «sieh mich an!»

Ihre Figur – ich erschrak, als ich sie hielt – ist zarter, kleiner als die Tochter, zierlicher, ich weiß nicht, ob Hanna kleiner geworden ist; ihre Augen sind schöner geworden, ich wollte, daß sie mich ansehen.

«Walter», sagt sie, «du tust mir weh.»

Was ich redete, war Unsinn, ich sah es an ihrem Gesicht, daß ich Unsinn rede, nur weil Schweigen, fand ich, noch unmöglicher ist; ich hielt ihren Kopf zwischen meinen Händen. Was ich wolle? Ich dachte nicht daran, Hanna zu küssen. Warum wehrte sie sich? Ich habe keine Ahnung, was ich sagte. Ich sah nur: ihre Augen, die entsetzt sind, ihre grauen und weißen Haare, ihre Stirn, ihre Nase, alles zierlich, nobel (oder wie man's nennen soll) und fraulich, nobler als bei ihrer Tochter, ihre Eidechsenhaut unter dem Kinn, die Krähenfüße an den Schläfen, ihre Augen, die nicht müde, nur entsetzt sind, schöner als früher.

«Walter», sagt sie, «du bist fürchterlich!»

Das sagte sie zweimal.

Ich küßte sie.

Hanna starrte mich nur an, bis ich meine Hände wegnahm, sie schwieg und ordnete nicht einmal ihr Haar, sie schwieg – sie verfluchte mich.

Dann das Taxi.

Wir fuhren in die City, um ein frisches Hemd zu kaufen, das heißt, Hanna kaufte es, ich hatte ja kein Geld und wartete im Taxi, um mich in meinem alten Hemd nicht zeigen zu müssen – Hanna war rührend: sie kommt nach einer Weile sogar zurück, um die Nummer meiner Größe zu fragen! – dann ins Institut, wo Hanna, wie vereinbart, den Wagen des Institutes bekam, einen Opel, und dann hinaus ans Meer, um die Kleider von Elsbeth zu holen und meine Brieftasche, beziehungsweise meine Jacke (wegen Paß vor allem) und meine Kamera.

Hanna am Steuer –

In Daphni, also kurz nach Athen, gibt es einen Hain, wo ich mein Hemd hätte wechseln können, schien mir; Hanna schüttelte den Kopf und fuhr weiter, ich öffnete das Paket.

Wovon sollte man sprechen!

Ich redete über die griechische Wirtschaftslage, ich sah vor Eleusis die große Baustelle *Greek Government Oil Refinery*, alles an deutsche Firmen vergeben, was Hanna jetzt (und auch sonst) nicht interessiert; aber unser Schweigen war auch unerträglich. Nur einmal fragte sie:

«Du weißt nicht, wie die Ortschaft heißt?»

«Nein.»

«Theodohori?»

Ich wußte es nicht, wir waren mit Bus von Korinth gekommen und irgendwo ausgestiegen, wo das Meer uns gefiel, sechsundsiebzig Kilometer vor Athen, das wußte ich; ich erinnerte mich an die Tafel in einer Eukalyptus-Allee. Hanna am Steuer schwieg.

Ich wartete auf eine Gelegenheit, um das frische Hemd anziehen zu können; ich wollte es nicht im Wagen tun –

Fahrt durch Eleusis.

Fahrt durch Megara.

Ich redete über meine Uhr, die ich dem Lastwagenfahrer vermacht hatte, und über die Zeit ganz allgemein; über Uhren, die imstande wären, die Zeit rückwärts laufen zu lassen –

«Stop!» sagte ich. «Hier ist es –»

Hanna stoppte.

«Hier?» fragte sie.

Ich wollte nur zeigen: – die Böschung, wo ich sie niederlegen muß, bis der Lastwagen mit den Eisenröhren kommt. Eine Böschung wie irgendeine andere, Fels mit Disteln, dazwischen roter Mohn, dann die schnurgerade Straße, wo ich sie im Laufschritt zu tragen versuchte, schwarz, Teer mit Kies, dann der Ziehbrunnen mit dem Ölbaum, die steinigen Äcker, die weißen Hütten mit Wellblech –

Es war wieder Mittag.

«Bitte», bat ich, «fahre langsamer!»

Was eine Ewigkeit ist, wenn man barfuß geht, mit dem Opel waren es kaum zwei Minuten. Sonst alles wie gestern. Nur der Kieskarren mit Esel stand nicht mehr bei der Zisterne. Hanna glaubte mir aufs Wort; ich weiß nicht, warum ich ihr alles zeigen wollte. Die Stelle, wo der Karren heraufkommt mit seinem tropfenden Kies, war ohne weiteres wiederzufinden, man sah die Räderspur, Eseltritte.

Ich dachte, Hanna würde im Wagen warten.

Aber Hanna stieg aus, dann zu Fuß auf der heißen Teerstraße, Hanna folgte mir, ich suchte die Pinie, dann hinunter durch Ginster irgendwo, ich begriff nicht, warum Hanna nicht im Wagen warten wollte.

«Walter», sagte sie, «dort ist eine Spur!»

Wir waren aber, fand ich, nicht hierher gefahren, um allfällige Blutspuren, sondern um meine Brieftasche zu finden, meine Jacke, meinen Paß, meine eignen Schuhe –

Alles lag unberührt.

Hanna bat um eine Zigarette –

Alles wie gestern!

Nur vierundzwanzig Stunden später: derselbe Sand, dieselbe Brandung, schwach, nur so ein Auslaufen kleiner Wellen, die sich kaum überschlagen, dieselbe Sonne, derselbe Wind im Ginster – nur daß es nicht Sabeth ist, die neben mir steht, sondern Hanna, ihre Mutter.

«Hier habt ihr gebadet?»

«Ja», sage ich –

«Schön hier!» sagte sie.

Es war furchtbar.

Was den Unfall betrifft, habe ich nichts zu verheimlichen. Es ist ein flacher Strand. Man watet hier mindestens dreißig Meter, bis Schwimmen möglich, und im Augenblick, als ich ihren Schrei höre, bin ich mindestens fünfzig Meter vom Ufer entfernt. Ich sehe, daß Sabeth aufgesprungen ist. Ich rufe: Was ist los? Sie rennt – Wir haben, nach unsrer schlaflosen Nacht auf Akrokorinth, im Sand geschlafen, dann das Bedürfnis meinerseits, ins Wasser zu gehen und eine Weile allein zu sein, während sie schläft. Vorher habe ich noch ihre Schultern gedeckt mit ihrer Wäsche, ohne sie zu wecken; wegen Sonnenbrand. Es gibt hier wenig Schatten, eine vereinzelte Pinie; hier haben wir uns in die Mulde gebettet. Dann aber, wie vorauszusehen, ist der Schatten gewandert, beziehungsweise die Sonne, und daran, scheint es, bin ich erwacht, weil plötzlich in Schweiß, dazu die Mittagsstille, ich bin erschrocken, vielleicht weil ich irgend etwas geträumt oder gemeint habe, Schritte zu hören. Wir sind aber vollkommen allein. Vielleicht habe ich den Kieskarren gehört, Schaufeln von Kies; ich sehe aber nichts, Sabeth schläft, und es ist kein Grund zum Erschrecken, ein gewöhnlicher Mittag, kaum eine Brandung, nur ein schwaches Zischeln von Wellen, die im Kies verlaufen, manchmal ein schwaches Rollen von Kies, geradezu Klingeln, sonst Stille, ab und zu eine Biene. Ich überlegte, ob Schwimmen vernünftig ist, wenn man Herzklopfen hat. Eine Weile stand ich unschlüssig; Sabeth merkte, daß niemand mehr neben ihr lag, und reckte sich, ohne zu erwachen. Ich streute Sand auf ihren Nacken, aber sie schlief. Schließlich ging ich schwimmen – im Augenblick, als Sabeth schreit, bin ich mindestens fünfzig Meter draußen.

Sabeth rennt, ohne zu antworten.

Ob sie mich gehört hat, weiß ich nicht. Dann mein Versuch, im Wasser zu rennen! Ich rufe, sie soll stehenbleiben, meinerseits wie gelähmt, als ich endlich aus dem Wasser komme; ich stapfe ihr nach, bis sie stehenbleibt –

Sabeth oben auf der Böschung:

Sie hält ihre rechte Hand auf die linke Brust, wartet und gibt keinerlei Antwort, bis ich die Böschung ersteige (es ist mir nicht bewußt gewesen, daß ich nackt bin) und mich nähere – dann der Unsinn, daß sie vor mir, wo ich ihr nur helfen will, langsam zurückweicht, bis sie rücklings (dabei bin ich sofort stehengeblieben!) rücklings über die Böschung fällt.

Das war das Unglück.

Es sind keine zwei Meter, eine Mannshöhe, aber als ich zu ihr komme, liegt sie bewußtlos im Sand. Vermutlich Sturz auf den Hinterkopf. Erst nach einer Weile sehe ich die Bißwunde, drei kleine Blutstropfen, die ich sofort abwische, ich ziehe sofort meine Hosen an, mein Hemd, keine Schuhe, dann mit dem Mädchen im Arm hinauf zur Straße, wo der Ford vorbeifährt, ohne mich zu hören –

Hanna, wie sie an diesem Unglücksort stand, Hanna mit ihrer Zigarette, während ich berichtete, so genau ich es konnte, und die Böschung zeigte und alles, sie war unglaublich, Hanna wie ein Freund, dabei war ich ja gefaßt darauf, daß sie, die Mutter, mich in Grund und Boden verflucht, obschon ich anderseits, sachlich betrachtet, wirklich nichts dafür kann.

«Komm», sagt sie, «nimm deine Sachen.»

Wären wir nicht überzeugt gewesen, daß das Kind gerettet ist, hätten wir natürlich nicht so geredet damals am Strand.

«Du weißt», sagt sie, «daß es dein Kind ist?»

Ich wußte es.

«Komm», sagt sie, «nimm deine Sachen –»

Wir standen, die Sachen auf dem Arm; ich trug meine staubigen Schuhe in der Hand, Hanna die schwarze Cowboy-Hose unsrer Tochter.

Ich wußte selbst nicht, was ich sagen will.

«Komm», sagt sie, «gehen wir!»

Einmal meine Frage:

«Warum hast du's mir verheimlicht?»

Darauf keine Antwort.

Wieder die blaue Hitze über dem Meer – wie gestern um diese Zeit, Mittag mit flachen Wellen, die sich kaum überschlagen, nur auslaufen in Schaum, dann Klirren im Kies, Stille, bis es sich wiederholt.

Hanna verstand mich sehr genau.

«Du vergißt», sagt sie, «daß ich verheiratet bin –»

Ein andermal:

«Du vergißt, daß Elsbeth dich liebt –»

Ich war nicht imstande, alles zugleich in meine Rechnung zu nehmen; aber irgendeine Lösung, fand ich, muß es immer geben.

Wir standen noch lange.

«Warum sollte ich in diesem Land keine Arbeit finden?» sage ich. «Techniker braucht man überall, du hast gesehen, auch Griechenland wird industrialisiert –»

Hanna verstand genau, wie ich's meinte, nicht romantisch, nicht moralisch, sondern praktisch: gemeinsames Wohnen, gemeinsame Ökonomie, gemeinsames Alter. Warum nicht? Hanna hat es gewußt, als ich noch nichts habe ahnen können, seit zwanzig Jahren hat sie es gewußt; trotzdem war sie verwunderter als ich.

«Hanna», frage ich, «warum lachst du?»

Irgendeine Zukunft, fand ich, gibt es immer, die Welt ist noch niemals einfach stehengeblieben, das Leben geht weiter!

«Ja», sagt sie. «Aber vielleicht ohne uns.»

Ich hatte ihre Schulter gefaßt.

«Komm!» sagt sie. «Wir sind verheiratet, Walter, wir sind es! – rühr mich nicht an.»

Dann zum Wagen zurück.

Hanna hatte recht, irgend etwas vergaß ich stets; aber auch dann, wenn sie mich erinnerte, war ich unter allen Umständen entschlossen, mich nach Athen versetzen zu lassen oder zu kündigen, um mich in Athen anzusiedeln, auch wenn ich im Augenblick selbst nicht sah, wie es sich machen ließ, unser gemeinsames Wohnen; ich bin gewohnt, Lösungen zu suchen, bis sie gefunden sind ... Hanna ließ mich ans Steuer, ich habe noch nie einen Opel-Olympia gefahren, und Hanna hatte auch die ganze Nacht nicht geschlafen; sie tat jetzt, als schliefe sie.

In Athen kauften wir noch Blumen.

Kurz vor fünfzehn Uhr.

Noch im Wartezimmer, wo man uns warten läßt, sind wir vollkommen ahnungslos, Hanna wickelt das Papier von den Blumen –

Dann dieses Gesicht der Diakonissin!

Hanna am Fenster wie gestern, kein Wort zwischen uns, wir sehen einander nicht einmal an –

Dann kam Dr. Eleutheropulos.

Alles griechisch; aber ich verstehe alles.

Ihr Tod kurz nach vierzehn Uhr.

– – Dann vor ihrem Bett, Hanna und ich, man kann es einfach nicht glauben, unser Kind mit geschlossenen Augen, genau wie wenn sie schläft, aber weißlich wie Gips, ihr langer Körper unter dem Leinentuch, ihre Hände neben den Hüften, unsere Blumen auf ihrer Brust, ich meine es nicht als Trost, sondern wirklich: Sie schläft! Ich kann es ja heute noch nicht glauben. Sie schläft! sage ich – gar nicht zu Hanna, die plötzlich mich anschreit, Hanna mit ihren kleinen Fäusten vor mir, ich erkenne sie nicht mehr, ich wehre mich nicht, ich merke es nicht, wie ihre Fäuste mich auf die Stirne schlagen. Was ändert das! Sie schreit und schlägt mich ins Gesicht, bis sie nicht mehr kann, die ganze Zeit hatte ich nur meine Hand vor den Augen.

Wie heute feststeht, ist der Tod unsrer Tochter nicht durch Schlangengift verursacht worden, das durch die Serum-Injektion erfolgreich bekämpft worden ist; ihr Tod war die Folge einer nichtdiagnostizierten Fraktur der Schädelbasis, compressio cerebri, hervorgerufen durch ihren Sturz über die kleine Böschung. Verletzung der arteria meningica media, sog. Epidural-Haematom, was durch chirurgischen Eingriff (wie man mir sagt) ohne weiteres hätte behoben werden können.

Geschrieben in Caracas, 21. Juni bis 8. Juli

Zweite Station

Athen, Krankenhaus. Beginn der Aufzeichnungen 19. Juli

Sie haben meine Hermes-Baby genommen und in den weißen Schrank geschlossen, weil Mittag, weil Ruhestunde. Ich solle von Hand schreiben! Ich kann Handschrift nicht leiden, ich sitze mit nacktem Oberkörper auf dem Bett, und mein kleiner Ventilator (Geschenk von Hanna) saust von Morgen bis Abend; sonst Totenstille. Heute wieder vierzig Grad im Schatten! Diese Ruhestunden (13.00–17.00) sind das Schlimmste. Dabei habe ich nur noch wenig Zeit, um meinen Kalender nachzuführen. Hanna besucht mich täglich, mein Schreck jedesmal, wenn es an die weiße Doppeltür klopft; Hanna in Schwarz, ihr Eintreten in mein weißes Zimmer. Warum setzt sie sich nie? Sie geht täglich ans Grab, das ist zur Zeit alles, was ich von Hanna weiß, und täglich ins Institut. Ihr Stehen am offenen Fenster, während ich liegen muß, macht mich nervös, ihr Schweigen. Kann sie verzeihen? Kann ich wiedergutmachen? Ich weiß nicht einmal, was Hanna seither getan hat; kein Wort davon. Ich habe gefragt, warum Hanna sich nicht setzt. Ich verstehe Hanna überhaupt nicht, ihr Lächeln, wenn ich frage, ihr Blick an mir vorbei, manchmal habe ich Angst, sie wird noch verrückt. Heute sind es sechs Wochen.

8. VI. New York.

Die übliche Saturday-party draußen bei Williams, ich wollte nicht gehen, aber ich mußte, das heißt: eigentlich konnte mich niemand zwingen, aber ich ging. Ich wußte nicht, was anfangen. Zum Glück erwartet mich wenigstens die Meldung, daß die Turbinen für Venezuela endlich zur Montage bereit sind, also Weiterflug sobald wie möglich – ich fragte mich, ob ich meiner Aufgabe gewachsen bin. Während Williams, der Optimist, seine Hand auf meine Schulter legte, nickte ich; aber ich fragte mich.

Come on, Walter, have a drink!

Die übliche Umhersteherei –

Roman Holidays, oh, how marvellous!

Ich habe niemand gesagt, daß meine Tochter gestorben ist, denn niemand weiß, daß es diese Tochter je gegeben hat, und ich trage auch keine Trauer im Knopfloch, denn ich will nicht, daß sie mich fragen, denn es geht sie ja alle nichts an.

Come on, Walter, another drink!

Ich trinke viel zu viel –

Walter has trouble, sagt Williams ringsum, Walter can't find the key of his home!

Williams meint, ich müsse eine Rolle spielen, besser eine komische als keine. Man kann nicht einfach in der Ecke stehen und Mandeln essen.

Fra Angelico, oh, I just love it!

Alle verstehen mehr als ich –

How did you enjoy the Masaccio-fresco?

Ich weiß nicht, was reden –

Semantics! You've never heard of semantics?

Ich komme mir wie ein Idiot vor –

Ich wohnte im Hotel Times Square. Mein Namensschild war noch an der Wohnung; aber Freddy, der doorman, wußte nichts von einem Schlüssel. Ivy hätte ihn abliefern sollen, ich klingelte an meiner eigenen Tür. Ich war ratlos. Alles offen: Office und Kino und Subway, bloß meine Wohnung nicht. Später auf ein Sightseeingboat, bloß um Zeit loszuwerden; die Wolkenkratzer wie Grabsteine (das habe ich schon immer gefunden), ich hörte mir den Lautsprecher an: Rockefeller Center, Empire State, United Nations und so weiter, als hätte ich nicht elf Jahre in diesem Manhattan gelebt. Dann ins Kino. Später fuhr ich mit der Subway, wie üblich: *Irt, Express Uptown*, ohne Umsteigen am Columbus Circle, obschon ich mit der *Independent* näher zu meiner Wohnung gelangen könnte, aber ich bin in elf Jahren nie umgestiegen, ich stieg aus, wo ich immer ausgestiegen bin, und ging wie üblich, im Vorbeigehen, zu meiner Chinese Laundry, wo man mich noch kennt. Hello Mister Faber, dann mit drei Hemden, die monatelang auf mich gewartet hatten, zurück zum Hotel, wo ich nichts zu tun hatte, wo ich mehrmals meine eigene Nummer anrief – natürlich ohne Erfolg! – dann leider hierher.

Nice to see you, etc.

Vorher ging ich noch zu meiner Garage, um zu fragen, ob es meinen Studebaker noch gibt; ich brauchte aber nicht zu fragen, man sah ihn von weither (sein Lippenstiftrot) im Hof zwischen schwarzen Brandmauern.

Dann, wie gesagt, hierher.

Walter, what's the matter with you?

Ich habe diese Saturday-party eigentlich von jeher gehaßt. Es ist mir nicht gegeben, witzig zu sein. Aber deswegen brauche ich keine Hand auf meiner Schulter –

Walter, don't be silly!

Ich wußte, daß ich meiner Aufgabe nicht gewachsen bin. Ich war betrunken, ich wußte es. Sie meinten, ich merke es nicht. Ich kannte sie. Wenn man nicht mehr da ist, wird niemand es bemerken. Ich war schon nicht mehr da. Ich ging über den nächtlichen Times Square (zum letzten Mal, hoffe ich), um in einer öffentlichen Kabine nochmals meine Nummer einzustellen – ich verstehe heute noch nicht, wieso jemand abgenommen hat.

«This is Walter», sage ich.

«Who?»

«Walter Faber», sage ich, «this is Walter Faber –»

Unbekannt.

«Sorry», sage ich.

Vielleicht eine falsche Nummer; ich nehme das riesige Manhattan-Buch, um meine Nummer nachzusehen, und versuche es nochmals.

«Who's calling?»

«Walter», sage ich. «Walter Faber.»

Es antwortet dieselbe Stimme wie vorher, so daß ich eine Weile verstumme; ich begreife nicht.

«Yes – what do you want?»

Eigentlich kann mir nichts geschehen, wenn ich antworte. Ich fasse mich, bevor der andere aufhängt, und frage, bloß um zu sprechen, nach der Nummer.

«Yes – this is Trafalgar 4-55 71.»

Ich bin betrunken.

«That's impossible!» sage ich –

Vielleicht ist meine Wohnung vermietet, vielleicht hat die Nummer gewechselt, alles möglich, ich sehe es ein, aber es hilft mir nichts.

«Trafalgar 4-55 71», sage ich, «that's me!»

Ich höre, wie er seine Hand auf die Muschel legt und mit jemand spricht (mit Ivy?), ich höre Gelächter, dann: «Who are you?»

Ich frage zurück:

«Are you Walter Faber?»

Schließlich hängte er ein, ich saß in einer Bar, schwindlig, ich vertrage keinen Whisky mehr, später bat ich den Barmann, die Nummer von Mister Walter Faber zu suchen und mir die Nummer einzustellen, was er tat; er gab mir den Hörer; ich hörte langes Klingeln, dann wurde abgenommen:

«Trafalgar 4-55 71 – Hello?»

Ich hängte auf, ohne einen Ton zu sagen.

Meine Operation wird mich von sämtlichen Beschwerden für immer erlösen, laut Statistik eine Operation, die in 94,6 von 100 Fällen gelingt, und was mich nervös macht, ist lediglich diese Warterei von Tag zu Tag. Ich bin nicht gewohnt, krank zu sein. Was mich auch nervös macht: wenn Hanna mich tröstet, weil sie nicht an Statistik glaubt. Ich bin wirklich voll Zuversicht, dazu froh, daß ich's nicht in New York oder Düsseldorf oder Zürich habe machen lassen; ich muß Hanna sehen, beziehungsweise sprechen mit ihr. Ich kann mir nicht vorstellen, was Hanna außerhalb dieses Zimmers tut. Ißt sie? Schläft sie? Sie geht täg-

lich ins Institut (08.00–11.00 und 17.00–19.00) und täglich ans Grab unsrer Tochter. Was außerdem? Ich habe Hanna gebeten, daß sie sich setzt. Warum spricht sie nicht? Wenn Hanna sich setzt, vergeht keine Minute, bis irgend etwas fehlt, Aschenbecher oder Feuerzeug, so daß sie sich erhebt und wieder stehenbleibt. Wenn Hanna mich nicht aushalten kann, warum kommt sie? Sie richtet mir die Kissen. Wenn es Krebs wäre, dann hätten sie mich sofort unters Messer genommen, das ist logisch, ich habe es Hanna erklärt, und es überzeugt sie, hoffe ich. Heute ohne Spritze! Ich werde Hanna heiraten.

9. VI. Flug nach Caracas.

Ich fliege diesmal über Miami und Merida, Yukatan, wo man fast täglich Anschluß nach Caracas hat, und unterbreche in Merida (Magenbeschwerden) –

Dann nochmals nach Campeche.

(6 1/2 Stunden mit Bus von Merida.)

Auf dem kleinen Bahnhof mit Schmalspurgeleise und Kakteen zwischen den Schwellen, wo ich mit Herbert Hencke schon einmal auf den Zug gewartet habe vor zwei Monaten, Kopf an die Mauer gelehnt mit geschlossenen Augen und Beine und Arme gespreizt, kommt mir alles, was seit dem letzten Warten auf diesen Zug geschehen ist, wie eine Halluzination vor – hier ist alles unverändert:

Die klebrige Luft –

Geruch von Fisch und Ananas –

Die mageren Hunde –

Die toten Hunde, die niemand bestattet, die Zopilote auf den Dächern über dem Markt, die Hitze, der flaue Gestank vom Meer, die filzige Sonne über dem Meer, über dem Land blitzte es aus schwarzem Gewölk bläulich-weiß wie das zuckende Licht einer Quarzlampe.

Nochmals die Bahnfahrt!

Das Wiedersehen mit Palenque machte mich geradezu froh, alles unverändert: die Veranda mit unseren Hängematten, unser Bier, unsere Pinte mit dem Papagei, man kennt mich noch, sogar die Kinder kennen mich, ich kaufe und verteile mexikanisches Zuckerzeug, einmal fahre ich sogar zu den Ruinen hinaus, wo sowieso alles unverändert ist, kein Mensch, die schwirrenden Vögel wie damals, es ist noch genau wie vor zwei Monaten – auch die Nacht, nachdem der Dieselmotor von Palenque verstummt ist: der Truthahn im Gehege vor der Veranda, sein Kreischen, weil er das Wetterleuchten nicht mag, das Reh, die schwarze Sau am Pflock, der wattige Mond, das grasende Pferd in der Nacht.

Überall mein müßiger Gedanke:

Wäre es doch damals! nur zwei Monate zurück, die hier nichts verändert haben; warum kann es nicht sein, daß es April ist! und alles andere eine Halluzination von mir.

Dann allein mit Landrover –

Ich rede mit Herbert.

Ich rede mit Marcel.

Ich bade im Rio Usumancinta, der sich verändert hat; er hat mehr Wasser, keine Bläschen auf dem Wasser, weil es rascher fließt, und es ist zweifelhaft, ob man jetzt noch mit einem Landrover durchkommt, ohne zu ersaufen –

Es ist gegangen.

Herbert war verändert, man sah es auf den ersten Blick, Herbert mit einem Bart, aber auch sonst – sein Mißtrauen:

«Mensch, was willst denn du hier?»

Herbert meint, ich reise im Auftrag seiner Familie, beziehungsweise Firma, um ihn nach Düsseldorf zurückzuholen, und glaubt nicht, daß ich gekommen bin, bloß um ihn wiederzusehen, aber es ist so; man hat nicht soviel Freunde.

Er hat seine Brille zerbrochen.

«Warum flickst du sie nicht?» frage ich.

Ich flicke seine Brille –

Während der Regengüsse sitzen wir in der Baracke sozusagen wie in einer Arche Noah, ohne Licht, weil die Batterie, die seinerzeit noch das Radio betrieben hat, längst verbraucht ist, und was man aus der Welt berichtet, interessiert ihn überhaupt nicht, auch Ereignisse aus Deutschland nicht, Aufruf der Göttinger Professoren; ich rede nicht von persönlichen Dingen.

Ich erkundige mich nach seinem Nash –

Herbert ist nie in Palenque gewesen!

Ich habe Gasoline gebracht, fünf Kanister für Herbert, damit er jederzeit fahren kann; aber er denke nicht daran.

Sein Grinsen im Bart.

Wir verstanden uns überhaupt nicht.

Sein Grinsen, als er sieht, wie ich mich mit einer alten Klinge rasiere, weil es hier keinen Strom gibt und weil ich keinen Bart will, weil ich ja weiter muß –

Seinerseits keinerlei Pläne!

Sein Nash 55 stand unter dem dürren Blätterdach wie das vorige Mal, sogar der Schlüssel steckte noch; offenbar wissen diese Indios nicht einmal, wie man einen Motor anläßt, alles war unversehrt, aber in einem sagenhaften Zustand, so daß ich mich sogleich an die Arbeit machte.

«Wenn's dir Spaß macht», sagt er, «bitte.»

Herbert auf Guana-Fang.

Ich finde den Motor vollkommen verschlammt von Regengüssen, alles muß gereinigt werden, alles verfilzt und verschleimt, Geruch von Blütenstaub, der auf Maschinenöl klebt und verwest, aber ich bin froh um Arbeit –

Die Maya-Kinder ringsum.

Sie schauen tagelang zu, wie ich den Motor zerlege, Bananenblätter auf dem Boden, die Maschinenteile drauf –

Wetterleuchten ohne Regen.

Die Mütter gaffen auch zu, sie kommen nicht aus dem Gebären heraus, scheint es, sie halten ihren letzten Säugling an der braunen Brust, abgestützt auf ihrer neuen Schwangerschaft, so stehen sie da, während ich den Motor putze, und gaffen, ohne ein Wort zu sagen, da ich sie nicht verstehe.

Herbert mit seinem Guana-Bündel –

Sie leben, sie sind vollkommen reglos, bis man sie anrührt, ihr Eidechsenmaul zusammengebunden mit Stroh, weil sie sehr bissig sind, gekocht schmecken sie wie Hühnerfleisch.

Abends in Hängematten.

Kein Bier, nur diese Kokos-Milch –

Wetterleuchten.

Meine Sorge, es könnte etwas gestohlen werden, was nicht zu ersetzen ist, berührt Herbert nicht; er ist überzeugt, daß sie keine Maschinenteile anrühren. Kein Wort mehr von Revolte! Sie arbeiten sogar tüchtig, sagt Herbert, sie gehorchen, obschon überzeugt, daß es nichts nützt.

Sein Grinsen im Bart –

Die Zukunft der deutschen Zigarre!

Ich frage Herbert, was er sich eigentlich denke; ob er bleiben wolle oder nach Düsseldorf zurückkehre; was er vorhabe –

Nada!

Einmal sage ich, daß ich Hanna getroffen habe, daß ich Hanna heiraten werde; aber ich weiß nicht einmal, ob Herbert es gehört hat.

Herbert wie ein Indio!

Die Hitze –

Die Leuchtkäfer –

Man tropft wie in einer Sauna.

Am andern Tag gab es Regen, plötzlich, nur eine Viertelstunde lang, Sintflut, dann wieder Sonne; aber das Wasser stand in braunen Teichen, und ich hatte den Nash aus der Hütte gestoßen, um in der Luft arbeiten zu können, hatte nicht wissen können, daß gerade hier ein Teich entstehen würde. Ich konnte es nicht komisch finden, im Gegensatz zu Herbert. Das Wasser reichte über die Achsen, ganz zu schweigen von Teilen des zerlegten Motors, die ich auf der Erde ausgebreitet hatte. Ich war entsetzt, als ich's sah. Herbert gab mir zwanzig Indios, um mich zu beruhigen, und tat, als ginge es ihn selbst nichts an, das Baumfällen, das ich anordnete, das Aufbocken, damit man von unten zukam. Ich verlor einen ganzen Tag, bis ich nur die Bestandteile des Motors gesammelt hatte, das Waten in dem trüben Tümpel, das Austasten des warmen

Schlammes, alles mußte ich allein machen, da Herbert sich nicht interessierte.

«Gib's auf!» sagte er nur. «Wozu!»

Ich stellte die zwanzig Indios an, um Gräben auszuheben, damit das Wasser endlich ablief; nur so war es möglich, sämtliche Bestandteile zu finden, noch immer schwierig genug, da sie zum Teil im Schlamm bereits versunken waren, einfach verschluckt.

Sein zweites Wort: Nada!

Ich ließ ihn blödeln, ohne zu antworten. Ohne Nash war Herbert verloren. Ich ließ mich nicht anstecken und arbeitete.

«Was machst du ohne einen Wagen?» sagte ich.

Als ich den Motor endlich beisammen hatte, so daß er lief, grinste er und sagte Bravo, nichts weiter, er schlug seine Hand auf meine Schulter: ich soll ihn haben, seinen Nash, er schenke ihn mir.

«Was soll ich damit!» sagte er –

Herbert war nicht abzubringen von seiner Blödelei: Herbert als Verkehrspolizist, während ich in dem aufgebockten Wagen, um nochmals alles zu prüfen, am Steuer sitze und schalte, ringsum Maya-Kinder, die Mütter mit ihren weißen Hemden, alle mit Säugling, später auch Männer, die im Dickicht stehen, alle mit ihrem krummen Messer, sie haben seit Monaten keinen Motor gehört, ich schalte und gebe Vollgas, Leerlauf der Räder in der Luft, Herbert winkt: Stop! ich stoppe, ich hupe, Herbert winkt: Durchfahrt! Die Indios (es werden immer mehr) gaffen uns zu, ohne zu lachen, während wir blödeln, alle ganz stumm, geradezu andächtig, während wir (wozu eigentlich!) Stoßverkehr in Düsseldorf spielen –

Diskussion mit Hanna! – über Technik (laut Hanna) als Kniff, die Welt so einzurichten, daß wir sie nicht erleben müssen. Manie des Technikers, die Schöpfung nutzbar zu machen, weil er sie als Partner nicht aushält, nichts mit ihr anfangen kann; Technik als Kniff, die Welt als Widerstand aus der Welt zu schaffen, beispielsweise durch Tempo zu verdünnen, damit wir sie nicht erleben müssen. (Was Hanna damit meint, weiß ich nicht.) Die Weltlosigkeit des Technikers. (Was Hanna damit meint, weiß ich nicht.) Hanna macht keine Vorwürfe, Hanna findet es nicht unbegreiflich, daß ich mich gegenüber Sabeth so verhalten habe; ich habe (meint Hanna) eine Art von Beziehung erlebt, die ich nicht kannte, und sie mißdeutet, indem ich mir einredete, verliebt zu sein. Es ist kein zufälliger Irrtum gewesen, sondern ein Irrtum, der zu mir gehört (?) wie mein Beruf, wie mein ganzes Leben sonst. Mein Irrtum: daß wir Techniker versuchen, ohne den Tod zu leben. Wörtlich: Du behandelst das Leben nicht als Gestalt, sondern als bloße Addition, daher kein Verhältnis zur Zeit, weil kein Verhältnis zum Tod. Leben sei Gestalt in der Zeit. Hanna gibt zu, daß sie nicht erklären kann, was sie meint. Leben ist nicht Stoff, nicht mit Technik zu bewältigen. Mein Irrtum mit Sabeth: Repetition, ich habe mich so verhalten, als gebe es kein Alter, daher widernatürlich. Wir können nicht das Alter aufheben, indem wir weiter addieren, indem wir unsere eigenen Kinder heiraten.

20. VI. Ankunft in Caracas.

Endlich klappte es; die Turbinen waren an Ort und Stelle, ebenso die angeforderten Arbeitskräfte. Ich riß mich zusammen, solange es ging, und daß ich jetzt, wo die Montage endlich lief, meinerseits ausfiel wegen Magenbeschwerden, war Pech, aber nicht zu ändern; anläßlich meines vorigen Besuches (15. und 16. IV.) war ich fit gewesen, aber alles übrige nicht bereit. Es war insofern meine Schuld, daß ich die Montage nicht überwachen konnte; ich mußte im Hotel liegen, was kein Spaß ist, mehr als zwei Wochen. In Caracas hatte ich auf einen Brief von Hanna gehofft. Ein Telegramm nach Athen, das ich damals aufgab, blieb ebenfalls ohne Antwort. Ich wollte Hanna schreiben und fing mehrere Briefe an; aber ich hatte keine Ahnung, wo Hanna steckt, und es blieb mir nichts anderes übrig (etwas mußte ich in diesem Hotel ja tun!) als einen Bericht abzufassen, ohne denselben zu adressieren.

Die Montage ging in Ordnung – ohne mich.

Die Diakonissin hat mir endlich einen Spiegel gebracht – ich bin erschrocken. Ich bin immer hager gewesen, aber nicht so wie jetzt; nicht wie der alte Indio in Palenque, der uns die feuchte Grabkammer zeigte. Ich bin wirklich etwas erschrocken. Außer beim Rasieren pflege ich nicht in den Spiegel zu schauen; ich kämme mich ohne Spiegel, trotzdem weiß man, wie man aussieht, beziehungsweise ausgesehen hat. Meine Nase ist von jeher zu lang gewesen, doch meine Ohren sind mir nicht aufgefallen. Ich trage allerdings ein Pyjama ohne Kragen, daher mein zu langer Hals, die Sehnen am Hals, wenn ich den Kopf drehe, und Gruben zwischen den Sehnen, Höhlen, die mir nie aufgefallen sind. Meine Ohren: wie bei geschorenen Häftlingen! Ich kann mir im Ernst nicht vorstellen, daß mein Schädel kleiner geworden ist. Ich frage mich, ob meine Nase sympathischer ist, und komme zum Schluß, daß Nasen nie sympathisch sind, eher absurd, geradezu obszön. Sicher habe ich damals in Paris (vor zwei Monaten!) nicht so ausgesehen, sonst wäre Sabeth nie mit mir in die Opéra gekommen. Dabei ist meine Haut noch ziemlich gebräunt, nur der Hals etwas weißlich. Mit Poren wie bei einem gerupften Hühnerhals! Mein Mund ist mir noch sympathisch, ich weiß nicht warum, mein Mund und meine Augen, die übrigens nicht braun sind, wie ich immer gemeint habe, weil es im Paß so heißt, sondern graugrünlich; alles andere könnte auch einem andern gehören, der sich überarbeitet hat. Meine Zähne habe ich schon immer verflucht. Sobald ich wieder auf den Beinen bin, muß ich zum Zahnarzt. Wegen Zahn-

stein, vielleicht auch wegen Granulom; ich spüre keinerlei Schmerz, nur Puls im Kiefer. Meine Haare habe ich stets sehr kurz getragen, weil es praktischer ist, und auf den Seiten ist mein Haarwuchs keineswegs dünner geworden, auch hinten nicht. Grau bin ich eigentlich schon lange, silberblond, was mich nicht kümmert. Wenn ich auf dem Rücken liege und den Spiegel über mich halte, sehe ich immer noch aus, wie ich ausgesehen habe; nur etwas magerer, was von der Diät kommt, begreiflicherweise. Vielleicht ist es auch das weißliche Jalousie-Licht in diesem Zimmer, was einen bleich macht sozusagen hinter der gebräunten Haut; nicht weiß, aber gelb. Schlimm nur die Zähne. Ich habe sie immer gefürchtet; was man auch dagegen tut: ihre Verwitterung. Überhaupt der ganze Mensch! – als Konstruktion möglich, aber das Material ist verfehlt: Fleisch ist kein Material, sondern ein Fluch.

PS. Es hat noch nie so viele Todesfälle gegeben, scheint mir, wie in diesem letzten Vierteljahr. Jetzt ist Professor O., den ich in Zürich noch vor einer Woche persönlich gesprochen habe, auch gestorben.

PS. Ich habe mich eben rasiert, dann die Haut massiert. Lächerlich, was man sich vor lauter Müßiggang alles einbildet! Kein Grund zum Erschrecken, es fehlt mir nur an Bewegung und frischer Luft, das ist alles.

9.–13. VII. in Cuba.

Was ich in Habana zu tun hatte: – das Flugzeug wechseln, weil ich keinesfalls über New York fliegen wollte, KLM von Caracas, Cubana nach Lissabon, ich blieb vier Tage.

Vier Tage nichts als Schauen –

El Prado:

Die alte Straße mit den alten Platanen, wie die Rambla in Barcelona, Corso am Abend, die Allee der schönen Menschen, unglaublich, ich gehe und gehe, ich habe nichts anderes zu tun –

Die gelben Vögel, ihr Krawall bei Dämmerung.

Alle wollen meine Schuhe putzen –

Die Neger-Spanierin, die mir ihre Zunge herausstreckt, weil ich sie bewundere, ihre Rosa-Zunge im braunen Gesicht, ich lache und grüße – sie lacht auch, ihr weißes Gebiß in der roten Blume ihrer Lippen (wenn man so sagen kann) und ihre Augen, ich will nichts von ihr.

«How do you like Habana?»

Mein Zorn, daß sie mich immer für einen Amerikaner halten, bloß weil ich ein Weißer bin; die Zuhälter auf Schritt und Tritt:

«Something very beautiful! D'you know what I mean? Something very young!»

Alles spaziert, alles lacht.

Alles wie Traum –

Die weißen Polizisten, die Zigarren rauchen; die Soldaten der Marine, die Zigarren rauchen: – Buben, ihre Hüften in den engen Hosen.

Castillo del Morro (Philipp II.).

Ich lasse meine Schuhe putzen.

Mein Entschluß, anders zu leben –

Meine Freunde –

Ich kaufe Zigarren, zwei Kistchen.

Sonnenuntergang –

Die nackten Buben im Meer, ihre Haut, die Sonne auf ihrer nassen Haut, die Hitze, ich sitze und rauche eine Zigarre, Gewitterwolken über der weißen Stadt: schwarz-violett, dazu der letzte Sonnenschein auf den Hochhäusern.

El Prado:

Die grüne Dämmerung, die Eisverkäufer; auf der Mauer unter den Laternen sitzen die Mädchen (in Gruppen) und lachen.

Tamales:

Das ist Mais, eingewickelt in Bananenblätter, ein Imbiß, den sie auf den Straßen verkaufen – man ißt im Gehen und verliert keine Zeit.

Meine Unrast? Wieso eigentlich?

Ich hatte in Habana gar nichts zu tun.

Meine Rast im Hotel – immer wieder – mit Duschen, dann kleiderlos auf dem Bett, Ventilator-Wind, ich liege und rauche Zigarren. Ich schließe meine Zimmertür nicht ab; draußen das Girl, das im Korridor putzt und singt, auch eine Neger-Spanierin, ich rauche pausenlos.

Meine Begierde –

Warum kommt sie nicht einfach!

Meine Müdigkeit dabei, ich bin zu müde, um mir einen Aschenbecher zu holen; ich liege auf dem Rücken und rauche meine Zigarre, so daß ihre weißliche Asche nicht abfällt, senkrecht.

Partagas.

Wenn ich wieder auf den Prado gehe, so ist es wieder wie eine Halluzination: – lauter schöne Mädchen, auch die Männer sehr schön, lauter wunderbare Menschen, die Mischung von Neger und Spanier, ich komme nicht aus dem Gaffen heraus: ihr aufrechter und fließender Gang, die Mädchen in blauen Glockenröcken, ihr weißes Kopftuch, Fesseln wie bei Negerinnen, ihre nackten Rücken sind gerade so dunkel wie der Schatten unter den Platanen, infolgedessen sieht man auf den ersten Blick bloß ihre Röcke, blau oder lila, ihr weißes Kopftuch und das weiße Gebiß, wenn sie lachen, das Weiß ihrer Augen; ihre Ohrringe blinken –

The Caribbean Bar.

Ich rauche schon wieder –

Romeo y Julieta

Ein junger Mann, den ich zuerst für einen Zuhälter halte, besteht darauf, meinen Whisky zu zahlen, weil er Vater geworden ist:

«For the first time!»

Er umarmt mich, dazu immer wieder:

«Isn't it a wonderful thing?»

Er stellt sich vor und will wissen, wie man heißt, wieviel Kinder man hat, vor allem Söhne; ich sage:

«Five.»

Er will sofort fünf Whiskys bestellen.

«Walter», sagt er, «you're my brother!»

Kaum hat man angestoßen, ist er weg, um den andern einen Whisky zu zahlen, um zu fragen, wieviel Kinder sie haben, vor allem Söhne –

Alles wie verrückt.

Endlich das Gewitter: – wie ich allein unter den Arkaden sitze in einem gelben Schaukelstuhl, ringsum rauscht es, ein plötzlicher Platzregen mit Wind, die Allee ist plötzlich ohne Menschen, wie Alarm, Knall der Storen, draußen die Spritzer über dem Pflaster: wie ein plötzliches Beet von Narzissen (vor allem unter den Laternen) weiß –

Wie ich schaukle und schaue.

Meine Lust, jetzt und hier zu sein –

Ab und zu duscht es unter die Arkaden, Blüten-Konfetti, dann der Geruch von heißem Laub und die plötzliche Kühle auf der Haut, ab und zu Blitze, aber der Wasserfall ist lauter als alles Gedonner, ich schaukle und lache, Wind, das Schaukeln der leeren Sessel neben mir, die Flagge von Cuba.

Ich pfeife.

Mein Zorn auf Amerika!

Ich schaukle und fröstle –

The American Way of Life!

Mein Entschluß, anders zu leben –

Licht der Blitze; nachher ist man wie blind, einen Augenblick lang hat man gesehen: die schwefelgrüne Palme im Sturm, Wolken, violett mit der bläulichen Schweißbrenner-Glut, das Meer, das flatternde Wellblech; der Hall von diesem flatternden Wellblech, meine kindliche Freude daran, meine Wollust – ich singe.

The American Way of Life:

Schon was sie essen und trinken, diese Bleichlinge, die nicht wissen, was Wein ist, diese Vitamin-Fresser, die kalten Tee trinken und Watte kauen und nicht wissen, was Brot ist, dieses Coca-Cola-Volk, das ich nicht mehr ausstehen kann –

Dabei lebe ich von ihrem Geld!

Ich lasse mir die Schuhe putzen –

Mit ihrem Geld!

Der Siebenjährige, der mir schon einmal die Schuhe geputzt hat, jetzt wie eine ersoffene Katze; ich greife nach seinem Kruselhaar –

Sein Grinsen –

Es ist nicht schwarz, sein Haar, eher grau wie Asche, braungrau, jung, wie Roßhaar fühlt es sich an, aber kruselig und kurz, man spürt den kindlichen Schädel darunter, warm, wie wenn man einen geschorenen Pudel greift.

Er grinst nur und putzt weiter –

Ich liebe ihn.

Seine Zähne.

Seine junge Haut –

Seine Augen erinnern mich an Houston, Texas, an die putzende Negerin, die in der Toilette, als ich meinen Schweißanfall mit Schwindel hatte, neben mir kniete, das Weiß ihrer großen Augen, die überhaupt anders sind, schön wie Tier-Augen. Überhaupt ihr Fleisch!

Wir plaudern über Auto-Marken.

Seine flinken Hände –

Es gibt keine Menschen mehr außer uns, ein Bub und ich, die Sintflut ringsum, er hockt und glänzt meine Schuhe mit seinem Lappen, daß es nur so klatscht –

The American Way of Life:

Schon ihre Häßlichkeit, verglichen mit Menschen wie hier: ihre rosige Bratwurst-Haut, gräßlich, sie leben, weil es Penicillin gibt, das ist alles, ihr Getue dabei, als wären sie glücklich, weil Amerikaner, weil ohne Hemmungen, dabei sind sie nur schlaksig und laut – Kerle wie Dick, die ich mir zum Vorbild genommen habe! – wie sie herumstehen, ihre linke Hand in der Hosentasche, ihre Schulter an die Wand gelehnt, ihr Glas in der anderen Hand, ungezwungen, die Schutzherren der Menschheit, ihr Schulterklopfen, ihr Optimismus, bis sie besoffen sind, dann Heulkrampf, Ausverkauf der weißen Rasse, ihr Vakuum zwischen den Lenden. Mein Zorn auf mich selbst!

(Wenn man nochmals leben könnte.)

Mein Nacht-Brief an Hanna –

Am andern Tag fuhr ich hinaus an den Strand, es war wolkenlos und heiß, Mittag mit schwacher Brandung: die auslaufenden Wellen, dann das Klirren im Kies, jeder Strand erinnert mich an Theodohori.

Ich weine.

Das klare Wasser, man sieht den Meeresgrund, ich schwimme mit dem Gesicht im Wasser, damit ich den Meeresgrund sehe; mein eigner Schatten auf dem Meeresgrund: ein violetter Frosch.

Brief an Dick.

Was Amerika zu bieten hat: Komfort, die beste Installation der Welt, ready for use, die Welt als amerikanisiertes Vakuum, wo sie hinkommen, alles wird Highway, die Welt als Plakat-Wand zu beiden Seiten, ihre Städte, die keine sind, Illumination, am anderen Morgen sieht man die leeren Gerüste, Klimbim, infantil, Reklame für Optimismus als Neon-Tapete vor der Nacht und vor dem Tod –

Später mietete ich ein Boot.

Um allein zu sein!

Noch im Badkleid sieht man ihnen an, daß sie Dollar haben; ihre Stimmen (wie an der Via Appia), nicht auszuhalten, ihre Gummi-Stimmen überall, Wohlstands-Plebs.

Brief an Marcel.

Marcel hat recht: ihre falsche Gesundheit, ihre falsche Jugendlichkeit, ihre Weiber, die nicht zugeben können, daß sie älter werden, ihre Kosmetik noch an der Leiche, überhaupt ihr pornographisches Verhältnis zum Tod, ihr Präsident, der auf jeder Titelseite lachen muß wie ein rosiges Baby, sonst wählen sie ihn nicht wieder, ihre obszöne Jugendlichkeit –

Ich ruderte weit hinaus.

Hitze auf dem Meer –

Sehr allein.

Ich las meine Briefe an Dick und an Marcel und zerriß sie, weil unsachlich; die weißen Fetzchen auf dem Wasser; mein weißes Brusthaar –

Sehr allein.

Später wie ein Schulbub: ich zeichne eine Frau in den heißen Sand und lege mich in diese Frau, die nichts als Sand ist, und spreche laut zu ihr –

Wildlingin!

Ich wußte nicht, was anfangen mit diesem Tag, mit mir, ein komischer Tag, ich kannte mich selbst nicht, keine Ahnung, wie er vergangen ist, ein Nachmittag, der geradezu wie Ewigkeit aussah, blau, unerträglich, aber schön, aber endlos – bis ich wieder auf der Prado-Mauer sitze (abends) mit geschlossenen Augen; ich versuche mir vorzustellen, daß ich in Habana bin, daß ich auf der Prado-Mauer sitze. Ich kann es mir nicht vorstellen, Schrecken.

Alle wollen meine Schuhe putzen –

Lauter schöne Menschen, ich bewundere sie wie fremde Tiere, ihr weißes Gebiß in der Dämmerung, ihre braunen Schultern und Arme, ihre Augen – ihr Lachen, weil sie gerne leben, weil Feierabend, weil sie schön sind.

Meine Wollust, zu schauen –

Meine Begierde –

Vakuum zwischen den Lenden –

Ich existiere nur noch für Schuhputzer!

Die Zuhälter –

Die Eisverkäufer –

Ihr Vehikel: Kombination aus alten Kinderwagen und Buffet, dazu ein halbes Fahrrad, Baldachin aus verrosteten Jalousien; Karbid-Licht; ringsum die grüne Dämmerung mit ihren blauen Glockenröcken.

Der lila Mond –

Dann meine Taxi-Geschichte: es war noch früh am Abend, aber ich ertrug es nicht länger, als Leiche im Corso der Lebenden zu gehen, und wollte in mein Hotel, um ein Schlafpulver zu nehmen, ich winkte einem Taxi, und als ich die Türe aufreiße, sitzen bereits die zwei Damen darin, eine schwarze, eine blonde, ich sage: Sorry! schlage die Wagentür zu, aber der Driver springt heraus, um mich zurückzurufen: Yes, Sir! ruft er und reißt die Wagentüre wieder auf: For you, Sir! ich muß lachen über soviel «service», steige ein –

Unser kostbares Souper!

Dann die Blamage –

Ich habe gewußt, daß es einmal so kommen wird, später liege ich in meinem Hotel – schlaflos, aber gelassen, es ist eine heiße Nacht, ab und zu dusche ich meinen Körper, der mich verläßt, aber ich nehme kein Schlafpulver, mein Körper taugt gerade noch, um den Ventilator-Wind zu genießen, der hin und her schwenkt, Wind auf Brust, Wind auf Beine, Wind auf Brust.

Mein Hirngespinst: Magenkrebs.

Sonst glücklich –

Krawall der Vögel im Morgengrauen, ich nehme meine Hermes-Baby und tippe endlich meinen Unesco-Rapport, betreffend die Montage in Venezuela, die erledigt ist.

Dann Schlaf bis Mittag.

Ich esse Austern, weil ich nicht weiß, was tun, meine Arbeit ist erledigt, ich rauche viel zu viel Zigarren.

(Daher meine Magenschmerzen.)

Die Überraschung abends:

Wie ich mich auf der Prado-Mauer einfach zu dem fremden Mädchen setze und sie anspreche, meines Erachtens dieselbe, die vorgestern die Rosa-Zunge herausgestreckt hat. Sie erinnert sich nicht. Ihr Lachen, als ich sage, daß ich kein American bin.

Mein Spanisch zu langsam –

«Say it in English!»

Ihre langen und dünnen Hände –

Mein Spanisch reicht für berufliche Verhandlungen, die Komik: ich sage nicht, was ich will, sondern was die Sprache will. Ihr Lachen dazu. Ich bin das Opfer meines kleinen Wortschatzes. Ihr Staunen, ihre geradezu lieben Augen, wenn ich manchmal selber staune: über mein Leben, das mir selber, so gesagt, belanglos vorkommt.

Juana ist achtzehn.

(Noch jünger als unser Kind.)

Suiza: sie meint immer Schweden.

Ihre braunen Arme als Stützen rückwärts gespreizt, ihr Kopf an der Gußeisen-Laterne, ihr weißes Kopftuch und das schwarze Haar, ihre unglaublich schönen Füße; wir rauchen; meine beiden weißen Hände um mein rechtes Hosenknie gespannt –

Ihre Unbefangenheit.
Sie hat Cuba noch nie verlassen –
Das ist erst mein dritter Abend hier, aber alles schon vertraut: die grüne Dämmerung mit Neon-Reklame darin, die Eisverkäufer, die gescheckte Rinde der Platanen, die Vögel mit ihrem Zwitschern und das Schattennetz auf dem Boden, die rote Blume ihrer Münder.
Ihr Lebensziel: New York!
Der Vogelmist von oben –
Ihre Unbefangenheit:
Juana ist Packerin, Freudenmädchen nur übers Wochenende, sie hat ein Kind, sie wohnt nicht in Habana selbst.
Wieder die jungen Matrosen schlendernd.
Ich erzähle von meiner Tochter, die gestorben ist, von der Hochzeitsreise mit meiner Tochter, von Korinth, von der Aspisviper, die über der linken Brust gebissen hat, und von ihrem Begräbnis, von meiner Zukunft.
«I'm going to marry her.»
Sie versteht mich falsch:
«I think she's dead.»
Ich berichtige.
«Oh», lacht sie, «you're going to marry the mother of the girl, I see!»
«As soon as possible.»
«Fine!» sagt sie.
«My wife is living in Athens –»
Ihre Ohrringe, ihre Haut.
Sie wartet hier auf ihren Bruder –
Meine Frage, ob Juana an eine Todsünde glaubt, beziehungsweise an Götter; ihr weißes Lachen; meine Frage, ob Juana glaubt, daß die Schlangen (ganz allgemein) von Göttern gesteuert werden, beziehungsweise von Dämonen.
«What's your opinion, Sir?»
Später der Kerl mit gestreiftem Hollywood-Hemd, der jugendliche Zuhälter, der mich auch schon angesprochen hat, ihr Bruder. Sein Handschlag: «Hello, camerad!»
Es ist nichts dabei, alles ganz munter, Juana legt ihre Zigarette unter den Absatz, um sie zu löschen, und ihre braune Hand auf meine Schulter: «He's going to marry his wife – he's a gentleman!»
Juana verschwunden –
«Wait here!» sagt er und blickt zurück, um mich festzuhalten. «Just a moment, Sir, just a moment!»
Meine letzte Nacht in Habana.
Keine Zeit auf Erden, um zu schlafen!
Ich hatte keinen besonderen Anlaß, glücklich zu sein, ich war es aber.

Ich wußte, daß ich alles, was ich sehe, verlassen werde, aber nicht vergessen: – die Arkade in der Nacht, wo ich schaukle und schaue, beziehungsweise höre, ein Droschkenpferd wiehert, die spanische Fassade mit den gelben Vorhängen, die aus schwarzen Fenstern flattern, dann wieder das Wellblech irgendwo, sein Hall durch Mark und Bein, mein Spaß dabei, meine Wollust, Wind, nichts als Wind, der die Palmen schüttelt, Wind ohne Wolken, ich schaukle und schwitze, die grüne Palme ist biegsam wie eine Gerte, in ihren Blättern tönt es wie Messerwetzen. Staub, dann die Gußeisen-Laterne, die zu flöten beginnt, ich schaukle und lache, ihr zuckendes und sterbendes Licht, es muß ein beträchtlicher Sog sein, das wiehernde Pferd kann die Droschke kaum halten, alles will fliehen, das Schild von einem barber-shop, Messing, sein Klingeln in der Nacht, und das unsichtbare Meer spritzt über die Mauern, dann jedesmal Donner im Boden, darüber zischt es wie eine Espresso-Maschine, mein Durst, Salz auf den Lippen, Sturm ohne Regen, kein Tropfen will fallen, es kann nicht, weil keine Wolken, nichts als Sterne, nichts als der heiße und trockene Staub in der Luft, Backofenluft, ich schaukle und trinke einen Scotch, einen einzigen, ich vertrage nichts mehr, ich schaukle und singe. Stundenlang. Ich singe! Ich kann ja nicht singen, aber niemand hört mich, das Droschkenpferd auf dem leeren Pflaster, die letzten Mädchen in ihren fliegenden Röcken, ihre braunen Beine, wenn die Röcke fliegen, ihr schwarzes Haar, das ebenfalls fliegt, und die grüne Jalousie, die sich losgerissen hat, ihr weißes Gelächter im Staub, und wie sie über das Pflaster rutscht, die grüne Jalousie, hinaus zum Meer, das Himbeer-Licht im Staub über der weißen Stadt in der Nacht, die Hitze, die Fahne von Cuba – ich schaukle und singe, nichts weiter, das Schaukeln der leeren Sessel neben mir, das flötende Gußeisen, die Wirbel von Blüten. Ich preise das Leben!

Samstag, 13. VII., Weiterflug.

Morgen auf dem Prado, nachdem ich auf der Bank gewesen bin, um Geld zu wechseln, die menschenleere Allee, glitschig von Vogelmist und weißen Blüten –

Die Sonne –

Alles an die Arbeit.

Die Vögel –

Dann ein Mann, der mich um Feuer bittet für seine Zigarre, geschäftig, er begleitet mich trotzdem, um zu fragen:

«How do you like Habana?»

«I love it!» sage ich.

Wieder ein Zuhälter, seine Teilnahme.

«You're happy, aren't you?»

Er bewundert meine Kamera.

«Something very beautiful! D'you know what I mean? Something very young!»

Als ich ihm sage, daß ich verreise, will er wissen, wann ich im Flughafen sein müsse.

«Ten o'clock, my friend, ten o'clock.»

Sein Blick auf die Uhr.

«Well», sagt er, «now it's nine o'clock – Sir, that's plenty of time!»

Ich schlendere nochmals zum Meer.

Weit draußen die Fischerboote –

Abschied.

Ich sitze nochmals auf den Uferblöcken und rauche nochmals eine Zigarre – ich filme nichts mehr. Wozu! Hanna hat recht: nachher muß man es sich als Film ansehen, wenn es nicht mehr da ist, und es vergeht ja doch alles –

Abschied.

Hanna ist dagewesen. Ich sagte ihr, sie sehe aus wie eine Braut. Hanna in Weiß! Sie kommt plötzlich nicht mehr in ihrem Trauerkleid; ihre Ausrede: es sei zu heiß draußen. Ich habe ihr soviel von Zopiloten geredet, jetzt will sie nicht als schwarzer Vogel neben meinem Bett sitzen – und meint, ich merke ihre liebe Rücksicht nicht, weil ich früher (noch vor wenigen Wochen) soviel nicht gemerkt habe. Hanna hat viel erzählt.

PS. Einmal, als Kind, hat Hanna mit ihrem Bruder gerungen und sich geschworen, nie einen Mann zu lieben, weil es dem jüngeren Bruder gelungen war, Hanna auf den Rücken zu werfen. Sie war dermaßen empört über den lieben Gott, weil er die Jungens einfach kräftiger gemacht hat, sie fand ihn unfair, nicht ihren Bruder, aber den lieben Gott. Hanna beschloß, gescheiter zu sein als alle Jungens von München-Schwabing, und gründete einen geheimen Mädchenclub, um Jehova abzuschaffen. Jedenfalls kam nur ein Himmel in Frage, wo es auch Göttinnen gibt. Hanna wandte sich vorerst an die Mutter Gottes, veranlaßt durch Kirchenbilder, wo Maria in der Mitte thront; sie kniete nieder wie ihre katholischen Freundinnen und bekreuzigte sich, was Papa nicht wissen durfte. Der einzige Mann, dem sie vertraute, war ein Greis namens Armin, der in ihren Mädchenjahren eine gewisse Rolle gespielt hat. Ich habe nicht gewußt, daß Hanna einen Bruder hat. Hanna sagt: er lebt in Canada und ist tüchtig, glaube ich, er legt alle auf den Rücken. Ich habe gefragt, wie sie mit Joachim lebte, damals, wie und wo und wie lange. Ich habe viel gefragt, dann sagt Hanna immer: aber das weißt du doch! Am meisten erzählt sie von Armin. Er war ein Blinder. Hanna liebt ihn noch, obschon er längst gestorben, beziehungsweise verschollen ist. Hanna war noch Schülerin, ein Mädchen mit Kniestrümpfen, sie traf ihn regelmäßig im Englischen Garten, wo er stets auf der gleichen Bank saß, und führte ihn dann durch München. Er liebte München. Er war alt, nach ihren damaligen Begriffen sogar uralt: zwischen 50 und 60. Sie hatten immer nur wenig Zeit, je Dienstag und Freitag, wenn Hanna ihre Geigenstunde hatte, und sie trafen sich bei jedem Wetter, sie führte ihn und zeigte ihm die Schaufenster. Armin war vollkommen blind, aber er konnte sich alles vorstellen, wenn man es ihm sagte. Hanna sagt: es war einfach wunderbar, mit ihm durch die Welt zu gehen. Ich habe auch gefragt, wie es bei der Geburt unseres Kindes gegangen ist. Ich war ja nicht dabei; wie soll ich's mir vorstellen können? Joachim war natürlich dabei. Er hatte gewußt, daß er nicht der Vater ist; aber er war wie ein richtiger Vater. Eine leichte Geburt, laut Hanna; sie erinnert sich nur, daß sie als Mutter sehr glücklich war. Was ich auch nicht gewußt habe: meine Mutter wußte, daß das Kind von mir ist, sonst niemand in Zürich, mein Vater hatte keine Ahnung. Ich habe gefragt, warum meine Mutter in keinem Brief je erwähnt hat, daß sie es weiß. Bund der Frauen? Sie erwähnen einfach nicht, was wir nicht verstehen, und behandeln uns wie Unmündige. Meine Eltern sollen überhaupt, laut Hanna, anders gewesen sein, als ich meine; anders jedenfalls gegenüber Hanna. Wenn Hanna von meiner Mutter berichtet, kann ich bloß zuhören. Wie ein Blinder! Sie hatten noch jahrelang einen Briefwechsel, Hanna und meine Mutter, die übrigens nicht an einer Embolie gestorben ist, wie ich gemeint habe. Hanna ist verwundert, was ich alles nicht gewußt habe. Hanna ist bei ihrer Beerdigung gewesen, 1937. Ihre Liebe zu den alten Griechen, meint Hanna, begann auch im Englischen Garten; Armin konnte Griechisch, und das Mädchen mußte ihm aus den Schulbüchern vorlesen, damit er's auswendig lernen konnte. Das war sozusagen seine Vergewaltigung. Er nahm Hanna nie in seine Wohnung. Sie weiß nicht, wo er wohnte und wie. Hanna traf ihn im Englischen Garten und verließ ihn im Englischen Garten, und niemand in der Welt wußte von ihrer Vereinbarung, daß sie zusammen nach Griechenland fahren, Armin und sie, sobald sie erwachsen ist und frei, und Hanna wird ihm die griechischen Tempel zeigen. Ob der alte Mann es ernst meinte, ist ungewiß; Hanna meinte es ernst. Hanna in Kniestrümpfen! Einmal, ich erinnere mich, saß im Café Odéon, Zürich, ein alter Herr, den Hanna regelmäßig abholen mußte, um ihn ins Tram zu führen. Ich habe dieses Café Odéon eigentlich gehaßt; Emigranten und Intellektuelle, Bohême. Professoren und die alten Kokotten für Geschäftsleute vom Land, ich ging nur Hanna zuliebe in dieses Café. Er wohnte in der Pension Fontana, ich wartete dann in einer kleinen Anlage (versteckt) an der Gloriastraße, bis Hanna ihren alten Onkel abgeliefert hatte. Das also ist Armin gewesen! Ich habe ihn nicht eigentlich wahrgenommen. Hanna sagt: aber er hat dich wahrgenommen. Hanna redet heute noch von Armin, als lebe er, als sehe er alles. Ich habe gefragt, warum Hanna nie mit ihm nach Griechenland gefahren ist. Hanna lacht mich aus, als wäre alles nur ein Scherz gewesen, Kinderei. In Paris (1937 bis 1940) lebte Hanna mit einem französischen Schriftsteller, der ziemlich bekannt sein soll; ich habe seinen Namen vergessen. Was ich auch nicht gewußt habe: Hanna ist in Moskau gewesen (1948) mit ihrem zweiten Mann. Einmal ist sie wieder durch Zürich gefahren (1953) ohne unsere Tochter; sie hat Zürich ganz gern, als wäre nichts gewesen, und war auch im Café Odéon. Ich habe gefragt, wie Armin gestorben ist. In London (1942) hat Hanna ihn nochmals getroffen. Armin wollte auswandern, und Hanna hat ihn noch auf das Schiff geführt, da er nicht sehen konnte, und das wahrscheinlich von einem deutschen U-Boot versenkt wurde; jedenfalls ist es nie angekommen.

15. VII. Düsseldorf.

Was der junge Techniker, den mir die Herren von Hencke-Bosch zur Verfügung stellten, von mir denken mag, weiß ich nicht; ich kann nur sagen, daß ich mich an diesem Vormittag zusammennahm, solange ich konnte.

Hochhaus mit Chrom –

Ich hielt es für meine Freundespflicht, die Herren zu informieren, wie ihre Plantage in Guatemala aussieht, das heißt, ich war von Lissabon nach Düsseldorf geflogen, ohne zu überlegen, was ich in Düsseldorf eigentlich zu tun oder zu sagen habe, und saß nun einfach da, höflich empfangen.

«Ich habe Filme», sagte ich –

Ich hatte den Eindruck, sie haben die Plantage bereits abgeschrieben; sie interessierten sich aus purer Höflichkeit.

«Wie lange dauern denn Ihre Filme?»

Eigentlich störte ich bloß.

«Wieso Unfall?» sagte ich. «Mein Freund hat sich erhängt – das wissen Sie nicht?»

Man wußte es natürlich.

Ich hatte das Gefühl, man nimmt mich nicht ernst, aber es mußte sein, Vorführung meines Farbfilms aus Guatemala. Der Techniker, der mir zur Verfügung gestellt wurde, um im Sitzungszimmer des Verwaltungsrates herzurichten, was zur Vorführung nötig war, machte mich nur nervös; er war sehr jung, dabei nett, aber überflüssig, ich brauchte Apparatur, Bildschirm, Kabel, ich brauchte keinen Techniker.

«Ich danke Ihnen!» sagte ich.

«Bitte sehr, mein Herr.»

«Ich kenne die Apparatur» – sagte ich.

Ich wurde ihn nicht los.

Es war das erste Mal, daß ich die Filme selber sah (alle noch ungeschnitten), gefaßt, daß es von Wiederholungen wimmelt, unvermeidlich, ich staunte, wieviel Sonnenuntergänge, drei Sonnenuntergänge allein in der Wüste von Tamaulipas, man hätte meinen können, ich reise als Vertreter von Sonnenuntergängen, lächerlich; ich schämte mich geradezu vor dem jungen Techniker, daher meine Ungeduld –

«Geht nicht schärfer, mein Herr.»

Unser Landrover am Rio Usumancinta –

Zopilote an der Arbeit –

«Weiter», sagte ich, «bitte.»

Dann die ersten Indios am Morgen, die uns melden, ihr Señor sei tot, dann Ende der Spule – Wechsel der Spule, was einige Zeit in Anspruch nimmt; unterdessen Gespräch über Ektachrom. Ich sitze in einem Polstersessel und rauche, weil untätig, die leeren Verwaltungsratssessel neben mir; nur schaukeln sie nicht im Wind.

«Bitte», sagte ich, «weiter –»

Jetzt Joachim am Draht.

«Stop», sage ich, «bitte!»

Es ist eine sehr dunkle Aufnahme geworden, leider, man sieht nicht sogleich, was es ist, unterbelichtet, weil in der Baracke aufgenommen mit der gleichen Blende wie vorher die Zopilote auf dem Esel draußen in der Morgensonne, ich sage:

«Das ist Dr. Joachim Hencke.»

Sein Blick auf die Leinwand:

«Geht nicht schärfer, mein Herr – bedaure.»

Das ist alles, was er zu sagen hat.

«Bitte», sage ich, «weiter!»

Nochmals Joachim am Draht, aber diesmal von der Seite, so daß man besser sieht, was los ist; es ist merkwürdig, es macht nicht nur meinem jungen Techniker, sondern auch mir überhaupt keinen Eindruck, ein Film, wie man schon manche gesehen hat, Wochenschau, es fehlt der Gestank, die Wirklichkeit, wir sprechen über Belichtung, der junge Mann und ich, unterdessen das Grab mit den betenden Indios ringsum, alles viel zu lang, dann plötzlich die Ruinen von Palenque, der Papagei von Palenque. Ende der Spule.

«Vielleicht kann man hier ein Fenster aufmachen», sagte ich, «das ist ja wie in den Tropen.»

«Bitte sehr, mein Herr.»

Das Mißgeschick kam daher, daß der Zoll meine Spulen durcheinandergebracht hatte, beziehungsweise, daß die Spulen der letzten Zeit (seit meiner Schiffspassage) nicht mehr angeschrieben waren; ich wollte ja den Herrn von Hencke-Bosch, die auf 11.30 Uhr kommen sollten, lediglich vorführen, was Guatemala betrifft. Was ich brauchte: mein letzter Besuch bei Herbert.

«Stop», sagte ich, «das ist Griechenland.»

«Griechenland?»

«Stop!» schrie ich – «stop!»

«Bitte sehr, mein Herr.»

Der Junge machte mich krank, sein gefälliges Bitte-sehr, sein herablassendes Bitte-sehr, als wäre er der erste Mensch, der sich auf eine solche Apparatur versteht, sein Quatsch über Optik, wovon er nichts versteht, vor allem aber sein Bitte-sehr, seine Besserwisserei dabei.

«Gibt nichts anderes, mein Herr, durchlassen und sehen! Gibt nichts anderes, wenn die Spulen nicht angeschrieben sind.» Es war nicht sein Fehler, daß die Spulen nicht angeschrieben waren; insofern gab ich ihm recht.

«Es fängt an», sagte ich, «mit Herrn Herbert Hencke, ein Mann mit Bart in der Hängematte – soviel ich mich erinnere.»

Licht aus, Dunkel, Surren des Films.

Ein pures Glücksspiel! Es genügten die ersten Meter: – Ivy auf dem Pier in Manhattan, ihr Winken durch mein Tele-Objektiv, Morgensonne auf Hudson, die schwarzen Schlepper, Manhattan-Skyline, Möwen . . .

«Stop», sagte ich, «bitte die nächste.»

Wechsel der Spulen.

«Sie sind wohl um die halbe Welt gereist, mein Herr, das möchte ich auch –»

Es war 11.00 Uhr.

Ich mußte meine Tabletten nehmen, um fit zu sein, wenn die Herren der Firma kommen, Tabletten ohne Wasser, ich wollte nichts merken lassen.

«Nein», sagte ich, «die auch nicht.»

Wieder Wechsel der Spulen.

«Das war der Bahnhof in Rom, was?»

Meinerseits keine Antwort. Ich wartete auf die nächste Spule. Ich lauerte, um sofort stoppen zu können. Ich wußte: Sabeth auf dem Schiff, Sabeth beim Pingpong auf dem Promenadendeck (mit ihrem Schnäuzchen-Freund) und Sabeth in ihrem Bikini, Sabeth, die mir die Zunge herausstreckt, als sie merkt, daß ich filme – das alles mußte in der ersten Spule gewesen sein, die mit Ivy begonnen hatte: also abgelegt. Es lagen aber noch sechs oder sieben Spulen auf dem Tisch, und plötzlich, wie nicht anders möglich, ist sie da – lebensgroß – Sabeth auf dem Bildschirm. In Farben.

Ich stand auf –

Sabeth in Avignon.

Ich stoppte aber nicht, sondern ließ die ganze Spule laufen, obschon der Techniker mehrmals meldete, das könnte nicht Guatemala sein.

Ich sehe diesen Streifen noch jetzt:

Ihr Gesicht, das nie wieder da sein wird –

Sabeth im Mistral, sie geht gegen den Wind, die Terrasse, Jardin des Papes, alles flattert, Haare, ihr Rock wie ein Ballon, Sabeth am Geländer, sie winkt.

Ihre Bewegungen –

Sabeth, wie sie Tauben füttert.

Ihr Lachen, aber stumm –

Pont d'Avignon, die alte Brücke, die in der Mitte einfach aufhört. Sabeth zeigt mir etwas, ihre Miene, als sie bemerkt, daß ich filme statt zu schauen, ihr Rümpfen der Stirne zwischen den Brauen, sie sagt etwas.

Landschaften –

Das Wasser der Rhône, halt, Sabeth versucht es mit den Zehen und schüttelt den Kopf, Abendsonne, mein langer Schatten ist drauf.

Ihr Körper, den es nicht mehr gibt –

Das antike Theater in Nîmes.

Frühstück unter Platanen, der Kellner, der uns nochmals Brioches bringt, ihr Geplauder mit dem Kellner, ihr Blick zu mir, sie füllt meine Tasse mit schwarzem Kaffee.

Ihre Augen, die es nicht mehr gibt –

Pont du Gard.

Sabeth, wie sie Postkarten kauft, um an Mama zu schreiben; Sabeth in ihren schwarzen Cowboy-Hosen, sie merkt nicht, daß ich filme; Sabeth, wie sie ihren Roßschwanz aus dem Nacken wirft.

Hotel Henri IV.

Sabeth sitzt auf der tiefen Fensterbrüstung, ihre Beine verschränkt, barfuß, sie ißt Kirschen, Blick in die Straße hinunter, sie spuckt die Steine einfach hinaus, Regentag.

Ihre Lippen –

Wie Sabeth sich mit einem französischen Maulesel unterhält, der ihrer Meinung nach zu schwer beladen ist.

Ihre Hände –

Unser Citroën, Modell 57.

Ihre Hände, die es nirgends mehr gibt, sie streichelt den Maulesel, ihre Arme, die es nirgends mehr gibt –

Stierkampf in Arles.

Sabeth, wie sie ihre Haare kämmt, eine Spange zwischen den jungen Zähnen, sie merkt wieder, daß ich filme, und nimmt die Spange aus dem Mund, um mir etwas zu sagen, vermutlich sagt sie, ich soll sie nicht filmen, plötzlich muß sie lachen.

Ihre gesunden Zähne –

Ihr Lachen, das ich nie wieder hören werde –

Ihre junge Stirne –

Eine Prozession (ebenfalls in Arles, glaube ich), Sabeth streckt ihren Hals und raucht mit gekniffenen Augen wegen Rauch, Hände in den Hosentaschen. Sabeth auf einem Sockel, um über die Menge zu schauen. Baldachine, vermutlich Glockengeläute, aber unhörbar, Muttergottes, die singenden Meßknaben, aber unhörbar.

Provence-Allee, Platanen-Allee.

Unser Picnic unterwegs. Sabeth, wie sie Wein trinkt. Schwierigkeit, aus der Flasche zu trinken, sie schließt die Augen und versucht's neuerdings, dann wischt sie sich den Mund, es geht nicht, sie reicht mir die Flasche zurück, Achselzucken.

Pinien im Mistral.

Nochmals Pinien im Mistral.

Ihr Gang –

Sabeth geht zu einem Kiosk, um Zigaretten zu holen. Sabeth, wie sie geht. Sabeth in ihren schwarzen Hosen wie üblich, sie steht auf dem Trottoir, um links und rechts zu schauen, ihr baumelnder Roßschwanz dabei, dann schräg über die Straße zu mir.

Ihr hüpfender Gang –

Nochmals Pinien im Mistral.

Sabeth schlafend, ihr Mund ist halboffen, Kindermund, ihr offenes Haar, ihr Ernst, die geschlossenen Augen –

Ihr Gesicht, ihr Gesicht –

Ihr atmender Körper –

Marseille. Verladen von Stieren im Hafen, die braunen Stiere werden auf das ausgelegte Netz geführt, dann Aufzug, ihr Schrecken, ihre plötzliche Ohnmacht, wenn sie in der Luft hängen, ihre vier Beine durch die Maschen des großen Netzes gestreckt, ihre Augen dabei epileptisch –

Pinien im Mistral; nochmals.

L'Unité d'Habitation (Corbusier) –

Im großen ganzen ist die Belichtung dieses Filmes nicht schlecht, jedenfalls besser als beim Guatemala-Streifen; die Farben kommen großartig, ich staune.

Sabeth beim Blumenpflücken –

Ich habe (endlich!) die Kamera weniger hin und her bewegt, dadurch kommen die Bewegungen des Objektes viel stärker.

Brandung –

Ihre Finger, Sabeth sieht zum ersten Mal eine Korkeiche, ihre Finger, wie sie die Rinde brechen, dann wirft sie nach mir!

(Defekt.)

Brandung im Mittag, nichts weiter.

Sabeth nochmals beim Kämmen, ihr Haar ist naß, ihr Kopf schräg aufwärts, um sich auszukämmen, sie sieht nicht, daß ich filme, und erzählt etwas, während sie sich auskämmt, ihr Haar ist dunkler als üblich, weil naß, rötlicher, ihr grüner Kamm offenbar voll Sand, sie putzt ihn, ihre Marmorhaut mit Wassertropfen drauf, sie erzählt noch immer –

Unterseeboote bei Toulon.

Der junge Landstreicher mit dem Hummer, der sich bewegt.

Sabeth hat Angst, sobald der Hummer sich bewegt –

Unser Hotelchen in Le Trayaz.

Sabeth sitzt auf einer Mole –

Nochmals Brandung.

(Viel zu lang!)

Sabeth nochmals auf der Mole draußen, sie steht jetzt, unsere tote Tochter, und singt, ihre Hände wieder in den Hosentaschen, sie glaubt sich mutterseelenallein und singt, aber unhörbar –

Ende der Spule.

Was der junge Techniker von mir dachte und sagte, als die Herren kamen, weiß ich nicht, ich saß im Speisewagen *(Helvetia-Expreß* oder *Schauinsland-Expreß,* das weiß ich nicht mehr) und trank Steinhäger. Wie ich das Hencke-Bosch-Haus verlassen habe, das weiß ich auch nicht mehr; ohne Erklärung, ohne Ausrede, ich bin einfach gegangen.

Nur die Filme ließ ich zurück.

Ich sagte dem jungen Techniker, ich müsse gehen, und bedankte mich für seine Dienste. Ich ging in das Vorzimmer, wo ich Hut und Mantel hatte, und bat das Fräulein um meine Mappe, die noch in der Direktion lag. Ich stand schon beim Lift; es war 11.32 Uhr, jedermann zur Vorführung bereit, als ich mich entschuldigte wegen Magenschmerzen (was gar nicht stimmte) und den Lift nahm. Man wollte mich mit Wagen ins Hotel bringen, beziehungsweise ins Krankenhaus; aber ich hatte ja gar keine Magenschmerzen. Ich bedankte mich und ging zu Fuß. Ohne Hast, ohne Ahnung, wohin ich gehen sollte; ich weiß nicht, wie das heutige Düsseldorf aussieht, ich ging durch die Stadt, Stoßverkehr in Düsseldorf, ohne auf die Verkehrslichter zu achten, glaube ich, wie blind. Ich ging zum Schalter, wo ich mir eine Fahrkarte kaufte, dann in den nächsten Zug – ich sitze im Speisewagen, trinke Steinhäger und blicke zum Fenster hinaus, ich weine nicht, ich möchte bloß nicht mehr da sein, nirgends sein. Wozu auch zum Fenster hinausblicken? Ich habe nichts mehr zu sehen. Ihre zwei Hände, die es nirgends mehr gibt, ihre Bewegung, wenn sie das Haar in den Nacken wirft oder sich kämmt, ihre Zähne, ihre Lippen, ihre Augen, die es nirgends mehr gibt; ihre Stirn: wo soll ich sie suchen? Ich möchte bloß, ich wäre nie gewesen. Wozu eigentlich nach Zürich? Wozu nach Athen? Ich sitze im Speisewagen und denke: Warum nicht diese zwei Gabeln nehmen, sie aufrichten in meinen Fäusten und mein Gesicht fallen lassen, um die Augen loszuwerden?

Meine Operation auf übermorgen angesetzt.

PS. Ich habe ja auf meiner ganzen Reise überhaupt keine Ahnung gehabt, was Hanna nach dem Unglück machte. Kein einziger Brief von Hanna! Ich weiß es heute noch nicht. Wenn ich sie frage, ihre Antwort: Was kann ich machen! Ich verstehe überhaupt nichts mehr. Wie kann

Hanna nach allem, was geschehen ist, mich aushalten? Sie kommt hierher, um zu gehen, und kommt wieder, sie bringt mir, was ich noch wünsche, sie hört mich an. Was denkt sie? Ihre Haare sind weißer geworden. Warum sagt sie's nicht, daß ich ihr Leben zerstört habe? Ich kann mir nach allem, was geschehen ist, ihr Leben nicht vorstellen. Ein einziges Mal habe ich Hanna verstanden, als sie mit beiden Fäusten in mein Gesicht schlug damals am Totenbett. Seither verstehe ich sie nicht mehr.

16. VII. Zürich.

Ich fuhr von Düsseldorf nach Zürich, glaube ich, bloß weil ich meine Vaterstadt seit Jahrzehnten nicht mehr gesehen habe.

Ich hatte in Zürich nichts zu tun.

Williams erwartete mich in Paris –

In Zürich, als er neben mir stoppte und aus dem Wagen stieg, um mich zu begrüßen, erkannte ich ihn wieder nicht; genau wie das letzte Mal: ein Schädel mit Haut darüber, die Haut wie gelbliches Leder, sein Ballon-Bauch, die abstehenden Ohren, seine Herzlichkeit, sein Lachen wie bei einem Totenkopf, seine Augen noch immer lebendig, aber weit hinten, ich wußte bloß, daß ich ihn kenne, aber im ersten Augenblick wußte ich wieder nicht, wer's ist.

«Immer in Eile», lachte er, «immer in Eile –»

Was ich denn in Zürich mache?

«Sie kennen mich wieder nicht?» fragte er.

Er sah grauenhaft aus, ich wußte nicht, was sagen, natürlich kannte ich ihn, es war nur der erste Schreck gewesen, dann die Angst, etwas Unmögliches zu sagen, ich sagte: «Natürlich habe ich Zeit.»

Dann zusammen ins Café Odéon.

«Es tut mir leid», sagte ich, «daß ich Sie das letzte Mal in Paris nicht erkannt habe –»

Er nahm's mir aber nicht übel, er lachte, ich hörte zu, Blick auf seine alten Zähne, er sah nur so aus, als lache er, seine Zähne viel zu groß, die Muskeln reichten nicht mehr für ein Gesicht ohne Lachen, Unterhaltung mit einem Totenschädel, ich mußte mich zusammennehmen, um Professor O. nicht zu fragen, wann er denn sterbe. Er lachte:

«Was zeichnen Sie denn, Faber?»

Ich zeichnete auf das Marmor-Tischlein, nichts weiter, eine Spirale, in dem gelben Marmor gab es eine versteinerte Schnecke, daher meine Spirale – ich steckte meinen Fixpencil wieder ein, Gespräch über Weltlage, sein Lachen störte mich derart, daß ich einfach nichts zu sagen wußte.

Ich sei ja so schweigsam.

Einer der Odéon-Kellner, Peter, ein alter Wiener, kannte mich noch; er findet mich unverändert –

Professor O. lachte.

Er findet es schade, daß ich damals meine Dissertation (über den sog. Maxwell'schen Dämon) nicht gemacht habe –

Die Odéon-Kokotten wie damals.

«Das wissen Sie nicht», lachte er, «daß das Odéon abgerissen wird?»

Einmal seine plötzliche Frage:

«Wie geht's Ihrer schönen Tochter?»

Er hatte Sabeth gesehen, als wir uns in dem Café verabschiedeten, damals in Paris; wie er sagt: Neulich in Paris! Es war der Nachmittag, bevor wir in die Opéra gingen, Sabeth und ich, Vorabend unserer Hochzeitsreise – ich sagte nichts, nur:

«Wieso wußten Sie, daß es meine Tochter war?»

«Ich dachte es mir –!»

Sein Lachen dabei.

Ich hatte in Zürich nichts verloren, noch am gleichen Tag (nach dem Odéon-Geplauder mit Professor O.) fuhr ich nach Kloten hinaus, um weiterzufliegen –

Mein letzter Flug!

Wieder eine Super-Constellation.

Dabei war es eigentlich ein ruhiger Flug, nur schwacher Föhn über den Alpen, die ich noch aus jungen Jahren einigermaßen kenne, aber zum ersten Mal überfliege, ein blauer Nachmittag mit üblicher Föhn-Mauer, Vierwaldstättersee, rechts das Wetterhorn, dahinter Eiger und Jungfrau, vielleicht Finsteraarhorn, so genau kenne ich sie nicht mehr, unsere Berge, ich habe andres im Kopf –

Was eigentlich?

Täler im Schräglicht des späten Nachmittags, Schattenhänge, Schattenschluchten, die weißen Bäche drin, Weiden im Schräglicht, Heustadel, von der Sonne gerötet, einmal eine Herde in eine Mulde von Geröll über der Waldgrenze: wie weiße Maden! (Sabeth würde es natürlich anders taufen, aber ich weiß nicht wie.) Meine Stirne am kalten Fenster mit müßigen Gedanken –

Wunsch, Heu zu riechen!

Nie wieder fliegen!

Wunsch, auf der Erde zu gehen – dort unter den letzten Föhren, die in der Sonne stehen, ihr Harz riechen und das Wasser hören, vermutlich ein Tosen, Wasser trinken –

Alles geht vorbei wie im Film!

Wunsch, die Erde zu greifen –

Statt dessen steigen wir immer höher.

Zone des Lebens, wie dünn sie eigentlich ist, ein paar hundert Meter, dann wird die Atmosphäre schon zu dünn, zu kalt, eine Oase eigentlich, was die Menschheit bewohnt, die grüne Talsohle, ihre schmalen Verzweigungen, dann Ende der Oase, die Wälder sind wie abgeschnitten (hierzulande auf 2000 m, in Mexico auf 4000 m), eine Zeitlang gibt es noch Herden, weidend am Rand des möglichen Lebens, Blumen – ich sehe sie nicht, aber weiß es – bunt und würzig, aber winzig, Insekten, dann nur noch Geröll, dann Eis. – Einmal ein neuer Stausee.

Sein Wasser: wie Pernod, grünlich und trübe, darin Spiegelweiß von einem Firn, ein Ruderschiff auf dem Ufer, Segment-Damm, kein Mensch.

Dann die ersten Nebel, jagend –

Die Gletscherspalten: grün wie Bierflaschenglas. Sabeth würde sagen: wie Smaragd! Wieder unser Spiel auf einundzwanzig Punkte! Die Felsen im späten Licht: wie Gold. Ich finde: wie Bernstein, weil matt und beinahe durchsichtig, oder wie Knochen, weil bleich und spröde. Unser Flugzeugschatten über Moränen und Gletschern: wie er in die Schlünde sackt, man meint jedesmal, er sei verloren und verlocht, und schon klebt er an der nächsten Felswand, im ersten Augenblick: wie mit einer Pflasterkelle hingeworfen, aber er bleibt nicht wie Verputz, sondern gleitet und fällt wieder ins Leere jenseits des Grates. Unser Flugzeugschatten: wie eine Fledermaus! so würde Sabeth sagen, ich finde nichts und verliere einen Punkt, ich habe anderes im Kopf: eine Spur im Firn, Menschenspur, sie sieht aus wie eine Nieten-Naht, Sabeth würde finden: wie eine Halskette, bläulich, in großer Schleife um eine weiße Firn-Büste gehängt. Was ich im Kopf habe: Wenn ich jetzt noch auf jenem Gipfel stehen würde, was tun? Zu spät, um abzusteigen; es dämmert schon in den Tälern, und die Abendschatten strecken sich über ganze Gletscher, dann Knick in die senkrechten Wände hinauf. Was tun? Wir fliegen vorbei; man sieht das Gipfelkreuz, weiß, es leuchtet, aber sehr einsam, ein Licht, das man als Bergsteiger niemals trifft, weil man vorher absteigen muß, Licht, das man mit dem Tod bezahlen müßte, aber sehr schön, ein Augenblick, dann Wolken, Luftlöcher, die Alpensüdseite bewölkt, wie zu erwarten war, die Wolken: wie Watte, wie Gips, wie Blumenkohl, wie Schaum mit Seifenblasenfarben, ich weiß nicht, was Sabeth alles finden würde, es wechselt rasch, manchmal ein Wolkenloch, in der Tiefe: ein schwarzer Wald, ein Bach, der Wald wie ein Igel, aber nur eine Sekunde lang, die Wolken schieben sich durcheinander, Schatten der oberen Wolken auf den unteren Schatten wie Vorhänge, wir fliegen hindurch, Gewölk in der Sonne vor uns: als müsse unsere Maschine daran zerschellen, Gebirge aus Wasserdampf, aber prall und weiß wie griechischer Marmor, körnig –

Wir fliegen hinein.

Seit meiner Notlandung in Tamaulipas habe ich mich stets so gesetzt, daß ich das Fahrgestell sehe, wenn sie es ausschwenken, gespannt, ob die Piste sich im letzten Augenblick, wenn die Pneus aufsetzen, nicht doch in Wüste verwandelt –

Mailand:

Depesche an Hanna, daß ich komme.

Wohin sonst?

Es ist nicht einzusehen, wieso ein solches Fahrgestell, bestehend aus zwei Pneu-Paaren mit Federung im Rohrgestell und mit Schmieröl auf dem blanken Metall, wie es sich gehört, sich plötzlich wie ein Dämon benehmen soll, wenn es den Boden berührt, wie ein Dämon, der die Piste plötzlich in Wüste verwandelt – Spintisiererei, die ich natürlich selber nicht ernst nahm; ich bin in meinem Leben noch keinem Dämon begegnet, ausgenommen der sog. Maxwell'sche Dämon, der bekanntlich keiner ist.

Rom:

Depesche an Williams, daß ich kündige.

Langsam wurde ich ruhig.

Es war Nacht, als man weiterflog, und wir flogen zu nördlich, so daß ich den Golf von Korinth – gegen Mitternacht – nicht erkennen konnte.

Alles wie üblich:

Auspuff mit Funkensprühen in der Nacht –

Das grüne Blinklicht an der Tragfläche –

Mondglanz auf der Tragfläche –

Das rote Glühen in der Motorhaube –

Ich war gespannt, als fliege ich zum ersten Mal in meinem Leben; ich sah, wie das Fahrgestell langsam ausschwenkte, Aufblenden der Scheinwerfer unter der Tragfläche, ihr weißer Schein in den Scheiben der Propeller, dann löschen sie wieder aus, Lichter unter uns, Straßen von Athen, beziehungsweise Piräus, wir sanken, dann die Bodenlichter, gelb, die Piste, wieder unsere Scheinwerfer, dann der übliche weiche Stoß (ohne Sturz vornüber ins Bewußtlose) mit den üblichen Staubschwaden hinter dem Fahrgestell –

Ich löse meinen Gürtel –

Hanna am Flughafen.

Ich sehe sie durch mein Fenster –

Hanna in Schwarz.

Ich habe nur meine Mappe, meine Hermes-Baby, Mantel und Hut, so daß der Zoll sofort erledigt ist; ich komme als erster heraus, aber wage nicht einmal zu winken. Kurz vor der Schranke bin ich einfach stehengeblieben (sagt Hanna) und habe gewartet, bis Hanna auf mich zuging. Ich sah Hanna zum ersten Mal in Schwarz. Sie küßte mich auf die Stirn. Sie empfahl das Hotel Estia Emborron.

Heute nur noch Tee, noch einmal die ganze Untersucherei, nachher ist man erledigt. Morgen endlich Operation.

Bis heute bin ich ein einziges Mal an ihrem Grab gewesen, da sie mich hier (ich verlangte nur eine Untersuchung) sofort behalten haben; ein heißes Grab, Blumen verdorren in einem halben Tag –

18.00 Uhr

Sie haben meine Hermes-Baby genommen.

19.30 Uhr

Hanna ist nochmals dagewesen.

24.00 Uhr

Ich habe noch keine Minute geschlafen und will auch nicht. Ich weiß alles. Morgen werden sie mich aufmachen, um festzustellen, was sie schon wissen: daß nichts mehr zu retten ist. Sie werden mich wieder zunähen, und wenn ich wieder zum Bewußtsein komme, wird es heißen, ich sei operiert. Ich werde es glauben, obschon ich alles weiß. Ich werde nicht zugeben, daß die Schmerzen wiederkommen, stärker als je. Das sagt man so: Wenn ich wüßte, daß ich Magenkrebs habe, dann würde ich mir eine Kugel in den Kopf schießen! Ich hänge an diesem Leben wie noch nie, und wenn es nur noch ein Jahr ist, ein elendes, ein Vierteljahr, zwei Monate (das wären September und Oktober), ich werde hoffen, obschon ich weiß, daß ich verloren bin. Aber ich bin nicht allein, Hanna ist mein Freund, und ich bin nicht allein.

02.40 Uhr

Brief an Hanna geschrieben.

04.00 Uhr

Verfügung für Todesfall: alle Zeugnisse von mir wie Berichte, Briefe, Ringheftchen sollen vernichtet werden, es stimmt nichts. Auf der Welt sein: im Licht sein. Irgendwo (wie der Alte neulich in Korinth) Esel treiben, unser Beruf! – aber vor allem: standhalten dem Licht, der Freude (wie unser Kind, als es sang) im Wissen, daß ich erlösche im Licht über Ginster, Asphalt und Meer, standhalten der Zeit, beziehungsweise Ewigkeit im Augenblick. Ewigsein: gewesen sein.

04.15 Uhr

Auch Hanna hat keine Wohnung mehr, erst heute (gestern!) sagte sie es. Sie wohnt jetzt in einer Pension. Schon meine Depesche aus Caracas hat Hanna nicht mehr erreicht. Es muß um diese Zeit gewesen sein, als Hanna sich einschiffte. Zuerst ihre Idee, ein Jahr lang auf die Inseln zu gehen, wo sie griechische Bekannte hat aus der Zeit der Ausgrabungen (Delos); man lebe auf diesen Inseln sehr billig. In Mykonos kauft man ein Haus für zweihundert Dollar, meint Hanna, in Amorgos für hundert Dollar. Sie arbeitet auch nicht mehr im Institut, wie ich immer gemeint habe. Hanna hat versucht, ihre Wohnung mitsamt der Einrichtung zu vermieten, was in der Eile nicht gelungen ist; dann verkaufte sie alles, viele Bücher verschenkte sie. Sie hielt es in Athen einfach nicht mehr aus, sagte sie. Als sie sich einschiffte, habe sie an Paris gedacht, vielleicht auch an London; alles ungewiß, denn es ist nicht so einfach, meint Hanna, in ihrem Alter eine neue Arbeit zu finden, beispielsweise als Sekretärin. Hanna hat nicht eine Minute daran gedacht, mich um Hilfe zu bitten; drum schrieb sie auch nicht. Im Grunde hatte Hanna nur ein einziges Ziel: weg von Griechenland! Sie verließ die Stadt, ohne sich von ihren hiesigen Bekannten zu verabschieden, ausgenommen der Direktor des Instituts, den sie sehr schätzt. Die letzten Stunden vor der Abfahrt verbrachte sie draußen auf dem Grab und mußte um 14.00 Uhr an Bord sein, Ausfahrt um 15.00 Uhr, aber aus irgendeinem Grunde verzögerte sich die Ausfahrt um fast eine Stunde. Plötzlich (sagt Hanna) kam es ihr sinnlos vor, und sie verließ das Schiff mit ihrem Handgepäck. Für die drei großen Koffer im Lager war es zu spät; die Koffer fuhren nach Neapel und sollen demnächst zurückkommen. Sie wohnte zuerst im Hotel Estia Emborron, das ihr aber auf die Dauer zu teuer war, und meldete sich wieder im Institut, wo ihr bisheriger Mitarbeiter unterdessen ihre Stelle übernommen hat, Vertrag auf drei Jahre, nicht mehr zu ändern, da ihr Nachfolger lange genug gewartet hat und nicht freiwillig zurückzutreten gedenkt. Der Direktor soll äußerst nett sein, aber das Institut nicht reich genug, um diesen Posten doppelt zu besetzen. Was man ihr geben kann: Aussicht auf gelegentliche Sonderarbeiten, dazu Empfehlungen nach auswärts. Aber Hanna will in Athen bleiben. Ob Hanna mich hier erwartet oder Athen hat verlassen wollen, um mich nicht wiederzusehen, weiß ich nicht. Es war ein Zufall, daß sie meine Depesche aus Rom zeitig genug bekommen hat; sie war, als die Depesche kam, gerade in der leeren Wohnung, um die Schlüssel an den Hausverwalter auszuhändigen. Was Hanna jetzt arbeitet: Fremdenführerin vormittags im Museum, nachmittags auf Akropolis, abends nach Sunion. Sie führt vor allem Gruppen, die alles an einem Tag machen, Mittelmeerreisegesellschaften.

06.00 Uhr

Brief an Hanna nochmals geschrieben.

06.45 Uhr

Ich weiß es nicht, warum Joachim sich erhängt hat, Hanna fragt mich immer wieder. Wie soll ich's wissen? Sie kommt immer wieder damit, obschon ich von Joachim weniger weiß als Hanna. Sie sagt: Das Kind, als es dann da war, hat mich nie an dich erinnert, es war mein Kind, nur meines. In bezug auf Joachim: Ich liebte ihn, gerade weil er nicht der Vater meines Kindes war, und in den ersten Jahren war alles so einfach. Hanna meint, unser Kind wäre nie zur Welt gekommen, wenn wir uns damals nicht getrennt hätten. Davon ist Hanna überzeugt. Es entschied sich für Hanna, noch bevor ich in Bagdad angekommen war, scheint es; sie hatte sich ein Kind gewünscht, die Sache hatte sie überfallen, und erst als ich verschwunden war, entdeckte sie, daß sie ein Kind wünschte (sagt Hanna) ohne Vater, nicht unser Kind, sondern ihr Kind. Sie war allein und glücklich, schwanger zu sein, und als sie zu Joachim ging, um sich überreden zu lassen, war Hanna bereits entschlossen, ihr Kind zu haben; es störte sie nicht, daß Joachim damals meinte, sie in einem entscheidenden Beschluß ihres Lebens bestimmt zu haben, und daß er sich in Hanna verliebte, was kurz darauf zur Heirat führte. Auch mein unglücklicher Ausspruch neulich in ihrer Wohnung: Du tust wie eine Henne! hat Hanna sehr beschäftigt, weil auch Joachim, wie sie zugibt, einmal dieselben Worte gebraucht hat. Joachim sorgte für das Kind, ohne sich in die Erziehung einzumischen; es war ja nicht sein Kind, auch nicht mein Kind, sondern ein vaterloses, einfach ihr Kind, ihr eigenes, ein Kind, das keinen Mann etwas angeht, womit Joachim sich offenbar zufriedengeben konnte, wenigstens in den ersten Jahren, solange es ein Kleinkind war, das sowieso ganz zur Mutter gehört, und Joachim gönnte es ihr, da es Hanna glücklich machte. Von mir, sagt Hanna, war nie die Rede. Joachim hatte keinen Grund, eifersüchtig zu sein, und war es auch nicht in bezug auf mich; er sah, daß ich nicht als Vater galt, nicht für die Welt, die ja nichts davon wußte, und schon gar nicht für Hanna, die mich einfach vergaß (wie Hanna immer wieder versichert), ohne Vorwurf. Schwieriger wurde es zwischen Joachim und Hanna erst, als sich die Erziehungsfragen mehrten: weniger wegen Meinungsunterschieden, die selten waren, aber Joachim vertrug es grundsätzlich nicht, daß Hanna sich in allem, was Kinder betrifft, als die einzige und letzte Instanz betrachtete. Hanna gibt zu, daß Joachim ein verträglicher Mensch gewesen ist, allergisch nur in diesem Punkt.

Offenbar hoffte er mehr und mehr auf ein Kind, ein gemeinsames, das ihm die Stellung des Vaters geben würde, und meinte, dann würde alles durchaus selbstverständlich, Elsbeth hielt ihn für ihren Papa; sie liebte ihn, aber Joachim mißtraute ihr, meint Hanna, und kam sich überflüssig vor. Es gab damals allerlei vernünftige Gründe, keine weiteren Kinder in die Welt zu setzen, vor allem für eine deutsche Halbjüdin; Hanna pocht auf diese Gründe noch heute, als würde ich sie bestreiten. Joachim glaubte ihr die Gründe nicht; sein Verdacht: Du willst keinen Vater im Haus! er meinte, Hanna wolle nur Kinder, wenn nachher der Vater verschwindet. Was ich auch nicht gewußt habe: Joachim betrieb seine Auswanderung nach Übersee seit 1935, seinerseits zu allem entschlossen, um sich nicht von Johanna trennen zu müssen. Auch Hanna dachte nie an eine Trennung; sie wollte mit Joachim nach Canada oder Australien, sie lernte zusätzlich den Beruf einer Laborantin, um ihm überall in der Welt helfen zu können. Dazu ist es aber nicht gekommen. Als Joachim erfährt, daß Hanna sich hat unterbinden lassen, kommt es zu seiner Kurzschlußhandlung: Joachim meldet sich (nachdem er sich zum Ver-

druß seiner Sippe hat freimachen können) freiwillig zur Wehrmacht. Hanna hat ihn nie vergessen. Obschon sie in den folgenden Jahren nicht ohne Männer lebt, opfert sie ihr ganzes Leben für ihr Kind. Sie arbeitet in Paris, später in London, in Ostberlin, in Athen. Sie flieht mit ihrem Kind. Sie unterrichtet ihr Kind, wo es keine deutschsprachige Schule gibt, selbst und lernt mit vierzig Jahren noch Geige, um ihr Kind begleiten zu können. Nichts ist Hanna zuviel, wenn es um ihr Kind geht. Sie pflegt ihr Kind in einem Keller, als die Wehrmacht nach Paris kommt, und wagt sich auf die Straße, um Medikamente zu holen. Hanna hat ihr Kind nicht verwöhnt; dazu ist Hanna zu gescheit, finde ich, auch wenn sie sich selbst (seit einigen Tagen) immerzu als Idiotin bezeichnet. Warum ich das gesagt habe? fragt sie jetzt immerzu. Damals: Dein Kind, statt unser Kind. Ob als Vorwurf oder nur aus Feigheit? Ich verstehe ihre Frage nicht. Ob ich damals gewußt hätte, wie recht ich habe? Und warum ich neulich gesagt habe: Du benimmst dich wie eine Henne! Ich habe diesen Ausspruch schon mehrmals zurückgenommen und widerrufen, seit ich weiß, was Hanna alles geleistet hat; aber es ist Hanna, die nicht davon loskommt. Ob ich ihr verzeihen könnte! Sie hat geweint, Hanna auf den Knien, während jeden Augenblick die Diakonissin eintreten kann, Hanna, die meine Hand küßt, dann kenne ich sie gar nicht. Ich verstehe nur, daß Hanna, nach allem, was geschehen ist, Athen nie wieder verlassen will, das Grab unseres Kindes. Wir beide werden hier bleiben, denke ich. Ich verstehe auch, daß sie ihre Wohnung aufgab mit dem leeren Zimmer; es ist Hanna schon schwer genug gefallen, das Mädchen allein auf die Reise zu lassen, wenn auch nur für ein halbes Jahr. Hanna hat immer schon gewußt, daß ihr Kind sie einmal verlassen wird; aber auch Hanna hat nicht ahnen können, daß Sabeth auf dieser Reise gerade ihrem Vater begegnet, der alles zerstört –

08.05 Uhr

Sie kommen.

Meine Arbeit an diesem Buch hat durch eine Gabe der Stiftung *Pro Helvetia* Förderung erfahren. Nun das Buch abgeschlossen ist, soll mein ausdrücklicher Dank an die Stiftung für ihren Beitrag auch an seinem Schluß stehen.

Zürich, im August 1957 M. F.

Sonderausgabe

ROBERT MUSIL

DER MANN OHNE EIGEN-SCHAFTEN

ROMAN

ROWOHLT

640/1

rororo NEUE DEUTSCHE PROSA

Ulrich Becher
Männer machen Fehler. Zwölf Kurzgeschichten [1283]

Peter Bichsel
Die Jahreszeiten. Roman [1241]

Wolfgang Borchert
Draußen vor der Tür und ausgewählte Erzählungen. Nachwort: Heinrich Böll [170]
– Die traurigen Geranien und andere Geschichten aus dem Nachlaß. Hg. und Vorwort: Peter Rühmkorf [975]

Rolf Dieter Brinkmann
Keiner weiß mehr. Roman [1254]

Die Zehn Gebote
Zehn exemplarische Erzählungen. Hg. Jens Rehn [1233]

Friedrich Dürrenmatt
Der Richter und sein Henker. Roman [150]
– Der Verdacht. Roman [448]

Gisela Elsner
Die Riesenzwerge. Ein Beitrag [1141]
– Der Nachwuchs. Roman [1227]

Hubert Fichte
Das Waisenhaus. Roman [1024]
– Die Palette. Roman [1300/01]

Max Frisch
Homo faber. Ein Bericht [1197]

Günter Bruno Fuchs
Bericht eines Bremer Stadtmusikanten. Roman [1276]

Günter Grass
Katz und Maus. Eine Novelle [572]
– Hundejahre. Roman [1010–14]

Max von der Grün
Irrlicht und Feuer. Roman [916]

Peter Handke
Die Hornissen. Roman [1098]

Peter Härtling
Niembsch oder Der Stillstand. Eine Suite [958]
– Janek. Porträt einer Erinnerung [1124]
– Das Familienfest oder Das Ende der Geschichte [1368/69]

Rolf Hochhuth
Der Stellvertreter. Ein christliches Trauerspiel. Vorwort: Erwin Piscator. Erweiterte Taschenbuchausgabe: Mit einer Variante zum fünften Akt und einem Essay von Walter Muschg [997/98]
– Soldaten. Nekrolog auf Genf. Tragödie [1323]

Uwe Johnson
Zwei Ansichten [1068]

Horst Krüger
Stadtpläne. Erkundungen eines Einzelgängers [1386]

Siegfried Lenz
Die Augenbinde. Parabel / Nicht alle Förster sind froh. Ein Dialog [1284]

Hans Erich Nossack
Spätestens im November. Roman [1082]
– Der Fall d'Arthez. Roman [1393/94]

Gregor von Rezzori
Maghrebinische Geschichten. Mit Zeichnungen des Autors [259]
– Ein Hermelin in Tschernopol. Ein maghrebinischer Roman [759/60]

Ursula Trauberg
Vorleben. Nachwort: Martin Walser [1330/31]

Martin Walser
Ehen in Philippsburg. Roman [557/58]

Peter Weiss
Die Ermittlung. Oratorium in 11 Gesängen [1192]

Dieter Wellershoff
Ein schöner Tag. Roman [1169]
– Die Schattengrenze. Roman [1376]

Gabriele Wohmann
Abschied für länger. Roman [1178]

34/15

Günter Grass

Hundejahre

Roman.
rororo Band
1010–14

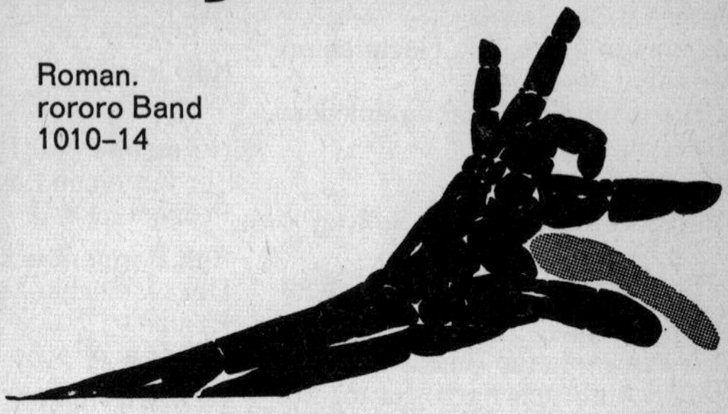

Katz und Maus

Eine Novelle
rororo Band 572

585/6